唐诗寒武纪

王晓磊 著

北京出版集团
北京十月文艺出版社

新经典文化股份有限公司
www.readinglife.com
出 品

目录

序　　I

今天能读到唐诗,你知有多幸运吗　　1

先贤、顽主和混蛋　　15

谢朓死后,王勃生前　　38

江陵,江陵!　　50

为了唐诗,有人在做准备　　62

杨广:我差一点就红了　　74

唐诗的崛起,还是没半点征兆　　88

引爆!唐诗的寒武纪　　106

站在曹植的肩膀上　　139

有趣的王家人　　147

我家沧海白云边　　159

宋家的长子　　166

红颜与壮志，太息此流年　　186

唐诗中的叹息之墙　　197

杜甫的爷爷好狂　　205

我叫王梵志　　213

称量天下才　　229

纸上香多蠹不成　　246

何如人间作让皇　　261

春江潮水连海平　　275

军曹的绝唱　　288

前不见古人　　305

浪漫的初唐　　313

序

在古生物学上，有这样一个远古的历史时期，叫作寒武纪。

它在距今大约五亿四千万年前，当时地球上发生了一件奇幻又奥妙无比的事，被称为"寒武纪生命大爆发"。

在一个很短的时间里，好像神灵播撒了种子一样，生命忽然狂飙突进，爆发式地诞生和进化了。

单细胞生命跃进到了多细胞的高等形态。节肢动物、棘皮动物、软体动物、腕足动物甚至苔藓动物纷纷出现，几乎所有现生动物的门类都在这个时期诞生。

在这之前，地球上的生命代表还是原始的蓝藻、金伯拉虫。而在寒武纪之后，生物猛然有了五官、四肢、脊椎，还产生了眼睛，第一次看见了蔚蓝的世界。三叶虫、奇虾、海绵、海百合、昆明鱼……大海中骤然生机勃勃。

而本书的主题——唐诗，也经历了一个极其类似的"寒武纪大爆发"。

如果穿越历史时光，回到公元650年前后，尽管唐朝已经建立了三十余年，但诗坛还是沉闷的、乏味的。人们只是在宫廷里写着一些浮靡空洞、境界逼仄的诗，活像是原始的蓝藻、金伯拉虫。

忽然间，就像生命在寒武纪的爆发一般，水沸腾起来了，海洋喧闹起来了。新的一批诗人诞生了，王勃、卢照邻、骆宾王等"四杰"诞生了，陈子昂诞生了，沈佺期、宋之问、杜审言等诞生了，诗歌冲出了宫廷，出现在茅屋驿站、河畔林间、边关塞漠。人们抛弃了宫廷里的琐碎，开始书写苍凉世界，表达心灵之声，诗的世界焕然一新，直到李白、杜甫的诞生。

这个奇妙的过程，我称之为"唐诗的寒武纪"。

在这本书里，我会给大家解读这些神奇又有趣的问题：
唐诗是哪里来的？为什么会有这一场大爆发？
是谁埋下的火种？谁又点亮了火炬？
谁是伟大的接力者？又是什么促成了李白和杜甫的诞生？
希望大家能喜欢这一奇妙的旅程。

关于诗歌，还经常有人问这样一个问题：诗到底有什么作用？

我觉得其中之一，是消解我们的孤独。

人永远是孤独的，而任何艺术都有一个终极的使命，就是帮助我们对抗孤独。诗也是这样。

所谓诗歌,就是人类中最敏感、最多情的那部分成员,先把所有的悲哀喜乐都经历过一遍,把他们千疮百孔的心灵展示给你看。然后当你再经历那一切的时候,就会觉得不那么孤独。

你看着月亮感到孤寂的时候,会想起"举杯邀明月,对影成三人",然后便消解了一些孤独了。你漂泊在外,走在清冷的道路上,想到"鸡声茅店月,人迹板桥霜",便可能减少了一丝惆怅了。你辞别好朋友,忽然想到"海内存知己,天涯若比邻",便获得了一些慰藉了。——是啊,我经历的这些,原来他们都经历过,在人类之中,在时光的长河里,我并不只是一个人。

从这个意义上说,诗人们是燃烧了自己的生命,以通透我们的人生。

"云山已发兴,玉佩仍当歌。"希望在这一段关于诗歌的旅程里,我们并肩同行。

今天能读到唐诗，你知有多幸运吗

我志在删述，垂辉映千春。

——李白

一

距离今天大约四百年前，明朝天启年间，魏忠贤公公正权势熏天的时候。

在浙江海盐县，有一位老人默默脱下了官袍，整齐叠好。这是一件绣着精致白鹇鸟的青袍，代表着他是五品官员。

外面有人喊："胡大人，您怎么还不出来？我们等着接您去德州上任呢。"

"上任？"老先生淡淡一笑，自言自语，"再见了，官场！对于你，我早已厌倦。[1]我要回到家乡，用剩余的岁月，去完成一件更重要的事——

"编一部最全的唐诗集,不要再有遗漏,不要再有散佚,让后世子孙都能读到它!"

让我们记住这位老先生的名字——胡震亨。

现在人可能很难理解,不就是编本唐诗的集子,很难吗?用得着这么发狠吗?事实是,在那个年代,真的很难。那时可没有这么多出版社、印刷厂、图书馆,没有这么便利的搜索引擎。你要查找一首诗,就要翻无数的书,说不定还要跋涉千山万水去抄,甚至不一定能抄到。

如果老胡等人偷懒,不编这本唐诗集,会怎么样?答案是:后果很严重。

那时候,唐诗正以今天物种灭绝般的速度在失传。据胡震亨估算,到他所处的年代,唐诗已经至少佚失了一半。

你也许以为:诗怎么会失传呢?只要诗人够棒,写得够好,不就会口口相传留下来吗?

还真不是这样。

先问一个似乎不太严谨的问题:在所有唐诗里,最好的是哪一首?可能有不少人会凭印象回答:《春江花月夜》。所谓"孤篇压全唐"嘛。那么它的作者是谁?不少读者也能答上:张若虚。

这位张先生写出了这么好的作品,对唐诗做了这么大贡献,那么他到今天留下来了多少诗呢?一百首?八十首?答案很令人震惊——只有两首。

《春江花月夜》能得以传世，实在是非常侥幸。因为一个很偶然的机会，宋代人在编一本乐府诗的集子时，收录了张若虚的这首诗，[2]让它得以传了下来。否则，我们压根不会知道这首诗了。

而除了两首之外，张若虚一生的其余作品，尽皆不存。

再问一个类似问题：唐代的五言绝句里哪一首最好？有很多人会脱口而出：《登鹳雀楼》。就是每个人小时候都背过的"白日依山尽，黄河入海流"。它的作者，一般认为是王之涣。

这位大诗人有多少诗留了下来？答案触目惊心，只有六首，剩下的都没了。

一千多年里，也不知道有多少"白日依山尽""海上明月共潮生"湮灭失传。

二

王之涣、张若虚同学的遭遇，并不是偶然的。

李白有多少诗留了下来？最悲观的说法是：大概十分之一。[3]这个伟大的天才写了一辈子诗，总数估计有五千到一万首，也许十中之八九我们永远见不到了。

李白去世前整理了毕生稿件，郑重托付给了族叔李阳冰，请他为自己编集子，[4]以便流传后世。李阳冰没有辜负他的期望，用心整理出了《草堂集》十卷，然后在宋代失传了。

再说杜甫。这个同样伟大的诗人，四十岁之前的诗几乎全部亡佚不存，[5]而他活了多少岁呢？只有五十八岁。从这个意义上说，可谓大半辈子的诗白写了。

另一个同时期的大腕王维也没有好到哪里去。仅开元年间，王维就写了成百上千首诗，最后十成里留不到一成。[6]

类似的例子不胜枚举。初唐的诗人宋之问，乃是奠定律诗基础的大家，他在唐代就有集子传世，然而终于在明代嘉靖、万历年间亡佚。一代才女上官婉儿，其文集二十卷在宋代全部佚失，今天仅有余诗三十二首。

"初唐四杰"之一的王勃，就是写出"落霞与孤鹜齐飞"的那个天才，他的集子艰难地流传了几百年，亦同样在明代彻底湮灭。直到明朝都快亡了，人们才从别的图书里找出了一些他的零散诗文，甚至要跑到日本去找一点抄本残卷，攒成集子，让我们感受王勃的风采。

这就好比《金庸全集》全部失传了，你只能跑到六神磊磊的专栏里去找几段金庸原文来过瘾，想想都要哭。

伟大的孟浩然算是幸运的，死了没几年，就有人给他编诗集，但许多作品仍然失传。还有伟大的李商隐，就是写"春蚕到死丝方尽""心有灵犀一点通"的那位，曾亲自编了四十卷诗文集，可惜全部佚散，没有一卷留下来。他的诗是多年之后人们陆续一点点搜求到的。

那么,那些湮灭掉的诗文,都是因为水平糟糕,无甚价值,大家才记不住吗?不是的。即便是名动一时、口口相传的诗文,也照样会亡佚。

比如唐代人记载说,李白的辞赋《大鹏赋》和《鸿猷文》特别伟大,比上一代辞赋霸主司马相如和扬雄的水平都高。[7] 今天,《大鹏赋》幸运地流传了下来,但《鸿猷文》呢?对不起,没有了,永远湮没在了历史中。

又如晚唐诗人韦庄,不少读者都知道他那首浪漫的《菩萨蛮》:"人人尽说江南好,游人只合江南老。"韦庄还有一首非常珍贵的长篇叙事诗,叫作《秦妇吟》,详细描绘了唐末黄巢起义前后的历史画面,其中有一句,是写农民军进入长安后的景象的,尤其有名,叫"内库烧为锦绣灰,天街踏尽公卿骨"。

可是《秦妇吟》的全文却不幸亡佚了,宋、元、明、清四代人都没能读到它。万幸的是,敦煌石室后来发现了一首长诗的抄本,仔细一辨认,居然就是传说中的《秦妇吟》,我们这才有机会见到它的真面目。

不光是诗歌在消失,前人编的各种诗集、诗选也在消失。何况,过去不少学者编诗集的路子很邪乎,有不少偏见。有的人拼命选盛唐诗,中唐、晚唐选得很少。有的人只爱选些清汤挂面的诗,粗犷豪迈一点的一首都不选。

在当时,号称最全、最完整的一本唐诗集,叫作《唐诗纪》。

胡震亨找到这套书，只翻开第一卷就不满意了：开篇就把人家唐高祖李渊的一首诗给记漏了，这也号称是最全的唐诗吗？[8]

他下定决心：我距离唐朝已经七百年了，再不编一本完整的唐诗出来，我们怎么对得住那些伟大的前辈诗人？

三

有人不解：老胡，这么难的事情，你一个人干，凭什么能干成？

老胡充满信心：就凭我家的万卷藏书！

所谓"万卷藏书"，一点也没有吹牛。他家有一个巨大的藏书楼，叫作好古楼，包罗万象，"收藏图书万余卷"。[9]除了藏书，老胡本人的学问也很渊博，十八岁中秀才，二十九岁中举人，[10]这都不说了，而且读书涉猎广泛，连兵书都啃，甚至当时的抗倭名将"刘大刀"刘铤都和他做朋友。

1625年，老胡挽起袖子，干了起来。

"我不但要收录最全的盛唐诗，也要收录最全的中唐诗、晚唐诗、五代诗！

"我不但要收录诗歌，还要整理出每一个诗人的小传、评语，让他们名垂后世。

"我不但要收录完整的诗，还要收入断篇零句，甚至词曲、歌谣、谚语、酒令，什么都不遗漏。"

秋去春来，无数个昼夜过去了。终于有一天，胡震亨放下了笔，露出了欣慰的笑容。他完成了这部著作。此时已经是1635年，他已整整工作了十年。这部巨著，被取名为《唐音统签》。

这部超级大书有一千零三十三卷，按天干之数分为甲、乙、丙、丁、戊、己、庚、辛等十签。它不但收录了当时最完整的唐代和五代诗，还收录了词曲、歌谣、谚语、酒令、占辞等等，此外还有极其珍贵的文学评论、传记史料，堪称中国古代私人编书的超级王中王。

更夸张的是，老胡还不过瘾，又用了七年时间，哼哧哼哧写出了研究李白、杜甫的《李诗通》《杜诗通》两部大书。

这时，已经七十四岁的老人方才露出微笑：我终于完成了一生的梦想。这才叫不辜负我的时代。

这样一个人，《明史》却没有他的传，各类书籍史料中也未见过他的一篇生平传记传世。但那又怎么样呢？历史无视他，却不敢无视他的巨著，《明史·艺文志》里收了好多他的书。[11]

四

那么，全唐诗的编纂伟业算是完成了？还早。

继胡震亨之后，第二位主人公登场了。他的名字叫作钱谦益。

一听到这个名字,估计立刻有人开骂:呸!大汉奸!千刀万剐他!

没错,你可以叫他汉奸。他本来是东林党的领袖,明朝的礼部尚书[12],却带着老婆投降了清朝,做了大官。不过,"大汉奸"就一定都只做大坏事吗?历史要真这么简单就好了。

钱谦益是研究唐诗的大家。如果当时要成立一个唐诗学院,他老人家是有望竞争院长、副院长的。直到今天,你要是想研究杜甫,都没法不读他的注。[13]

老钱也下决心要编一部《全唐诗》,轰轰烈烈地搞了很多年,大约已编到了数百卷的规模,怎奈天不假年,挂了,没能完成。

他的遗稿遭际很惨。要知道,当时是什么年代?那可是金庸《碧血剑》故事发生的年代,战火纷飞,生灵涂炭,他的书稿也七零八落,今天丢一卷,明天丢一卷,逐渐亡佚过半,眼看就要丢光了。

幸亏第三位猛人出现了,他的名字叫季振宜——本书中的文章从不会随便提生僻的名字,一旦出现了人名,就说明他确实很重要。

季振宜此人,十七岁中举人,十八岁中进士,莫问他如何做到的,天才的世界我也不懂。在对书籍搜集整理的过程中,季振宜发现了钱谦益的残稿,大感兴趣,立即接过前辈的火炬,开始了《全唐诗》的编辑工作。

季振宜来编唐诗，条件得天独厚，因为他是个大藏书家。之前我们曾介绍过的胡震亨、钱谦益两位，都是当时著名的藏书家，但季振宜同学的藏书比他两人还丰富。季氏藏书富到什么程度呢？当时江南几个最大藏书楼，包括毛氏的汲古阁、钱谦益的绛云楼[14]、钱曾的述古堂、赵氏的脉望馆等，其中许多珍贵的藏品都归他继承了，可谓天下精华集于一身，江湖人送外号"藏书天下第一""善本目录之王"。

这位季同学还超级有钱，所谓"国朝巨富"[15]，家中豪宅无数、僮仆如云都不必说了，光是昆剧戏班就养了三个。即便是《红楼梦》里的贾府，也只有一个戏班子。正是因为季家如此豪富，才可以不惜代价地藏书，据说他家里有的书一本就价值六百金。

他家的藏品又牛到什么程度呢？仅举两件他爹的藏品，大家随便感受下：

一件叫作神龙《兰亭序》。那是王羲之《兰亭序》传世最精美的摹本，没有之一。众所周知，《兰亭序》的原本没有了，一说陪葬于唐太宗的昭陵，一说陪葬于唐高宗的乾陵，都未确证。真迹既然不存了，那么"神龙兰亭"就是最牛的。

另一件叫作《富春山居图》，没错，就是现在大陆收了一半、台湾收了另一半，林志玲女士在电影里玩命抢的那个绝世宝贝。

有钱、有书、有斗志，诸事俱备，季振宜开始挑灯夜战，全力以赴编纂全唐诗集。

又十年过去了——这些人写书动不动就是以十年计算的——他终于又编出了一部宏伟的唐诗集，共七百一十七卷，每年仅是诗人的小传就要写两百篇。

仿佛上天的安排般，在书稿编成的第二年，季振宜就病倒了，很快撒手人寰。

现在，胡震亨、钱谦益、季振宜三位主角已经给我们留下了两部庞大的书稿，只差最后一项工作——把它们合并起来，修补完善，成为理想中的《全唐诗》。

五

第四位主角于是出场了。他是大家的老熟人，金庸《鹿鼎记》的主角之一——小玄子，又称康熙皇帝。他酷爱唐诗，对过去那些唐诗集总觉得不够满意：

"唐人搞的唐诗集子，不够好，太简单！

"宋人搞的唐诗集子，错漏很多，很幼稚！"

发完牢骚，他开始撂出狠话："朕，爱新觉罗·玄烨，要把我收藏的所有唐诗集拿出来，搞出一本《全唐诗》，让子孙万世都可以读到！这本书，一定要牛、要好、要全！"

究竟选谁去修书印书呢？他选定了一个人——江宁织造曹寅，也就是曹雪芹的爷爷。康熙郑重地给了曹寅两部书稿：

"这是季振宜的《唐诗》,这是胡震亨的《唐音统签》,朕都已经集齐了。你拿着它们,去召唤神龙吧!"

公元 1705 年,在胡震亨编《全唐诗》整整八十年后,曹寅督率十位饱学的翰林官,在扬州开局修书,大张旗鼓,编纂《全唐诗》。

这是毕全功于一役的最后一战,可谓势如破竹、水到渠成。仅仅一年后,曹寅等人就完成了工作,把《全唐诗》放在了康熙的面前。

康熙很兴奋。这可是中国所有大一统王朝里唯一的一部断代诗歌总集。为此,他润笔磨墨,亲自给这部书写下了骄傲的序言:

得诗四万八千九百馀首,凡二千二百馀人,厘为九百卷。
唐三百年诗人之菁华,咸采撷荟萃于一编之内,亦可云大备矣!

他可能想起了李白的话:"我志在删述,垂辉映千春。"——现在,朕可以辉映千春了。

六

今天,每读到一首唐诗,我都觉得很庆幸。

我的主业是读金庸。对比一下那些同样伟大的武功秘笈吧,从凌波微步到六脉神剑，从九阴真经到北冥神功，都无一例外湮灭了。降龙十八掌到元末就只剩十五掌，最后统统失传。它们的拥有者都是强横的武士，却没能保住这些经典。

相比之下，守护着我们的唐诗的，是一群手无缚鸡之力的柔弱书生。他们呵护着脆弱的纸张和卷册，他们的藏书楼建了烧、烧了建，编的书印了毁、毁了印，仍然让五万首唐诗穿越兵燹水火，渡过重重浩劫，一直传到了今天。

因为他们，我们今天才能看到唐朝的伟大诗人们朝辞白帝、夜泊牛渚、暮投石壕、晓汲清湘；看诗人们记录下千里莺啼、万里云罗、百尺危楼、一春梦雨；看他们漫卷诗书、永忆江湖、哭呼昭王、笑问客来。

这是何等的享受，又是何等的幸运。

注释

〔1〕 胡震亨果真没有去做德州知州。《海盐县志》里说他:"升德州知州,州吏持牒来迎,震亨批牒尾以诗,有云:'自爱小窗吟好句,不随五马渡江来。'谢病不赴。"这人居然在政府文件上写诗,乱涂乱画,也是没谁了。

〔2〕 今天我们能见到《春江花月夜》,要归功于北宋郭茂倩《乐府诗集》卷四十七里收录了它。被收的原因十分侥幸,因为《春江花月夜》乃是一首乐府诗。

〔3〕 李白诗歌在唐代就亡佚严重。李阳冰《草堂集序》:"公避地八年,当时著述,十丧其九。"詹锳《〈李白集〉版本源流考》:"李白原稿,在乱离中已十丧其九。王琦《李太白集辑注》:"太白诗文,当天宝之末,尝命魏万集录,遭乱尽失去。及将终,取草稿手授其族叔阳冰俾令为序者,乃得之时人所传录,于生平著述,仅存十之一二而已。"

〔4〕 李白一生多次找人给他编集子。魏颢、李阳冰应该都帮他编过集子,可惜不传。魏颢得到李白的诗文稿后,隔了一段时间才着手编集,已经损失了相当一部分,具体见本套书第二册《唐诗光明顶》。

〔5〕 这个损失很大。陈弱水在《唐代文士与中国思想的转型》中说:"杜甫曾自言,他四十岁以前的诗文,'约千有余篇',可惜这段时期的作品绝大多数都已经丧佚。今天所谓的杜甫早期诗篇,其实都是中年以后所写。"

〔6〕 《旧唐书·王维传》:"开元中诗百千馀篇,天宝事后,十不存一。"

〔7〕 唐任华《杂言寄李白》:"《大鹏赋》(一作《大猎赋》)、《鸿猷文》,嗤长

卿，笑子云。"不过郭沫若认为《鸿猷文》可能只是赞颂之辞，没有什么价值。

〔8〕 胡震亨老师批评《唐诗纪》没有收录高祖李渊的诗，一通蔑视。但后世以他的《唐音统签》为蓝本的《全唐诗》还是不收李渊的诗。看来问题还是出在李渊自身的水平上吧。

〔9〕 老胡不但自己家里的书多，而且还有许多藏书家朋友，尤其和汲古阁主人毛晋关系很好，不时能读到一些珍异的书。

〔10〕 周本淳《胡震亨的家世生平及其著述考略》："万历十四年丙戌（1586），年十八，中秀才。""万历二十五年丁酉（1597），年二十九，中浙榜举人。"

〔11〕《明史·艺文志》里可见老胡有《靖康盗鉴录》一卷、《读书杂录》三卷、《秘册汇函》二十卷、《续文选》十四卷、《唐音统签》一千零二十四卷等，不见诗集，很好奇他自己作诗水平究竟如何。读到过两首据说是他的诗，有句"自是龙蛇终有辨，从他牛马暂相呼"，很有个性。

〔12〕 钱老师做的是南明的礼部尚书，姑且也算是明朝。

〔13〕 乾隆皇帝因为讨厌钱谦益，严禁《钱注杜诗》，这一珍贵的著作差点失传，幸亏当时许多学者冒死藏书将其保存了下来。清帝们的任性胡搞可见一斑。

〔14〕 钱谦益的藏书点很多，有绛云楼、荣木楼、拂水山庄、半野堂、红豆庄等。

〔15〕 清俞樾《茶香室续钞》："国朝巨富，有南季北亢之称。"

先贤、顽主和混蛋

朱雀桥边野草花,乌衣巷口夕阳斜。

——刘禹锡

一

我们的唐诗故事,从东晋义熙元年(405)开始。

这时候距离唐朝的建立还有足足两百余年,中间还隔着一整个南北朝和隋朝。

之所以要追溯这么久,实在是因为这个时代非常特别,对后世的诗坛有着深远的影响。

就在这一年,有两个人,各自做出了他们人生的重大决定。

这是当时诗坛上最重要的两个人,甚至也是整个中国诗歌史上举足轻重的两个人,他们一个叫陶渊明[1],一个叫谢灵运。

先说陶渊明。

他在寻阳的彭泽县[2]做县令。此刻,他正手拿着一朵菊花,表情凝重,一瓣一瓣地摘着花瓣:

"辞,不辞,辞,不辞……"

终于最后一朵花瓣飘落,辞!

陶渊明纵声大笑:天意,真是天意!薅秃了六朵菊花,终于出了辞职的结果啦。

在彭泽令的任上,他干了八十多天,本意是为了五斗米的俸禄,养娃糊口。无奈官场生活实在不符合他的性格,他坚持不下去了。

扔掉手中的光杆菊花,他润笔磨墨,写下了人生中或许是最重要的一篇文章《归去来兮辞》。全文大意就是五个字:老子不干了。

回去吧,回去吧,家中的田园快要荒芜了,院里的小路快要被蒿草隐没了。

那松树和野菊,那带着篷的小车,那可爱的小船,还有那里的安宁惬意的生活,我回来了!

多半连他自己也没意识到,从这一刻起,中国的诗歌进入了一个新的纪元,不妨称之为"田园纪元",或者是"东篱纪元"。这一时代标志性的诗歌就是陶渊明的"采菊东篱下,悠然见南山"。公元405年,便是中国诗歌的东篱纪元元年。

媒体是无孔不入的。从后门逃出来的陶渊明仍然被记者堵住了,纷纷问:"陶县令,您为什么要走啊?说几句吧!"

陶渊明神秘一笑,答:

"富贵非吾愿,帝乡不可期。"

记者又问:"是什么让您下决心离开的?"

"云无心以出岫,鸟倦飞而知还。"

记者追问:"归隐之后您打算做什么呢?"

陶渊明露出向往而迷醉的神色:

"登东皋以舒啸,临清流而赋诗!"

言罢,他已一溜烟窜出老远,走了。

二

就在陶渊明满心欢喜奔向乡村的这一年,另一位天才谢灵运做出了完全相反的决定:出仕。

此刻,在京城建康,风光旖旎的秦淮河畔,乌衣巷内。

年轻的谢灵运正乘着华丽的车驾[3],离开了自家大宅,启程奔向远方。他迈出了人生仕途的第一步,去琅邪王司马德文手下做事,担任行参军。

这一次少年游,也将对日后产生深远影响,并将在未来开辟中国诗歌的下一个新纪元。

倘若把陶渊明和谢灵运的履历做个对比,就能发现巨大的差异。

陶渊明，四十岁；出身寒门[4]，职业农民；住址为寻阳柴桑山区农村；产业为方宅十余亩，草屋八九间，后遭火灾。

谢灵运，二十岁；出身陈郡谢氏，顶级豪门；住址为乌衣巷，顶级社区；爵位为公爵，袭封康乐公，食邑两千户。

真是天壤悬隔。

说一下谢家所在地乌衣巷。东晋是一个门阀士族社会，乌衣巷则是建康城中高门的聚居地，尤其以王、谢两家最为显赫。谢灵运就是谢家的第四代人。

晨风吹拂，他的车驶出乌衣巷了。阳光洒在他青春的脸上，洒在他名贵又时尚的衣服上，也洒在了他佩戴的华丽的紫罗香囊上，耀眼生花。

他的身前身后簇拥着大群的仆从，光是坐具就有足足三个人帮他拿。

闻讯而来的媒体堵在了乌衣巷口，问谢灵运：

"康乐公这一去，才名更要扬于天下了！""请问当今之世还有谁能和您比文才的？"

谢灵运洒然一笑，说出了那句流传千古的回答：

"假如天下的才华共一石，当年的曹子建可以独占八斗，我得一斗，其余古往今来所有人共分一斗！"

众人都啧啧赞叹。有人问："听说有个琅邪人，家境孤贫，也是少年有才,叫作颜延之的,不知道比您怎样?"

谢灵运淡淡道:"就是那个咋咋唬唬、外号叫作'颜彪'的吗,也就那样吧!"

又有人道:"还有一个寻阳柴桑人,听说也很有才,叫作陶渊明的,您听过吗?"

"陶渊明?"谢灵运这次倒是一呆,"那是谁啊?"

听上去不是很厉害吧?

三

就在乌衣巷里的谢灵运正侃侃而谈的时候,在远方,一所简陋的房子里,另一位青年才俊颜延之莫名连打了两个喷嚏。

"谁在背后说我?"他嘟囔道。

他就是本篇要出场的第三个人物。在不久的将来,颜延之也将成为一代诗人,他的命运还会和陶渊明、谢灵运发生奇妙的交集。

然而,他不会拥有自己的纪元,注定只是一个过渡的人物。

颜延之据说是孔子的弟子颜回的后人,可惜家道没落了,青少年时的生活无法和谢灵运相比。但有一样他却与谢灵运极其类似,就是任性狂狷。

颜延之的偶像是三国时的狂士阮籍。他写诗标榜阮籍说"长啸若怀人,越礼自惊众",自己也一直学着要"越礼惊众",特立独行。

他的妹妹嫁到了一位高官家,这位高官听说颜延之有才学,有心提携,打算先见见他。颜延之大喜,可逮着一个搞行为艺术的机会了,于是闭门谢客:不见!

在文才上,颜延之大体也是谁都不服。有一个大臣叫作傅亮的,善写文章,还很欣赏颜延之。颜延之却自命才高,不把傅亮当回事,导致傅亮对他非常忌恨。

当然,最大的对手仍然是谢灵运,这可说是颜延之的一生之敌。

408年,陶渊明的房子着了火。

"方宅十余亩,草屋八九间"烧了个罄尽,陶渊明一度穷得要饭。

谢灵运也倒了霉,出仕不顺。在叔父谢混的安排下,他投靠了一个实力派人物豫州刺史刘毅。怎料没几年,刘毅和权臣刘裕争权失利,兵败被杀。谢灵运的叔叔也连带被杀死。

谢灵运可谓掉到坑里去了。这和后来的李白非常相似,都是在激烈的权争中选择了错误的一方。

420年,刘裕代晋自立,建立了刘宋朝。谢灵运也改换门庭,依附了刘裕的第二个儿子刘义真,希望谋求发展。前文提到的才子颜延之也依附了刘义真。

因为都有文才，且又成了同事，谢灵运和颜延之二人逐渐齐名，被称为"颜谢"。刘义真对两人十分欣赏，经常与之一起作诗谈文，还说："我要是当天子，就要让谢灵运、颜延之当宰相！"

然而刘义真很快又争权失败，被废为庶人，后又被杀掉。两个"后备宰相"也都被逐，谢灵运被贬为永嘉太守，颜延之出为始安太守。

接二连三遇挫，谢灵运渐渐消极颓废起来，从意气风发的少年变成了心事重重的中年。

比如他的诗：

> 殷忧不能寐，苦此夜难颓。
> 明月照积雪，朔风劲且哀。
> 运往无淹物，年逝觉已催。
>
> ——《岁暮》

这首诗应该是写于一个北方的寒夜。[5]"殷忧不能寐"，是来自《诗经》的"耿耿不寐，如有隐忧"。在这首诗里，他有一种强烈的不安全感，还有一种对时光流逝的哀伤。

最著名的就是"明月照积雪，朔风劲且哀"，自然、博大，不事雕琢，浑然天成，被认为是"古今胜语"。哪怕是后来的唐代，许多诗人一生努力，也都是为了写出"明月照积雪"这样的句子。

事实上，谢灵运被贬永嘉，这是又一个历史性的时刻，它的意义几乎可以比拟当初陶渊明辞官归山。

中国诗歌在继东篱纪元之后，又将迎来一个新的纪元——"山水纪元"，或者叫"春草纪元"，因为标志性的诗歌就是谢灵运的"池塘生春草，园柳变鸣禽"。

像是故意报复一样，到了永嘉的谢灵运既不上班，也不办事，整日带着大群跟班登山逐水，一消失就是十天半个月，"民间听讼，不复关怀"，老百姓打官司都找不到领导。亲友们写信劝他也不听。

他还一边爬山一边写诗，这些描绘山水的清丽诗歌一传回京城，就引起热烈的传抄。不知不觉间他已开创了一个新的诗歌派别——山水派。

工作上，谢灵运再也没有靠谱过。后来宋文帝刘义隆一度征他做秘书监，他任性地一连两次不去；勉强就任后，要他写《晋书》，他只搞了一个粗略的大纲，随即难产。宋文帝渐渐觉得他隔膜、可恶，这使得他不得不又辞官回家，更是一门心思地只顾爬山了。

为了玩耍，他甚至可以大兴土木，带人凿山挖湖、砍树开道，做后来唐代的穷诗人们根本无法想象的事。一次，他居然带人从绍兴的始宁一路伐木开山到临海去玩，吓得临海太守还以为是山贼来了。

谢灵运还研发了一种专业的登山装备，叫作"谢公屐"，这是一种木头鞋子，有可以灵活拆卸的前后齿，上山时就拆掉前齿，下山时则去掉后齿。这种鞋子成了谢灵运的专有品牌。李白在《梦游天姥吟留别》中就说要"脚著谢公屐"。

作为曾经的同事，颜延之对谢灵运并不服膺，他们的关系绝对谈不上好，多次互相暗中较劲。

在个性上，颜延之的狂诞比谢灵运也有过之而无不及。

他后来的仕途较为顺利，多数时间在朝中任职，但却言行放肆，哪怕在皇帝面前也不更改。有记载说，宋文帝召颜延之觐见，他却在酒店光着膀子痛饮，"裸袒挽歌"，等酒醒了才去面君。

这种做派会让人想到唐朝的谁？没错，正是李白"天子呼来不上船"的预演。事实上，在后来唐朝许多大诗人的性格和命运之中，就有谢灵运、颜延之这些前辈留下的印记。

颜延之又爱嫉妒，只要风头被人压过，便会"意有不平"。有一个僧人叫释慧琳的，颇为宋文帝所欣赏，面君时"常升独榻"，专门有座，颜延之为此"甚疾焉"，气不过，借着酒劲说：这个剃过光头的刑余之人怎么配这样坐？弄得宋文帝险些当场翻脸。

顺便说一句，颜延之只服一个人，就是陶渊明。

颜延之是在寻阳偶然地认识陶渊明的。他小了陶渊明约二十岁，双方却很快成了忘年交。颜延之去做始安太守时，路上特意到寻阳待了好些天，和老大哥陶渊明痛饮美酒。因为陶渊明生活清苦，颜延之临走前还给了他两万钱，供其开销。

结果陶渊明把两万钱全拿到酒店去：存起来，给我办张金卡。

四

谢灵运的人生结局来得很突然。

因为任性妄为，他不断被人弹劾、举报，最后居然被扣了一个谋反的罪名。

朝廷派人去调查，谢灵运仓皇失措之下，居然把来人扣了起来。宋文帝不免大怒，却还是先饶了他一命，将其流配去广州。可据说他又安排人半路劫道，搭救自己，导致罪上加罪。

这些奇葩行为都很让人疑惑，不明白他怎么会做这样低能的事。终于他被判了死罪。宋文帝元嘉十年（433），仅仅是在陶渊明病逝六年后，乌衣巷中的一代王孙谢灵运在广州被处死，时年四十八岁。

颜延之则幸运得多，一直有惊无险地活了下来。他行为乖张，屡屡出口伤人，却始终没遭遇大祸。

这可能和他的出身背景有关。他是纯粹的草根，没有什么政治资本，不像谢灵运出身高门，有一定的政治号召力，还有大量财产和门生童仆，容易遭到当权者的忌惮。

有一件事是颜延之尤其在乎的，便是要当文坛第一，总想压过了谢灵运。

即便是谢灵运死后，颜延之还在纠结此事。他曾问一位诗坛的晚辈鲍照："我和谢灵运，到底谁的诗好？你只管大胆说，我不记仇。"

鲍照说："谢灵运的五言诗，就像初发的芙蓉，自然可爱；您的诗就像铺锦列绣，雕缋满眼。"也就是说，他的诗富丽锦绣，谢灵运的诗清新自然。

还有一个后辈诗人叫汤惠休的也表达了类似的意思，说："谢灵运的诗，像芙蓉出水；颜延之的诗，像错彩镂金。"

颜延之一听就不乐意了：我确实不记仇，但是恶意抹黑的除外！

他觉得这些评语是贬损了自己，是暗指自己的诗雕饰、俗气，审美格调不高。颜延之对此耿耿于怀，后来作为前辈的他便一直和汤惠休过不去，不断指责汤的诗低俗、媚俗，会教坏年轻人。

颜延之活了七十二岁，在南朝诗人中是罕见的高龄。

俗语说谁活得最久谁就是艺术家。照此理论，颜延之本该是天下第一的。多少诗人都被他熬死了。

可惜此公却始终无法天下第一。在他的前半生，有陶渊明、谢灵运，难以超越；好容易等到谢灵运被熬死，一位叫鲍照的又崛起了。

颜延之当真可以悲怆地说：你们这些天才，完全覆盖掉了我漫长的职业生涯。

鲍照正是本文要提到的下一位人物。在陶渊明的田园纪元、谢灵运的山水纪元之后，他将开启南朝诗歌的下一个纪元——"摇滚纪元"。

五

倘若把诗坛比作乐坛，那么鲍照必定是抱着电吉他登场的。

他比谢灵运、颜延之要晚一个时代。颜、谢都是晋宋之交的人物，而鲍照四岁时东晋就灭亡了，对东晋可说没有任何记忆。他是第一个完全意义上的南朝诗人。

鲍照的出身，大概是所有南朝诗人里最贫寒的，早年曾经农耕，这一经历和后来唐代的高适差不多。

这种底层的出身经历，让他的诗也成了同时代诗人里最好辨认的，那就是不那么讲究矜持、典雅，而是更奔放、激烈，嗓门很大，有一种愤青气质，并且很偏爱热情洋溢的的七言诗。

作为出身低的人，说话的声音就必须很大，这样别人才能听得见：

泻水置平地，各自东西南北流。

> 人生亦有命,安能行叹复坐愁?
> 酌酒以自宽,举杯断绝歌路难。
> 心非木石岂无感?吞声踯躅不敢言!
>
> ——《拟行路难》其四

这就是鲍照式的咆哮,是所向披靡的电音。他仿佛随时都在大吼:看见我啊,你们看见我。

二十岁那年,鲍照听说临川王刘义庆爱才,便去谒见,却没引起重视。他不肯放弃,又要献诗。旁人劝他识时务,说道:"你的身份卑微,不可轻忤了大王。"

鲍照大怒:"千载上有英才异士沉没而不可闻者,岂可数哉!大丈夫岂可遂蕴智能,使兰艾不辨,终日碌碌与燕雀相随乎?"

后来鲍照又辗转依附了几个宗室,也没有得到什么发展。这就是他为什么那么喜欢作"行路难"的原因,竟然一口气作了十八首《拟行路难》。

这些诗,完全就是后来李白《行路难》《将进酒》的灵感来源:

> 君不见河边草,冬时枯死春满道。
> 君不见城上日,今暝没尽去,明朝复更出。
> 今我何时当得然,一去永灭入黄泉。

> 人生苦多欢乐少，意气敷腴在盛年。
> 且愿得志数相就，床头恒有沽酒钱。
> 功名竹帛非我事，存亡贵贱付皇天。
>
> ——《拟行路难》其五

"人生苦多欢乐少，意气敷腴在盛年"，岂不就是后来李白的"人生得意须尽欢，莫使金樽空对月"？至于"且愿得志数相就，床头恒有沽酒钱"，不就是"天生我材必有用，千金散尽还复来"？

还有这一首更加摇滚的：

> 对案不能食，拔剑击柱长叹息。
> 丈夫生世会几时，安能蹀躞(dié xiè)垂羽翼？
> 弃置罢官去，还家自休息。
> 朝出与亲辞，暮还在亲侧。
> 弄儿床前戏，看妇机中织。
> 自古圣贤尽贫贱，何况我辈孤且直！
>
> ——《拟行路难》其六

这首诗中的"对案不能食，拔剑击柱长叹息"，几乎就是李白《行路难》中"停杯投箸不能食，拔剑四顾心茫然"的原版。

下文的"自古圣贤尽贫贱，何况我辈孤且直"，也正是李白"古来圣贤皆寂寞""一生傲岸苦不谐"的先声。

鲍照开辟的短暂的摇滚纪元，是在悲剧中结束的。宋明帝泰始二年（466），刘宋宗室争权，鲍照在一场兵乱中被杀死。

这也是南朝许多诗人躲不开的命运。当时政局动荡，内乱频发，许多诗人都卷入了血腥的权争里而不得善终。

鲍照生前曾经写下过一首咏梅花的诗，感叹梅花的坚韧。这首诗在他的作品里显得很特别，不那么硬派，而像是一首抒情摇滚，爽直之中又多了几分细腻的共情：

> 中庭杂树多，偏为梅咨嗟。
> 问君何独然？念其霜中能作花，露中能作实。
> 摇荡春风媚春日，念尔零落逐寒风，
> 徒有霜华无霜质。
>
> ——《梅花落·中庭多杂树》

他自己便是一株寒梅，只不过被错当成了杂树而已。

六

时光穿梭，秦淮河水依旧流淌，唯有朝代和人物在不断更迭。

公元479年，刘宋被灭，齐、梁两个新的朝代相继而起，一批新的诗人也陆续登上了文坛。

杜甫后来曾有一句话，是回忆自己学诗的经历的，叫"颇学阴何苦用心"，诗句里提到一个"阴何"，所指的就是这个时代的两位诗人，一位叫阴铿，一位叫何逊。

他们主要是继承了谢灵运的风格，能写一笔描绘山水景物的秀丽的诗。

比如何逊：

> 林密户稍阴，草滋阶欲暗。
> 风光蕊上轻，日色花中乱。

这是《酬范记室云》中的几句。这一首美丽的诗，不但在文字上是美丽的，在声律上也是整齐和谐的，已经非常像后来唐朝的成熟的五言律诗了。

还有阴铿《渡青草湖》：

> 洞庭春溜满，平湖锦帆张。
> 沅水桃花色，湘流杜若香。

同样只引了几句，以便使读者感受一下这种明快秀丽的山水诗。它直接启发了后来的杜甫。比如杜甫的这四句：

　　风林纤月落，衣露净琴张。
　　暗水流花径，春星带草堂。

不难发现，从遣词、造句到构思，都明显是在向阴铿致敬。

当然，无论阴铿还是何逊，他们的才力都无法和前面的陶渊明、谢灵运几位相比。他们已经不能开辟属于自己的新纪元了。中国诗歌逐渐进入了一个"小年"。

至此，我们已简略浏览了唐朝之前一个时代的几位诗人。

他们无疑是先贤，是杰出的探路者，但同时也往往是有鲜明个性的人，有狂士、愤青，也有刺头、顽主，甚至是混蛋。

他们的成就参差不齐，各自所开辟的时代也有长有短，但可以确定的是，他们的努力都没有白费，各自在唐代都有传承。

陶渊明"东篱纪元"的宝贵遗产，会被后来唐代的王绩、孟浩然、王维、杜甫等人继承。

约三百年后，襄阳会诞生出一个伟大的孟浩然，悟到陶渊明的真谛。他将写出完全符合东篱精神的超凡作品"故人具鸡黍，邀我至田家"，作为对陶渊明的致意。

谢灵运"春草纪元"的余泽，则会深深影响稍晚的后起之秀谢朓，以及唐代的孟浩然、李白、王维等大匠，催生出无数美丽氤氲的山水诗。

李白将把谢灵运作为人生导师，当自己仕运不济的时候，他就会想到谢灵运，甚至去到谢灵运的旧游之地，探访他的遗迹，向这位前辈顽主寻找力量。[6]

至于鲍照的"摇滚纪元"，虽然短暂，却也绝不是昙花一现。它澎湃的力量将被李白继承，在盛唐发出更响亮、更震颤的怒吼。

至于何逊、阴铿，乃至后文会提到的王褒、庾信等诗人，也都不会被唐朝的诗人们忽视。

不但杜甫学习过阴铿，事实上李白也认真学习了他。杜甫曾这样描述李白：

李侯有佳句，往往似阴铿。

元代的虞道园说"太白似阴铿"；清代人陈仅也说，李白的一些作品"绝似阴铿"。在李白的许多诗歌里都能找到阴铿的影子。这也是对阴铿最大的肯定。

七

故事是从乌衣巷的谢家开始的，不妨也选择从乌衣巷收尾。

南齐建武四年（497），建康城南的秦淮河畔，乌衣巷口，又飘然来了一个诗人。

近百年前,年轻的谢灵运就是从这里离开,踏上了跌宕起伏的人生。如今来的这一位后辈诗人也姓谢,叫作谢朓。

从先祖谢安往下推算,谢朓是谢家的第五代,是谢灵运的族侄。他这次是回京任职的,之前他在安徽宣城做了两年太守,如今又返京任中书郎。

谢朓兴致勃勃地游览了建康。他曾登上了三山,俯瞰了壮丽的京城。他游览了钟山下的东田,还垂涎了一把美味的春酒。所到之处,他写了不少诗。

他曾用一首《入朝曲》,描写了当时建康城的气势和威严:

　　江南佳丽地,金陵帝王州。
　　逶迤带绿水,迢递起朱楼。
　　飞甍夹驰道,垂杨荫御沟。
　　凝笳翼高盖,叠鼓送华辀。
　　献纳云台表,功名良可收。

有理由相信,有那么一天,他悄然来到了乌衣巷。作为谢家的子孙,他没有理由不来瞻仰这个写满了祖上荣光的地方。

和百年前相比,乌衣巷已经黯淡了。无论是王家还是谢家,眼下都已没有了当年的煊赫。朱雀桥边零落地生出了些野草。薛荔藤爬上了栏杆，杂花侵蚀了路口，一只燕子孤零零地飞着。眺望乌衣巷，仍然能看见一些巨大宅子的雄伟剪影，但却也透出一种掩不住的寂寞荒芜。

最终谢朓默默地离开了，居然没有留下任何诗句。

也许是他写了诗，后来都亡佚了；也可能是因为感触太多、太沉重了，使他实在无从描述。

那种繁华渐落的景象，家族那如梦如幻的历史，还有那种深深的消极感和无奈感，都层层叠叠压在心头，让他居然无法下笔，终致悄悄地去、悄悄地回。

随着谢朓的这一转身，乌衣巷终于是落在了历史的背影里了。

在它淡出时代舞台的时刻，难免不令人想到两句后人的诗：

江雨霏霏江草齐，六朝如梦鸟空啼。

我们读唐诗的时候，经常会看到一个词，叫作"六朝"。唐朝诗人特别爱写到、提到六朝。

什么叫作"六朝"？如果从历史的角度回答，六朝就是东吴、东晋，再加上后来的宋、齐、梁、陈，也就是中国南方连续出现的六个以建康为首都的王朝。[7]

但如果从文学的角度回答，六朝就是陶渊明，就是谢灵运、颜延之，就是鲍照、谢朓、阴铿，就是明月照积雪、池塘生春草，就是春芳止歇、繁华为烬，就是大闹一场悄然离去。

回到最初的问题：为什么在唐诗之前，要先浏览六朝这样一个时代？因为它和唐朝有扯不断的血肉情感联系，有他们的偶像，也有他们谈论不尽的话题。甚至唐朝诗人们后来经历的爱恨情仇，耍过的帅、扯过的淡、踩过的坑、作过的死，六朝的诗人都提前预演了一遍。谢灵运、颜延之、鲍照等人不就从各个角度把后来李白的人生命运都预演了吗。

只要一句话，你就能明白六朝之于唐朝是什么感觉了，那就是：唐朝的人看六朝，就有点像今天的人看民国。

大师和混蛋辈出，风流和动荡并存，不近又不远，非古又非今，说近则物是人非，说远则又血肉相连，可叹可惋可恨，难说难描难画，就是这种感觉。

至于那重归寂静的乌衣巷，谢朓欠了这里一首诗。直到若干年后，唐朝诗人刘禹锡写到这里，才用一首《乌衣巷》替他偿还了这一笔数百年前的欠账：

朱雀桥边野草花，乌衣巷口夕阳斜。
旧时王谢堂前燕，飞入寻常百姓家。

注释

〔1〕 关于陶渊明的名字,记载较乱,异说很多。沈约《陶潜传》:"陶潜字渊明,或云渊明字元亮。"萧统《陶渊明传》:"陶渊明,字元亮。或云潜,字渊明。"其中争论最多的是"潜"字的来历,甚至还有说"潜"是小名,或者称"潜"是晚年所改。在本书中都统一作陶渊明。

〔2〕 彭泽的管辖归属时有变更,当时属寻阳。杨守敬《水经注疏》:"……彭泽县西。守敬按:汉县属豫章郡,后汉因。……晋仍属豫章郡,永嘉后属寻阳郡。"陶渊明是寻阳人,当时任彭泽县令,上班地点离他的家很近,据陶渊明自述,不过一百里。

〔3〕 谢灵运所乘的应不是马车,而是牛车。东晋以来士族出行都尚乘牛车,觉得悠然怡然,车的制式设计也不断革新。马车在当时反而不受追捧。

〔4〕 陶渊明出身寒微,少年穷苦。他的曾祖父或为大司马陶侃,但其家绝非门阀士族。陶侃亦出身寒素,且被路永景云等疑为南方少数民族溪人。《晋书·陶侃传》称其"望非世族,俗异诸华",立军功后仍然被士族排斥。陶家和门阀士族阶层是严重隔阂的。陶渊明祖父未袭爵,渊明自小家境败落,知情人如颜延之等对此都有详细记载。张婧文《陶渊明的"寻家之路"》将陶渊明称为"门阀士族外的寒门之士"是比较公允的。

〔5〕 这首《岁暮》不完整,可能有阙文。关于它的创作年代,顾绍柏《谢灵运集校注》将之系于义熙十二年岁末(417),当时刘裕北伐,谢灵运奉诏前往彭城慰劳,此诗应是作于彭城。又有说这是后来作于永嘉,似乎不准确。"明月照积雪,朔风劲且哀"不是永嘉常见风景,更似北方景象。

〔6〕 李白人生最后时刻还在走访谢灵运的旧迹,晚年曾写下:"谢公池塘上,春草飒已生。"郁贤皓《李白全集注评》将此诗系于宝应元年(762)李白临终之前。谢氏山亭在安徽当涂。

〔7〕 六朝并不是自始至终都以建康为首都。如梁元帝承圣元年(552)至承圣三年十一月(555年1月)就曾都江陵。这节故事后文会提到。

谢朓死后,王勃生前

谢公离别处,风景每生愁。

客散青天月,山空碧水流。

——李白

一

公元499年,中国的南方还处于南齐统治时期。

在它的首都建康的一所监狱里,有一个诗人死去了。他就是谢朓。

我们没有更多介绍他的诗,许多读者也没有读过他的名句"大江流日夜,客心悲未央",或者是"天际识归舟,云中辨江树"。但只说一点,你就知道他有多牛了,谢朓在后世有一个死忠粉,就是李白。

前文中说了,李白所钟爱的南朝诗人着实不少。谢灵运是李白的人生导师，鲍照是李白的灵感源泉，然而谢朓不同，他是李白的终生偶像。

李白一生都很崇拜谢朓，无时无刻不在念叨：我真的十分想念谢朓。

李白登上了高楼，会想起谢朓；当风吹起来了，他会想起谢朓；看见美丽的月色，他会想起谢朓；就连别人送他件衣服，他都能扯到谢朓。后人说李白"一生低首谢宣城"，这个谢宣城就是指谢朓，他曾经做过宣城太守。

谢朓是因为卷进了一场政治斗争，在狱中死去的，去世时才三十六岁。害死他的庸人们并不知道，他们做了一件多么糟糕的事——此后整整一百年，中国再没有出过一个第一流的诗人。[1]

简单说一下当时中国诗歌江湖的形势。那时候，南中国最有影响力的诗歌派别叫作"山水派"，这一派历史悠久，好手迭出，谢朓生前正是这一派的掌门人，也是最后一位撑场面的高手。

他这一死，山水派倒了台柱子，一门绝学再无杰出传人，另一个诗派则渐渐崛起，数十年间一统江湖，这个派别就是"宫廷派"。

这一派的特色，用后来隋文帝的话说，就是"多淫丽"。为什么说他们"丽"呢？因为这一派诗人写诗的风格浮华，特别追求辞藻精致、声律考究。而之所以说他们"淫"，是因为他们虽然也写一些乐府诗、山水诗、怀古诗，却都没写出太大的成就来，偏偏在一种诗歌——小黄诗的创作上高潮迭起。

例如宫廷派的开派宗师之一——梁简文帝萧纲，就开创了本门里的一大支派"放荡门"。这不是我胡诌的，是萧纲自己说的："立身先须谨重，文章且须放荡。""立身谨重"那是幌子，至于"文章放荡"，按照他的原意本来是指文章风格率性，大气不羁，可慢慢地却变了味道，成了真的"放荡"了。

这位大宗师的主要诗歌题材是两个：一是大姑娘，二是姑娘的床上用品。他的几首代表作的题目[2]，翻译成现代汉语，就是《我那正在睡觉的媳妇》《我那正在制作床上用品的媳妇》，以及《我那长得像大姑娘一样的小白脸》。

举一首《夜听妓》为例，很多诗人都写过同题作品，但简文帝写得最为色眯眯。大家可以看一下这首诗，不用怕难，会有一两个生僻字，但不算很拗口：

> 合欢蠲(juān)忿叶，萱草忘忧条。
> 何如明月夜，流风拂舞腰。
> 朱唇随吹尽，玉钏逐弦摇。
> 留宾惜残弄，负态动馀娇。

简单讲一下这首诗。"合欢蠲忿叶，萱草忘忧条"，用的是前代诗人嵇康说的一句话："合欢蠲忿，萱草忘忧。"诗句的意思是说：合欢的叶子能让人消忿，萱草的嫩条能让人忘忧，但都不如今晚女子的腰肢那么使我开心。

整首诗都是在肉欲上下功夫,对舞腰、朱唇等不遗余力细致刻画。在诗的结尾处,还照例出现了一个色鬼形象,就是那个"宾"。有兴趣的可以去翻检一下,当时的宫体艳诗里往往都会出现这样一个"宾"。

一个诗歌门派,有了这样的掌门人带头,其他高手们也就纷纷效仿,把放荡神功发扬光大。诗人们开口闭口自称"上客","上客娇难逼""上客莫虑掷黄金",大约随时准备胡天胡地;姑娘则动不动就"横陈","立望复横陈""不见正横陈",一不小心就被放倒了。他们约在一起做什么呢?"托意风流子""密处也寻香"……再引下去,我都要捂住眼睛了。

在那些年里,南中国发生了无数大事,国家战乱频繁,权贵互相屠戮,人民流离失所,但是这些内容你在他们的诗里几乎看不到。如果只看这些诗,你会以为那时候中国人的生活天天歌舞升平、花好月圆。

二

大家可能会问:南朝的诗坛那么惨,那北朝呢?在我们的猜想中,北朝的诗,一定是苍凉、古直、雄浑的。真的是这样吗?他们能不能撑起中国诗歌的门面?答案是:你想多了,北朝比南朝还惨。[3]

惨到什么程度呢？后来直到唐朝还流传着一个段子，说南朝第一才子庾信去北朝出使，人们问他北方文士水平如何，庾信傲然一笑，说："能够和我的水平相抗衡的，大概只有韩陵山上的一块碑文，此外也就只有薛道衡、卢思道这两人勉强能写上两笔。其余的货，都不过是驴鸣狗叫、汪汪哗哗罢了！"

北朝诗坛这么凋零，实在太也难看，那可怎么办？北朝的人开动脑筋，终于想出了一个绝妙的办法，让人不得不佩服到五体投地：

既然我们不出产诗人，那么把南朝的诗人抓过来不就是了？

北朝人说干就干。于是乎，南朝三个最牛的诗人——庾信、王褒、徐陵，统统被抓了，一到北朝就被扣住不放。其中徐陵还好，没过几年放了回来。另外两个就惨了，北朝下决心要留他们终老，软硬兼施，封官授爵，充分进行情感留人、待遇留人，就是不让回家。

北朝给这两人的待遇好到什么地步呢？先看庾信，西魏给他的待遇，是开府仪同三司，做车骑大将军，名义上就是当年刘备封给张飞做的官，后来又做骠骑大将军，名义上就是刘备给马超做的官，"五虎上将"的官他一人干了俩。再看王褒，封到太子少保。他原本是打了败仗、亡了国，被北朝俘虏的，他的君主、同事大多都被杀害了，他却好端端地被带到北朝做大官。

两人就此滞留在北朝多年，不能回还。好不容易等到时局变化，南北两边关系和缓，政策松动了，开始允许双方人员互相交流探亲。南朝打来了申请：您以前扣留的我们的人，现在可以放回来了吧？北朝爽快地答应了：放！都放！不过只有两个人例外——庾信和王褒不准放。

现在你大概能够明白，在唐朝之前，中国的诗坛是个什么状况了。

渐渐地，时间来到了公元584年前后。谢朓已经死了快一个世纪了，文坛的气象仍然没什么好转，下一个谢朓还不知道在哪里。

有一个人对当时文坛的风气看不惯了，大发脾气：这都写的什么玩意！

这个人叫作杨坚。他有一个很酷的鲜卑名字，叫作"普六茹那罗延"，意思是"金刚不坏"。此外，他还有一个更众所周知的头衔——隋文帝。

三

当时的隋文帝其实是很忙的。他马上要完成中国的大一统了，这一年他有许多大事要办：

在西北，他的军队正在进攻凶悍的吐谷浑。在北方，他的使者正在出使突厥，给对方的贵女赐予姓氏和封号，希望搞好关系。在南方，陈朝的后主虽然懦弱，但还在凭借着长江天险苟延残喘。在内部，杨坚刚刚搬进新的首都大兴，当地的河流水量少，不敷漕运之重，需要抓紧修渠。

可即便在这么忙的当口上，杨坚仍然打算抽出时间来，好好抓一抓文学。

一项更气象、正文风的工作轰轰烈烈开始了。杨坚专门下达指示，要扭转写作的风气：

"如今的文风，风格太浮艳，太做作，都是些靡靡之音。从现在起，朕要提倡一种新的文风，让那些浮华虚文都成为过去！"[4]

一般来说，皇帝想推动重大改革，不但要做指示、发诏书，还要树典型，包括正面典型和反面典型。隋文帝要改革文风，就要杀鸡儆猴，他很快找到了那只鸡——泗州刺史司马幼之。

这位老兄其实颇有来历，是大名鼎鼎的司马懿的后代，少年时曾经在北齐当过高级干部，后来又在隋朝做地方大员，也算是乱世中的一号人物。《北齐书》里还专门提到了他，说他为人清廉、高尚，料想不会是个庸蠹之人。

然而这家伙却成了文风改革的倒霉蛋。开皇四年（584）九月，正是改革文风的关键敏感时期。司马幼之据说是"文表华艳"，估计写公文有点假大空，套话略多了些，被皇帝抓了反面典型，居然"付所司治罪"[5]。

抓了反面典型，皇帝又大力树立了一个正面典型——治书侍御史李谔。

对于皇帝的文风改革，这位李谔先生响应最积极，放炮最猛烈，很快就写出了多达一千字的长篇心得体会，叫作《上高祖革文华书》。

在文中，他猛烈抨击浮华的文风，说它是"竞一韵之奇，争一字之巧""连篇累牍，不出月露之形；积案盈箱，唯是风云之状"，而且指出坏风气的源头在于南方，是"江左齐梁，其弊弥甚；贵贱贤愚，唯务吟咏"。

李谔还表态说，坚决支持朝廷依法严惩司马幼之的决定，惩治得好，惩治得对，并积极声明：对这种类似的家伙，要"请勒有司，普加搜访"，一旦发现，绝不姑息。

隋文帝看了之后非常高兴，当即批示：这封信很好，发群臣学习讨论。

除了李谔之外，文帝的改文风运动也得到了一些帝国高层的响应。比如他的二儿子杨广。

对父亲的指示，杨广是跟得很紧的。在刚刚当了太子的第一年，杨广就抓住一个机会，积极响应了老爹的文风改革。杨广到太庙参加祭祀活动，借机说仪式上的礼乐歌辞不好，"文多浮丽"，要求重新制定一套。

和老爸这一介武夫相比，杨广在文化上更胜一筹，不但能搞文艺批评，还能亲手写作。他努力地写着一种新的诗歌，比如后来征伐辽东时写的《纪辽东》：

辽东海北翦长鲸，风云万里清。
方当销锋散马牛，旋师宴镐京。
前歌后舞振军威，饮至解戎衣。
判不徒行万里去，空道五原归。

除了这类硬朗的军旅诗，杨广还写有一些清新、空灵的作品。来看他的一首小诗《春江花月夜》：

暮江平不动，春花满正开。
流波将月去，潮水带星来。

月光照耀下，潮水波光粼粼，好像漫天星斗都撒落在了水里。诗写得一点都不油腻，而是晶莹剔透，空灵中又显出一种壮阔。这个人真是有一颗诗人的心，比之前那些诗人写的宫体诗确实是高了一筹。

当然，杨广支持父亲的文风改革，动机很复杂，其中肯定有政治投机的因素。但在他的诗里，确实涌动着一种新的东西。

四

那么，这一次改革的成果怎么样呢？文坛、诗坛是不是真的振兴了？答案却让人失望：成果不怎么样。

几年之后，改革的发起人隋文帝杨坚就死了，并没有亲眼看到所谓"斫雕为朴"的效果。

诗坛的新领袖杨广接了班，摇身一变，成为了中国历史上著名的昏主——隋炀帝。很快地，朝政日乱，反贼蜂起，天下如沸，炀帝被混乱的时局搞得焦头烂额，终于在扬州，一群造反的士兵用一条绳子，要了他的命。

一场改革，终于草草地偃旗息鼓。尽管皇帝短时间内三令五申，要改文风、倡新作，结果却不尽如人意，没有群众奔走相告，没有佳作如雨后春笋，更没有立刻唤醒一个伟大的文学盛世。谢朓之后，仍无谢朓。

不过，当我们今天回头来看584年，看这一场虎头蛇尾的改革，却发现它有其特殊之处——在中国历史上，还很少有这样的时候，皇帝和他的接班人，都是文学新风的提倡者。

这不禁让人想起，在隋朝之前三百五十多年，就曾经有过一个帝王父子组合，擎起了中国诗歌的天穹。他们就是杰出的文学天团——"三曹"。而那个了不起的文学时代，叫作建安。

相比之下，杨坚和杨广这一对父子组合，没有曹操父子的天分和才华，甚至杨坚搞改革的初衷也不过是为了道德教化，不是真的为了文学好。

但和"三曹"一样，他们同样站在了一个伟大文学时代的开端，打算做出一些改变。他们努力推动了那扇门，发出了呐喊。

这一年，距离后来的王勃出生只有六十六年[6]，距离陈子昂出生只有七十五年[7]。新的诗歌的种子正在血色、动荡中悄无声息地孕育，伺机绽放，直到唐诗盛世的来临。

伟大的时代往往都是这样开启的：当门被推开时，并没有什么大动静，大家尚在沉睡。只有光照进来之后，人们才被惊醒，发出赞叹的声音。

注释

〔1〕 闻一多在《唐诗杂论·宫体诗的自赎》中说:"我们该记得从梁简文帝当太子到唐太宗宴驾中间一段时期,正是谢朓已死,陈子昂未生之间一段时期。这其间没有出过一个第一流的诗人。"

〔2〕 分别是《咏内人昼眠》《和徐录事见内人作卧具》《娈童诗》。

〔3〕 用一个"惨"字概括一个地域和时代的诗歌,似乎显得简单粗暴。但诚然如此。宇文所安《初唐诗》:"战事连绵、政治动荡的北中国对于诗歌是更糟糕的环境……北方诗人不是蹩脚地模仿南方风格,就是写作笨拙的诗。"

〔4〕《隋书·文学传》:"高祖初统万机,每念斫雕为朴,发号施令,咸去浮华。然时俗词藻,犹多淫丽,故宪台执法,屡飞霜简。""郑卫淫声,尽以除之。"

〔5〕 不知道司马先生最后受了什么处分,但他出事的时候是泗州刺史,最后官终眉州刺史,固然没有升迁,但好像也没有受太重大的影响。

〔6〕 我们很难准确知道王勃同学是哪一年生人。谭丕模《中国文学史纲》说是674年,似乎显得略晚。郑振铎《中国文学年表》则说是648年。王勃自己在《春思赋序》中说"咸亨二年(671),余春秋二十有二",那么倒推下来应该是650年出生。这里暂取这一说法。

〔7〕 陈子昂同学的生年也是个问题,有好几个说法。郑振铎《文学大纲》认为陈子昂生于656年。闻一多《唐诗杂论》认为陈子昂生于661年。彭庆生《陈子昂生卒年考》认为他生于659年。这里采用659年说。

江陵，江陵！

> 六朝文物草连空，天淡云闲今古同。
>
> ——杜牧

一

说到了隋文帝、隋炀帝父子，唐朝已经很近了。但此时且不忙进入唐朝，让时钟稍稍往回退一点点，在一个特定的时刻留驻几分，来关注另一件大事。

上一篇文章里我们曾说到了谢朓之死，那是诗坛的一个重大损失，中国最好的诗人之一没能活着走进公元六世纪。

这一篇，我们来说谢朓之死后发生的一件事。对于诗歌来说，这是一个需要记住的时刻。

让我们的目光从建康溯长江而上，来到江陵，也就是今天的湖北荆州市江陵县。故事发生的年代是公元555年，当时谢朓所属的南齐已灭亡了五十多年，朝代已经改换为梁，历史上称为南梁。

时为梁元帝承圣三年十二月，梁朝正在遭受敌国西魏的入侵。

这一战的过程十分迅速，战争才打了三个月，魏军就长驱直入，围困了梁朝当时的都城江陵，灭国已经进入了倒计时。

这天夜晚，在江陵的深宫之中，四十七岁的梁元帝萧绎面无表情，瞪着一只独眼，枯坐在暗处。

因为之前的一场大病，他盲了一只眼睛。当然，这件事是谁也不许提的。有一个叫王伟的人曾拿这件事损了萧绎，结果十分悲惨，萧绎将王伟的舌头钉在柱上，开膛剖腹，一刀刀割死。

呆坐了一会儿，萧绎忽然叫来了一个手下，名字叫作高善宝的，下达了一个命令：

"去，把我的书烧了。"

高善宝答应了，转身要走，随即又停住，问："陛下，烧哪本？"

梁元帝挥挥手："都烧了。"

高善宝瞠目结舌，不敢置信："陛下，那可是十四万卷藏书，多少年辛辛苦苦才积攒起来的……"

梁元帝抬起头，用仅余的一只独眼死死盯着高善宝，忽然大吼一声：

"书有个屁用！老子读了那么多书，到头来还不是落到今天这个下场。烧，统统给我烧！"

原话是:"读书万卷,犹有今日,故焚之!"

当夜,大火冲天而起,珍贵的十四万卷图书化为飞灰,史称"江陵焚书"。这是中国历史乃至人类历史上最大规模的焚书案之一,纵火者高善宝,主谋者梁元帝萧绎,作案时间为公元555年。

本书提及的绝大多数年代,都是不需要专门去记忆的,包括后来李白、杜甫的生卒年,读者也不必去刻意记忆。但是唯独这一个年代,希望大家牢牢记住,因为这是文化浩劫之年,并且也很好记,三个五。

二

有人或许会问:这个梁元帝萧绎干吗纵火焚书?他是一个疯子吗?并不是。

要说昏聩和残暴,南朝历代帝王中有不少疯子、昏君、杀人狂。比如宋前废帝刘子业、后废帝刘昱、梁东昏侯(废)萧宝卷等等,都是有绝对实力竞争前三甲的。和这几位"英才"相比,萧绎还排不上号。

萧绎也不是个完全意义上的庸蠢之主,绝非一点能力也没有。

他出道时四十岁,坐镇荆州,面对的是老爹梁武帝萧衍留下的巨大的烂摊子。

当时的形势,是东有窃国大盗——侯景,已经攻陷了国都建康，囚禁并活活饿死了老皇帝萧衍；西有兄弟觊觎，就是在蜀中的弟弟武陵王萧纪，此公实力很强，钱多兵足，一直想找哥哥掰手腕；北有强邻虎踞，西魏和北齐时刻想寻觅机会南侵。除此之外，萧绎自家屁股底下还有一个造反的将领陆纳，到处点火放炮。

在这样让人焦头烂额的局势下，萧绎经过一番闪转腾挪，居然也打开了一个不大不小的局面。

他先是主持平定了"侯景之乱"，收复了建康，然后又借西魏的兵，打垮了弟弟萧纪。回转身来，他还打败了几个带兵争地盘的侄儿，在江陵称了帝，延续了梁祚。

这其中固然也存在一些操作失误，埋下了不少隐患，但能做到眼下这一步，萧绎肯定不是一个草包。[1]

这个人不但有那么些儿武才，更突出的是有文才。后来唐朝人说他"聪明伎艺，才兼文武"，就是萧绎刚出道时的人设。

他本身就是个诗人。当时的宫廷诗派有两大高手齐名，后世并称为"简文、湘东"，其中"简文"是简文帝萧纲，之前文章里曾介绍过的，而"湘东"就是梁元帝萧绎了，因为他曾经做过湘东王而得名。兄弟俩并驾齐驱，写信互相鼓励，说好一起把宫廷诗派发扬光大。

萧绎博学广才，著作等身。当大官而做学问，往往都是假的，萧绎却是真的。刀兵四起的乱世里，他一边和兄弟侄子们干仗掐架，另一边还坚持用一只独眼努力钻研，发奋著作。

短短四十七年人生中,他名下的主要学术成果有《孝德传》三十卷、《忠臣传》三十卷、《丹阳尹传》十卷、《注汉书》一百五十卷、《周易讲疏》十卷、《内典博要》一百卷、《连山》三十卷、《洞林》三卷、《玉韬》十卷、《补阙子》十卷、《老子讲疏》四卷等等,此外还有文集五十卷,合计超过四百卷。哪怕他本人只是部分参与,也足以让许多专家汗颜。

在努力搞课题之余,他居然还认真搞教学、带学生。如今许多教授博导都不好好带学生,不耐烦给本科生上课,萧绎却认认真真搞教学。《颜氏家训》里记载他"召置学生,亲为教授,废寝忘食,以夜继朝",多好的一个老师。西魏军队打过来了,他还在龙光殿开讲座,给大家讲《老子》。

谁能想到,这样一个才子皇帝,在短短几年后就兵败国亡,以江陵焚书的又昏又无厘头的方式收场?

就好像一个戏剧里的人物,一开始时临危受命,闪亮登台,使劲扑腾了几下,很有点文武双全的意思,大家都以为他是主角。然后他就崩了,在所有观众的愕然之中,领了一份盒饭下台,临走前还一把火把剧院给点了。就这么个货。

三

他焚毁的这十四万卷藏书,可谓来之不易。

可以这么说，在当时，每一部能够活着到达江陵的书，不管是原版古籍还是抄写誊录的，都弥足珍贵，都是穿越了数不清的天灾人祸，九死一生，才留存到了公元555年。

在《隋书·经籍志》等文献中，对中国古代图书的流转过程有一个大致记载。

秦始皇焚书坑儒，是图书的第一场浩劫，许多古代经典要么湮灭，要么出现错乱。

到了汉代，几次向天下搜求遗书，好不容易攒起了一批书，据说有三万三千多卷。然而王莽篡汉，未几长安又遭兵乱，宫室图书被焚毁殆尽。

东汉建立后，国家再一次搜集图书，整理遗存，可惜汉末董卓作乱，军人在洛阳抢掠烧杀，珍贵的书籍被拿来当作帐子、包袱，多年积蓄的珍贵图书又扫地而尽。

魏晋时期，图书的搜集工作又开展起来，有向民间征集的，有各处发掘的，比如从河南的古墓中就发掘出来一批古书。经过如是累积，藏书好不容易恢复到二万九千九百余卷。但很快"永嘉之乱"爆发，刘曜、石勒攻破洛阳，焚杀劫掠，皇家藏书又被扫荡一空，所谓"京华荡覆，渠阁文籍，靡有孑遗"。等到东晋建立时，有人对照目录一核，还剩下的书只有三千零一十四卷了，十成中去了九成。

随着北方战乱，衣冠南渡，残留的书籍也慢慢流到江南。刘宋时期，图书据说一度达到六万四千五百八十二卷，可惜到南齐时又大部分毁于战火。等到南梁建立，重新整理图书，不计佛经又只有二万三千一百来卷。

真是斑斑血泪，惨不忍书。难怪有人说，天下最难聚而易散者，莫过于书也。

其后四十年间，南方的政局相对稳定，梁武帝父子几人也都重视文化，藏书又开始恢复。

比如梁武帝的长子，也就是大名鼎鼎的文学青年、昭明太子萧统，我们后面会介绍到的，其东宫藏书达到三万卷。

集大成者是萧统的弟弟——也就是梁元帝萧绎。他也是四处搞书，在江陵东聚西搜，巧取豪夺。梁朝有一个大臣张缵，乃是个藏书家，此公本是萧绎的哥们儿、玩伴，家中有藏书两万卷。后来张缵遇祸身死，家立刻被好兄弟梁元帝给抄了，藏书全部掠走。

渐渐地，萧绎在江陵收聚了七万卷藏书，规模已经很惊人了。待到"侯景之乱"平息，故都建康被收复，萧绎又把建康的七万卷藏书运回江陵。如此一来，他的藏书便达到了十四万卷之多，号称是天下传世书籍的一半，规模之巨，震古烁今。

并且，图书不是大白菜，并不是搜集上来、随便码放就可以了，还需要系统地整理、核校。这一工作也是千辛万苦。

从先秦至南梁，为了保存和整理图书，无数先辈呕心沥血，父死子继，一卷卷、一字字地用功，不知道出了多少个胡震亨、季振宜的故事。

比如汉成帝年间，国家命谒者陈农向天下征集遗书。书搜集上来后，安排顶级专家，分门别类整理核校。

其中，派大学者、光禄大夫刘向整理核校经传、诸子百家和诗赋方面的书籍，派步兵校尉任宏整理核校兵法战策方面的书籍，派太史令尹咸整理核校数术方面的书籍，派太医监李柱国整理核校方技类的书籍，可谓是才子用命，精锐尽出。

每一部书整理出来，大学者刘向就专门撰写一篇叙录，对其进行分析评断，阐述其源流利弊，"论其指归，辨其讹谬"。

后来刘向去世了，他的儿子刘歆子承父业，父子俩前前后后努力了二十多年，才完成了这项空前伟业。许多先秦的经典、诸子百家的论著由此得到了保存和弘扬。

奈何编书、护书的效率，永远赶不上禁书、毁书和烧书的效率。

编书、护书的人有知识学问、有毅力决心、有献身精神，却不如毁书烧书的人有一样——权力。数百年后，江陵一夜，十四万卷，付之一炬。

或许有人仍然会疑惑，萧绎和嬴政、董卓毕竟不一样，他好歹是个文化人，是个爱书的，怎么又忍心干出烧书的事呢？

大概是因为城要破了，走投无路之下精神失常，迁怒于书。

再者，也是不愿留给西魏，宁愿带进坟墓。

但还有一个根本原因，葛剑雄先生在《江陵焚书一千四百四十周年祭》中说得很透彻：

> 一旦图书为皇帝所收藏，就成了他个人的私产，不仅从此与民间绝缘，而且随时有被篡改或销毁的可能，也会成为一位皇帝或一个朝代的殉葬品。……在他眼中，十四万册书与一把宝剑一样，不过是他的私产，有用时用之，无用时毁之，何罪之有？

这怕才是根源。

在我们今天的观念中，图书是文明的象征，属于全民族、全人类，毁坏图书是对人类文明的犯罪。

但对于皇权时代的帝王而言，图书不过是私产而已，就如同国家、土地、臣民一样都是私产。既然是私产，就可以聚敛，也可以随意烧杀，我烧我的书，四万卷也好，十四万卷也好，关你屁事？

四

讲一下梁元帝的最终结局。

围城之中，他当时几乎唯一信任的人，就是大臣王褒。

王褒也是一个大诗人，可惜政治军事上的才略平平，关键时刻拿不出什么主意。这一君一臣两个诗人就在江陵城里大眼瞪小眼。终于梁元帝放弃了抵抗，白马素衣，出城投降。

做了俘虏后的几天里，他备受羞辱。孤苦之中，也许想起了自己是一个诗人，他讨了一点酒喝，吟了四首诗。其中一首是这样的：

松风侵晓哀，霜雰(fēn)当夜来。

寂寥千载后，谁畏轩辕台？

——《幽逼诗》

不久，他被敌人用土囊压死，结束了一生。

梁元帝死了，他手下的将领重臣也纷纷被戮，然而也不知西魏是出于什么考虑，他最信任的这个王褒却幸免于难，活了下来，被掳北上。

在北朝，王褒居然受到重用，做了大官，只是终生不允许回南方。后来他写了很多怀念故国、表达羁旅愁思的诗，其中最动人的一首，是做了俘虏北上时写的《渡河北》：

秋风吹木叶，还似洞庭波。

常山临代郡，亭障绕黄河。

心悲异方乐，肠断陇头歌。

薄暮临征马，失道北山阿。

在北朝，王褒还见到了另一个老熟人——大诗人庾信。同样也是南朝人，同样被北朝扣留，同样也是在北朝做了大官，却不让回故土，最后终老北方。当这两个人在长安回忆起南朝，想起建康、江陵，追思起过去的日子，不知是什么样的心情？

当然，关于"江陵之变"，我们在痛惜珍贵的图书、感慨诗人无常命运的同时，还不能忘了一群人，就是失陷的江陵城里的居民。他们的遭遇和那些书籍一样悲惨。

城陷之后，西魏军队从居民中挑选了男女数万人，分为奴婢，押送回长安，剩下的老弱幼小则全部杀光，只有三百多家得到幸免。此事在《南史》中只有六个字：小弱者皆杀之。

这无尽的鲜血、极度的恐怖，在史书上不过浓缩成六个字而已。这些苦难的人民，他们自己不能记录写作，也没有地方去发表。他们当时是什么心情，是何等的痛苦和恐惧，母亲是怎样徒劳地想保护婴儿，少年是如何挣扎着想救下妻子，我们一个字也无法读到。

而梁朝没有杜甫，也就没有人能为他们写诗。

注释

〔1〕《梁书》记载:"梁季之祸,巨寇凭垒,世祖时位长连率,有全楚之资,应身率群后,枕戈先路。虚张外援,事异勤王,在于行师,曾非百舍。后方歼夷大憝,用宁宗社,握图南面,光启中兴,亦世祖雄才英略,绍兹宝运者也。"唐朝虞世南也称他"聪明伎艺,才兼文武,仗顺伐逆,克雪家冤,成功遂事,有足称者"。对他的能力还是给予了部分肯定。

为了唐诗，有人在做准备

调与金石谐，思逐风云上。

——沈约

一

读了前几篇文章，大家可能觉得南朝简直糟糕透了，诗写不好，还把书给烧了。就不能靠谱点吗？

没错，南朝很烂，其杀戮之惨，民生之苦，让人不忍卒读。诗歌也是空洞浮靡，千篇一律。江陵焚书更是让人扼腕浩叹。

然而，再黑暗的时刻，也有人在努力发出微光。有人烧书就有人编书，有人猖狂毁坏，就有人默默耘植，延续和繁荣文化。南朝一百六十多年中，有那么一群人对后来唐诗的繁荣做了大贡献，甚至可说是伟绩丰功，是应该给他们发奖的。

本文就来发一发奖。其中有三个人应该领最高奖。他们分别是一位诗人、一位主编、一位学者。

第一个奖，不妨发给谢朓，他就是其中的那位诗人。

这个奖颁出来，南朝的文化巨头们应该都没有意见。

梁武帝萧衍肯定没有意见，他曾经说，三天不读谢朓的诗，就觉得口臭。简文帝萧纲、梁元帝萧绎也应该没有意见。他们曾说谢朓是"文章冠冕，述作楷模"，推崇备至。

作为一代山水诗大家，谢朓对后来唐朝诗人的影响太大了。比如李白，他的许多诗和谢朓活像是一个导师带出来的，风格一脉相承。

谢朓说好诗要"圆美流转"，写诗的风格也是"语皆自然流出"，而李白主张写诗要"清水出芙蓉，天然去雕饰"，几乎一致。

谢朓写"馀霞散成绮，澄江静如练"，李白就写"汉水旧如练，霜江夜清澄"；谢朓写"大江流日夜，客心悲未央"，李白就写"山随平野尽，江入大荒流""仍怜故乡水，万里送行舟"，处处向谢朓致敬。假如世上没有谢朓，李白的诗还会不会是现在这个样子？这都是个问题。

除了李白，王维、杜甫、孟浩然、钱起、孟郊、白居易等不同阶段的唐诗大佬也都受到谢朓的影响。明朝胡应麟就说，谢朓是"唐调之始"。这个唐诗贡献奖，他当之无愧。

二

第二个奖,我们要发给另一位文化人——萧统。他就是"精英三人团"中的那位主编。

萧统是何许人也?齐梁的文艺界人才济济,为什么偏偏发奖给他?主要就是因为他主编的一部书《文选》。

如果说谢朓是替唐朝诗人示范写满分作文的,那么萧统就是替所有唐朝诗人编《满分作文大全》的。

为了讲清楚萧统其人,我们先介绍一下他出身的萧氏。

萧统是南梁的太子。他出身的萧氏皇族有个特点——文艺,一家子个顶个都是诗人、学者。[1]

他父亲梁武帝萧衍就是一个诗人、书画家,甚至在围棋上都很有造诣。他的三弟是简文帝萧纲,七弟是梁元帝萧绎,也就是江陵焚书的那位,都是诗人、学者。二弟萧综、六弟萧纶、八弟萧纪等也都善诗能文。

而在所有这些兄弟中,要说最纯粹、最典型的文学青年,当属大哥萧统。

萧统在政治上没能有什么建树,因为太短命,三十岁就去世了。可他把有限的生命放在了文艺事业上,组织编就了一部《文选》,光照后世,意义深远。

金庸武侠小说里有一个人叫作黄裳的,著了一部秘笈《九阴真经》，被称为"天下武学之总纲"。萧统的《文选》便可称为"天下文学之总集"。

三

让我们来细看这个词——文学。

问一个问题：文学是什么？

对于这个问题，今天的人大概都会有一个笼统的概念。文学就是李白、杜甫，就是曹雪芹，就是莎士比亚、托尔斯泰。作为一样工作，搞文学的，和单位里搞材料的、搞教材的不是一回事。

然而这是今天的人的观念。在一千多年前的古代，人们还并没有一个完全清晰的概念：文学是什么？到底什么才能算作文学？哪些作品才是好的文学？那些作品都长什么样，能不能编一个集子，给我们找齐了？

而萧统和他的《文选》，正是回答了这个千古文学之问。

事实上，文学这样一个精灵般的存在，自古以来就在我们的文明中孕育、诞生了。自先秦以来，中国的先民就开始自觉不自觉地搞文学创作了，《诗经》就是典范。

一批批杰出的文学家相继诞生。战国时代，屈原横空出世，中国有了第一位真正意义上的诗人。到了汉代，辞赋开始繁荣，贾谊、司马相如、班固、扬雄等交相辉映。

与此同时，优秀的乐府民歌不断涌现，五言诗、七言诗也渐渐成熟。

魏晋之际，"三曹""七子"卓绝一时，阮籍、嵇康、陆机、左思、刘琨等风流未沫，东晋更是涌现了陶渊明这位一代宗师。

进入南北朝，谢灵运、谢朓以山水诗前后相继，鲍照、江淹、颜延之等也或诗或赋，各有所长。

注意，因为历代的笔杆子实在太多、太厉害了，他们不只是能写诗歌辞赋，还把诏令、表文、书札、序文、檄文乃至墓志等等都写出了花，写成了顶级的文学。

李斯《谏逐客书》、贾谊《过秦论》、诸葛亮《出师表》、嵇康《与山巨源绝交书》、李密《陈情表》、丘迟《与陈伯之书》等等，或文采斐然，或感人至深，都是名篇。

然而，遗憾的是，自先秦而至南梁，千百年来，面对这文学的累累硕果，还从来没有一部已知的、专门的文学总集诞生。

从来没有人把这些文学作品专门地精挑细选、整理收录，并且成功地传世。注意，未必没人干过，但却未能成功传世。

直到公元六世纪，文学青年萧统大吼一声："我来干！"

这个当太子时以仁厚著称的年轻人，昂首走到了历史的前台，要承担起这一关键的使命。

一个声音问他："你打算用什么标准来选择文学作品？是政治正确，还是词藻华美？寓教于乐，还是符合梁武帝的治国思想？"

萧统只回答了两个字：典丽。

既典雅，又美丽。文学应该只有一个标准，那就是文学本身。在我这里，没有别的干扰项。

萧统交出了他的选择，于是《文选》诞生了。

这部恢弘的集子里，收录了从先秦至南梁的上百个作者的七百多篇文学作品。由于萧统的审美水平高，眼光犀利独到，所选的绝大多数都是精品，可谓把近千年来中国文学的代表作汇聚一炉。我们上面提到的那些名篇都是《文选》中的作品。

对于唐诗，《文选》的影响极大。唐朝诗人大概没有不学《文选》的。它等于是诗人们的示范教材、作文大全。李白就曾经三次摹拟《文选》写作。杜甫也念念不忘学《文选》，给儿子宗武过生日时还要特地叮嘱儿子"熟精《文选》理"——小子，给我把《文选》学好！

《文选》还有一大功劳，就是抢救保护了许多文学经典。

前文说过，中国图书经历了多次浩劫，江陵焚书就是一例。因为有《文选》在，许多名篇逃过一劫，得以保留下来，让我们今天的人还能够读到。

比如今天还能读到的"古诗十九首"，就是被《文选》保留下来的。这是其中著名的一首描写爱情的：

迢迢牵牛星，皎皎河汉女。

67

纤纤擢素手，札札弄机杼。

终日不成章，泣涕零如雨。

河汉清且浅，相去复几许。

盈盈一水间，脉脉不得语。

——《迢迢牵牛星》

这样美丽的诗，被《文选》给保留了下来，这是多大的功勋！倘若没有文艺青年萧统和他的《文选》，我们也许永远也没有了"迢迢牵牛星""青青河畔草""行行重行行"，没有了"人生天地间，忽如远行客""昼短苦夜长，何不秉烛游"，那又是多大的损失！你说这"唐诗贡献奖"该不该发给昭明太子萧统一尊？

四

聊完了萧统，我们该揭示最后的第三位获奖者了。

主持人还未开口呢，台下一个人忽然大摇大摆上来，劈手夺过了奖杯：这个奖，就该我得！

此人叫作沈约。

他这一抢，台下顿时一片窃窃私语。之前两位获奖，南朝文艺圈里大概没什么争议，可到沈约这儿就有争议了。

沈约的领导、梁武帝萧衍就说过一句话："生平与沈休文群居，不觉有异人处。"换成今天的话意思就是：沈约这人，看上去平平无奇嘛。

也难怪会有争议。沈约作为南朝宰相，地位高华，搞文艺也是一代大家。但要说整体成就，他却又显得太平均，单项不够突出。

论写诗，他没有谢朓的成就高。

要说修史，沈约固然成果斐然，著有《晋书》《宋书》，但前面毕竟还有一个范晔的《后汉书》在，只能仰望。

要说搞文学理论，他后面又还有一个更出色的晚辈刘勰。

那么凭什么沈约拿奖？又不是比赛铁人三项！

台上的沈约洋洋得意，毫不谦逊地说出了自己的获奖理由：

"因为我发现了一个关于诗歌的天大的秘密！这个秘密，自从屈原老祖以来都没有人察觉过，唯独我给发现了。就说该不该我得？"[2]

全场寂然无声，无法质疑。

因为沈约所说的虽略有浮夸，总体上却是实情。必须承认，他对唐诗的贡献不逊于前面两位获奖者，足以登台获领殊荣。

他的功勋，一句话概括之，就是把诗歌从二维引向了三维的时代。

来简单解释一下。过去诗歌的二维，是词藻、章句。那么后来多出来的一个维度是什么呢？是声律。这就是他所发现的诗歌的秘密。

汉字的声律之秘，很长时间都没有被系统地破解开。同样的一句话，同样的字数，为什么有的读起来就朗朗上口、声调和谐，有的读起来就别扭拗口？

为什么"影映碧湖柳戏水"读来感觉很不顺畅，而"二月春风似剪刀"就觉得那么丝滑？又比如乾隆爷的诗句"不一盖已屡""数典忍忘尔"[3]，读来为啥就让人那么难受？

在南朝时，有一批聪明的研究者渐渐发现了声律的秘密，沈约一般被认为是破解这个秘密的关键人物，或者说，是他老人家拿出了密码本。

沈约所破译出的这个密码，叫作"四声八病"。所谓"四声"，就是将汉字分成平、上、去、入这四类声，其中第一类作为平声，后三类作为仄声。

我们今天经常听到的"平仄"就是这么来的。沈约等人提出，写诗应该讲究四声之间的和谐，形成一种流畅的音律美，不能胡搞。

现在可以回答之前的问题了，"二月春风似剪刀"为什么读来那么顺口？因为它是"仄仄平平仄仄平"，属于律句，所以优美动听。而乾隆爷的"不一盖已屡"为啥这么难听呢，因为它是"仄仄仄仄仄"，五连仄，容易让人读了胃疼。

如果你还有兴趣再往下听，咱们再说说所谓"八病"，就是沈约总结出来的写诗的八种声律上的禁忌，一旦违反，诗句就往往拗口难读，非常不美。

这"八病"的名字非常有趣，和我们今天的冠心病、糖尿病不一样，而是叫作平头、上尾、蜂腰、鹤膝、大韵、小韵、旁纽、正纽。

当然，由于古代著作大量亡佚，加之古人写书往往很任性，言简意赅，惜墨如金，导致我们今天已然读不到齐梁时的任何一本书、一篇文章是清清楚楚完整讲明白了"八病"的，沈约没有，旁人的也没有。关于"八病"究竟指什么，具体是不是这八种，一直都有不同说法。

但不管怎样，正是因为声律的理论被系统提出来，才让诗歌多了声律这一个维度，后世的诗歌才可能出现一个辉煌的门类——格律诗。

这个意义相当深远。今天，我们上学时老师所讲的五言律诗、七言律诗、五言绝句、七言绝句，都属于格律诗。每个孩子都耳熟能详的"白日依山尽""春风不度玉门关""朝辞白帝彩云间"等也都是格律诗。唐诗的辉煌，有一半以上是格律诗的辉煌，而它无论如何都离不开沈约，或者说以沈约为带头人的学术攻关团队的贡献。

所以，请沈约先生理直气壮地领取这个奖项吧，这是他应该得的。

剩下的钟嵘、刘勰、庾信、鲍照、江淹等先生也不必失落。我们今天的"唐诗开创贡献奖"固然只颁给了三个人，其实也是颁给了整个南朝的文化群体。

南朝的文艺，尤其是诗文，经常是被轻视和冷落的。

对于后来的唐诗的评价，人们几乎没有争议，都认为是文学的一座高峰。但对于南朝的诗文，批评一向很多，就好像一个家庭里的兄弟俩，弟弟太优秀了，哥哥便处境不好，压力很大。

后世对南朝诗文的评价有时也很矛盾。人们常常说它一无是处。陈子昂说"文章道弊五百年矣"，说此前五百年都是荒腔走板，其中最刺眼的就是南朝的一百六十年。李白说"自从建安来，绮丽不足珍"，也是全盘看不上。

然而在一片鄙弃之中，又不乏有人力排众议，对南朝表示喜爱和推崇。明代杨慎便说："诗之高者，汉魏六朝。"鲁迅也说，魏晋南北朝是一个文学的自觉的时代。评价之高下，大相径庭。

那么这个时代的文学究竟好不好？大概只能这样说，毛病是毛病，贡献是贡献，该批评批评，该发奖还是要发奖。唐诗是巅峰，这个巅峰不是平地冒出来的。李白、杜甫、王维、白居易都是站在巨人的肩膀上的，这些巨人中固然包括了更早的屈、宋、班、马，也应当包括了南朝的萧统、沈约。

都说南朝"文艺"，都说六朝"风流"。事实上，一个生灵涂炭的血污乱世有什么文艺和风流可言？这都是文化给政治挣了面子，是文明给野蛮挣了面子。在一个至暗的时刻，有人努力发着微光，照亮了身后人的行路，好像后来一首诗说的："月黑见渔灯，孤光一点萤。微微风簇浪，散作满河星。"

注释

〔1〕 清人赵翼《廿二史札记》:"创业之君兼擅才学,曹魏父子固已旷绝百代。其次则齐梁二朝,亦不可及也。……至萧梁父子间,尤为独擅千古。"

〔2〕 这自负的心态不是我杜撰。《梁书·沈约传》:"(约)又撰《四声谱》,以为在昔词人,累千载而不寤,而独得胸衿,穷其妙旨,自谓入神之作……"他的确是骄傲地自认为发现了一个别人千载未悟的大秘密。

〔3〕 燕园乾隆诗碑有诗:"苑西五尺墙,筑土卅年矣。昔习虎神枪,每尝临莅此。木兰毙於菟,不一盖已屡。土墙久弗拭,数典忍忘尔。得新毋弃旧,可以通诸理。"这里却并非专门嘲弄乾隆。事实上杜甫也有诗句作五连仄。

杨广：我差一点就红了

一

廿四桥边草径荒，新开小港透雷塘。

画楼隐隐烟霞远，铁板铮铮树木凉。

文字岂能传太守，风流原不碍隋皇。

量今酌古情何限，愿借东风作小狂。

——郑板桥

这一首诗，是清代的郑板桥写的《扬州》七律四首之一。

扬州那么多美景，瘦西湖如诗如画，还有十里长街、禅智山光，无不佳秀。郑板桥却偏要拿一首诗来写一个"雷塘"。这无非是因为雷塘和一个帝王有关，那便是隋炀帝。隋炀帝杨广殒命在扬州，他的墓地就在雷塘。

"风流原不碍隋皇"，在我们印象中，隋炀帝是个大大的昏君，和"风流"能扯上什么关系呢?

大概除了各类风月韵事,以及"春风举国裁宫锦"之类的铺张举动外,能沾上"风流"二字而又正面一点的,无非就剩一件事了,那就是诗。

隋朝只有短短的不到四十年历史,非要说诗坛的领袖,看来看去,居然只有昏君杨广。

此人之昏暴,固然是让人震惊,但他的才情,又确实有些让人叹怜。唐代的魏徵读了杨广的诗,也不禁发出一声感叹:"亡国之主,多有才艺。"

举一个例子。后来宋代的大词人秦观有名句"斜阳外,寒鸦万点,流水绕孤村",历来为人传诵。这一句事实上就是借用杨广的诗作《野望》:

寒鸦飞数点,流水绕孤村。
斜阳欲落处,一望黯消魂。

"寒鸦飞数点,流水绕孤村",作为诗的开头是有点问题的,略显得突兀,这使得整首诗不像是一个完整的作品,而像是从一首长诗里截取出来的零句。

但假如只看句子本身,却是毫无疑问的佳句,寥寥十个字,便使一种静美和孤寂爬上你心头。薄暮下,几只寒鸦在飞舞,耳畔似乎还传来阵阵鸦啼。忽而水声潺潺，蜿蜒的小河如一只苍白的臂膀，环绕住了小小村庄。你好像还能看见一些凋零的树木、散落的屋顶，还有在风里变得破碎的炊烟。

这样优美的句子，也难怪秦观会忍不住拈取而来，化用到自己的词里面。事实上我觉得杨广的"寒鸦飞数点"要比秦观的"寒鸦万点"更佳。"万点"显得夸张而没有余味，不如"寒鸦飞数点"有诗趣，更显得寥落、凄清。

接下来我们便来聊聊这个写出了"寒鸦飞数点"的杨广，一个短暂时代的诗坛领袖。

二

公元604年，杨广在仁寿宫继位，从父亲隋文帝手中继承了一个庞大的帝国。

据说在临终时刻，隋文帝是不情不愿地交班的。

在弥留之际，他突然察知了杨广的一些丑闻，猛然意识到这不肖子的真面目，不由得恨悔交集。隋文帝惦记起了另一个儿子废太子杨勇，一度挣扎着想召唤杨勇来到身边，委托以大事。但杨广已经不给他机会了。

有人说杨广遭人毒杀了父亲，也有人说他遭人以利刃弑父，"血溅屏风"。不管怎样，他赢得了胜利。

坐上了最高权力的宝座，杨广长舒了一口气。在这之前，他一直努力在扮演一个好孩子，恭谨待人，轻车简从，不近女色，连家里的乐器都落满了灰尘，似乎极度地艰苦朴素。

父亲提倡搞文学改革，他也立刻附和，紧跟步子不掉队。天下都称赞他的贤能，父母也一度被他蒙蔽。而这一切的做作，都是为了眼下这一天。

演了那么多年，现在终于可以开始做自己了！

登基后，这个精力旺盛的家伙开始报复性地反击，疯狂地折腾了起来。

当了皇帝的杨广主要折腾了三件事，其中第一件，就是赶紧送所有的兄弟和侄子下地狱。

残酷地清洗皇族内部的潜在竞争者，是南北朝的"优良"传统。杨广很好地继承了这个传统。他的哥哥杨勇，弟弟杨秀、杨谅，或被赐自尽，或遭幽禁而死。几个侄儿杨俨、杨筠、杨嶷、杨恪、杨该等亦全部处死。

在杀尽兄弟侄子的同时，他还顺便杀掉了父亲遗下的名臣高颎、宇文弼、贺若弼，并且大行株连之风。

此前，杨广曾在伪造的父亲遗诏中声称，如果让兄长杨勇继位，"必当戮辱遍于公卿"——假如我哥当了皇帝，你们都没好下场。结果他替哥哥很好地做到了这一点。

杨广折腾的第二件事，就是搞工程，并且要搞超级大工程。

一般的小工程杨广是看不上的,他中意的都是能把国家拖垮的大工程。仅仅一年时间里,杨广就上马了营建东京、营建西苑显仁宫的大工程,并且年年再开新工,年年有惊喜。

光是一个营建东京,便役使了壮丁二百万,其中近半数人疲病而死,装载尸体的车辆连绵不绝。为了搜求天下的奇花异石、珍禽异兽,并将之运到洛阳供自己赏玩,杨广又役使了河南、淮北民夫百万人,再次造成大量的死亡。总之是不惜天下骚然,也要玩得痛快。

作为一个非专业的内河航运家,杨广还乘龙舟几下江南,为此开运河、造龙舟,动辄役人以百万计。他的船队出来一次,拉船的民夫据说能达八万人,舳舻相接上百里,沿途五百里的州县都苦不堪言,要进献饮食、保障供给,为此不得不大行搜刮。而饮食送上去后,又存在惊人的浪费。

除了搞大工程之外,杨广折腾的第三件事就是打仗了。

他驱使数百万军士和民夫去打高句丽,还一连打了三次,最后以双方都耗不起了而告终,又是造成骇人的死伤。

在杨广治下的隋朝,从辽东到河南,从榆林到江淮,乃至到遥远的五岭,几乎每时每刻都有数百万人民被驱赶着,抛妻抛夫,不事经营,停止生产,不是在前方的死亡线上挣扎,就是在赶往死亡线的路上。

剩余的侥幸苟活的人还要逃过杨广神经质般的屠杀。有一次,

他的政敌开仓赈济百姓，结果杨广不忿地命令，将所有领过米的人统统坑杀。

读到这里，你也许会困惑：这样一个疯狂又暴虐的家伙，怎么会写出冷清、寂寞的"寒鸦飞数点，流水绕孤村"这样的诗呢？好像完全不是一种气质啊！没错，杨广就是这么分裂。

三

对于诗，杨广确实可谓钟情。

早在他之前当晋王、坐镇扬州的时候，杨广就罗致了一批文人，相当于搞起来了一个诗歌俱乐部。就连后来的唐朝名臣、书法家虞世南当时也在其中。

登基之后，杨广身边文学人才更盛，一时之间，大隋朝诗歌俱乐部好不热闹。

但这个俱乐部可是不好混的。杨广公布的俱乐部第一条规则就是：不许有人写得比我好！

倘若谁的诗句一不小心写得太精彩，抢了杨广的风头，便可能大祸临头。

有一个广为流传的故事：诗人薛道衡很有才华，是当年文坛大家庾信少有地给予好评的几个北朝诗人之一，写了一句很有名的"空梁落燕泥"，结果被杨广给杀了。据说杨广一边杀还一边变态地问:"更能作'空梁落燕泥'否?"

按说杨广的"寒鸦飞数点,流水绕孤村"足够匹敌薛道衡的"暗牖悬蛛网,空梁落燕泥"了,不知道何以非要杀人。

另一位诗人王胄则因为写了句"庭草无人随意绿",后来也被杨广杀了,杀了还念叨:"'庭草无人随意绿'复能作此语耶?"

当然,薛、王二人都是大臣,是政治人物,他们的死也都牵涉别的政治上的原因。写诗招嫉,大概只是加速了自己的死亡。

但若说杨广心虚、妒贤吧,他又是极度地自负,并不把他人放在眼下。

他"自负才学,每骄天下之士",曾得意洋洋地对下属说:"设令朕与士大夫高选,亦当为天子矣。"——你们以为我是会投胎才当上皇帝吗?错了!就算我和诸位比文采,我也该当皇帝!

四

必须承认,他的自负不是全无根据。杨广真是一个颇有才情的诗人,和后来我们会说到的李世民形成了鲜明对比。

来看一首《夏日临江》:

> 夏潭荫修竹,高岸坐长枫。
> 日落沧江静,云散远山空。

鹭飞林外白，莲开水上红。

逍遥有馀兴，怅望情不终。

这并不是杨广最佳的作品。要说缺陷的话，它的主题缺乏新意，抒情也显得老套而敷衍。

"逍遥有馀兴，怅望情不终"，这是当时诗歌里常见的"今天真开心啊，我真不舍得离开这里"式的俗套结尾，能看出诗人情感不足，内心空虚。

但也恰恰因为这只是一首普通"习作"，我们才能从中看出一样东西来，就是作诗的基本功。

这首诗，杨广完全不用典故，也不刻意搜求奇怪刁钻的景物，而是纯用朴素简单的语言和意象为诗，但并不显得词藻贫乏，反而是生动可喜。

在遣词上，"高岸坐长枫"，一个"坐"字，显得既端庄，又新巧，让首联别开生面。"日落沧江静，云散远山空"，意境悠远。诗中所写的"日落""云散""鹭飞""莲开"等景物，彼此之间动静相宜，颜色也缤纷错落，明丽如画。

尤其难得的是，诗人握笔时有一种轻松之感，尽管看得出锤炼，但却不显得雕饰，没有才力不足所致的哼哧哼哧的吃力感。

何谓基本功？就是像这一首一样，哪怕没有灵感涌来，也能交出及格线以上的作品，并且还能具备一定的亮点。这就是基本功。

杨广写诗,是很提倡"气高致远"的。[1]之前的宫体诗人们和他相比,都像是佝偻着写诗的,是俯着身写诗的,目光所见有限,尺幅逼仄,一味雕琢。而杨广更像是站着写诗的。

他悬着肘、提着笔,观察着景物,自由地挥洒,所以画面显得更深远开阔,笔法也更为舒展轻松,有一种"云散远山空"的恢弘。

五

在个别时候,当神奇的灵感涌来之时,杨广能够写出更佳的句子,比如一首《春江花月夜》:

> 暮江平不动,春花满正开。
> 流波将月去,潮水带星来。

什么是"流波将月去"?便是诗人看到的月亮是倒影,映在奔流的江水中,所以说"流波将月去"。同样地,大江中波光粼粼,宛若满天的星斗都撒在了江水里,随波涌动,所以叫"潮水带星来"。

这诗确实是一点都不油腻,而是晶莹剔透,让人不禁想到后来唐初张若虚的《春江花月夜》，也让人想起更后来杜甫的"星垂平野阔，月涌大江流"。

推崇它的人说"即唐人能手，无以过之"，认为达到了唐代的一流水平。杨广确实是比同时代的绝大多数诗人都高了一筹。

杨广作诗，还并不是闭门造车。

他精力旺盛，极其爱好出游搞事，所以还留下了许多风格豪壮的塞外军旅诗作。

他在位十二年多，只有约五六年时间待在长安和洛阳，剩下的大多数时间都在各地狂浪，所谓"二平江南，三下江都，三巡突厥，一讨浑庭，三驾辽泽"，到张掖，到辽东，到长城，到大海，这个肝火旺盛的中年人马不停蹄地巡游着他的帝国，足迹所至，每有吟咏。

北行到了榆林，他走进了突厥启民可汗的房帐，在那里举杯酣饮，留下了诗篇。

一句"呼韩顿颡至，屠耆接踵来"，生动活画出了草原民族首领络绎朝拜的情景，写不尽自己的得意豪情。

西征来到渭源，面对险峻的地势和澎湃的渭水，他又写下"惊波鸣涧石，澄岸泻岩楼"，一路上的车马劳顿似乎完全不必提起，笔下只有他的风光奇绝的神州。

难怪杨广在文坛上睥睨自雄：从南朝至今，那么多边塞诗人里，哪一个走得比我远，体验比我深？就算走得够远的，又有谁自信心比我足,气魄有我高?朕作为诗人,是不是该大红大紫?

六

诚然,他差一点就红了,然而终究没有红。

要说对诗的贡献,杨广不可抹煞。在当时弥漫诗坛的卑弱和靡丽之中,他显得很朗润,堪称一股清流,所谓"焯有气调,稍救齐梁之靡"。

但要说他自己的诗歌作品,弊端也是很明显的。

他长篇的作品相对更完整,但大多是豪言壮语的充斥,少了"诗"的细节与情感。

短篇的诗固然字句玲珑,意境不俗,但又往往不够完整,《野望》和《春江花月夜》都像是截取出来的零句,不是首尾完整的作品。似乎是杨广妙手偶得,有了这么几句,却没有足够的耐心去好好延展成篇,就这么团在草稿纸里了。

他留下来四十多首诗,数量不能说少了,但要问哪一首适合当代表作,能代表他的成就和最高水平,能代表隋朝几十年间的诗坛水准?基本上一首都没有。

杨广的诗作里还最最缺一样东西——人情味。

这也是历代各种"帝王诗"里最缺的,气魄格局、雄言壮语都不难，乃至过剩，却唯独没有人情味。在杨广的诗里也一样，"人"要么是摆设道具，要么不足一提，看不见人的日常的情感。

诗，说到底是人心的艺术。那些最打动我们的诗篇往往都是关乎人心的，而不是漠视人心的。历代的帝王诗人之中，成就最高的一个是曹操，一个是李煜，他们最好的作品无不指向人心，只不过一个外发，一个内向而已。

"对酒当歌，人生几何"，慨叹的是人生短暂；"老骥伏枥，志在千里"，说的是人的奋发与不甘；"白骨露于野，千里无鸡鸣"，是同情和悲悯。

至于李煜更不用提了，"问君能有几多愁""自是人生长恨水长东""别是一般滋味在心头"，字字句句都是人心上的血泪。

相比之下，杨广笔下的"万里何所行，横漠筑长城"，壮阔倒是壮阔了，但一笔掩盖和抹煞了的，是数十万人的悲惨死亡。

那可怜的"丁男百馀万"，筑城时"西距榆林，东至紫河，一旬而罢，死者十五六"，半数的人横死他乡，杨广看到了没有？关不关心？半点也没有，似乎都不值一提，反正他一个人豪迈了就够了。这种所谓的"壮阔"能有多少真正的文学价值？

所以为什么他的诗终究无法让我们灵魂共鸣，无法登上更高的殿堂，答案便在于此：第一，不完整；第二，没人味。

有趣的是，杨广志在当文坛领袖，但在整个隋朝，流传最广、影响后世最大，也最震撼人心的文学作品是什么？很讽刺，恰恰

是讨伐他老人家的檄文《为李密檄洛州文》,其中两句判词可谓深入人心:

> 罄南山之竹,书罪未穷;
> 决东海之波,流恶难尽。

如今一说起隋炀帝,都说不可"以人废文",这固然是没错的,但是也不必反过来"以文美人"。

一个古代帝王,拼命荼毒和迫害人民,"外勤征讨,内极奢淫,使丁壮尽于矢刃,女弱填于沟壑",徒然作得零星几句诗,那也没有什么好粉刷和美化的。在帝王的考核班里,混蛋就是混蛋,黑板报出得好,那也是混蛋。

注释

〔1〕《隋书·王胄传》:"帝……因谓侍臣曰:'气高致远,归之于胄;词清体润,其在世基;意密理新,推庾自直。过此者,未可以言诗也。'"

唐诗的崛起,还是没半点征兆

焰听风来动,花开不待春。

——李世民

一

时光飞逝,中国王朝的年号,转眼间从隋朝的"开皇""大业"变成了唐朝的"武德"。

前文说了,隋炀帝杨广是个喜欢写诗的人,曾经搞起过一个诗歌俱乐部。他让人搬来了沙发,放上了椅子,请来了客人,自己亲自主持,热闹了那么一阵子。

可是后来,天下大乱,国家一度又陷入动荡之中。俱乐部主席杨广去了扬州,然后再也没有活着回来。

从此,诗歌俱乐部很久都没人光顾了,大门紧闭,冷冷清清,桌椅上都是灰尘。

然而这一年，在已经不知道被遗忘了多久之后，俱乐部门外的楼道里，忽然响起了杂乱的脚步声。一群工作人员跑了过来，摘下旧招牌，打开锁闭了很久的大门，开始手忙脚乱地打扫卫生。

"快！都快点！秦王说了，这里要最快速度开张！"

瞬间，这里重新粉刷了墙面，换上了新沙发，铺上了华丽舒适的地毯，添置了鲜花、茶具，还喷了香氛。

验收的主管来了，一脸严肃地指示：

"秦王说了，隋朝已经过去，现在乃是大唐。一个新的时代，必须要有新的文艺！他要来亲自主持俱乐部，指导我们的创作，开创新局面！"

一块硕大的烫金桌牌，被工作人员郑重放在了会议桌的上首："大唐诗歌俱乐部主席——李世民"。

二

一年前的十一月，隆冬。

在山西龙门关外，北风凛冽，交河的河水已经结冰。一位二十一岁的青年，英气勃发，正带着一支军队在寒风中行进。他要开赴前线，讨伐来犯的枭雄宋金刚和刘武周。[1] 他就是李世民。

望着眼前的雄壮景色，李世民心潮澎湃，想要写诗。他选择的题目，就叫作《饮马长城窟行》。

这是当时非常流行也非常符合他身份的乐府诗题。在他之前的几十年间，中国曾有两位著名的帝王，都写过同样题目的诗。

第一位，是陈后主陈叔宝。这是一位有名的亡国之君，生活很奢靡，诗歌也写得软绵绵。陈叔宝所交出的《饮马长城窟行》很合乎他一贯的风格：

征马入他乡，山花此夜光。
离群嘶向影，因风屡动香。

为了减轻大家的阅读负担，我只引了前四句。你瞧，哪怕是行军的题材，他注意到的也是花草和香气。对于这类柔美的东西，陈后主有一种天生的敏感。

陈后主的美好生活没有持续多久。几年之后，一位强悍的北方皇子率领大军，势如破竹，攻破了陈后主的首都，俘虏了躲在井里的亡国之君。

这位来自北方的皇子就是杨广。他骄傲地俯视着陈后主这手下败将，踌躇满志。打仗，你不是我的对手；写诗，我也不输给你。杨广也骄傲地交出了自己的一首《饮马长城窟行》：

肃肃秋风起，悠悠行万里。
万里何所行，横漠筑长城。

同样只引前四句。和陈后主一比，杨广的作品硬朗多了。即便只对比这两首诗，也能一眼看出谁是绵羊、谁是虎狼。

然而故事到这里还没有结束。杨广仍然不是最终的胜利者，他很快也成了亡国之君。取代他的人，正是前面提到的那位青年——秦王李世民。

陈后主，还有杨广，我李世民不但要在武功上碾压你们，还要在文学上把你们抛在身后。李世民也交出了他的《饮马长城窟行》：

塞外悲风切，交河冰已结。
瀚海百重波，阴山千里雪。

他还写道，自己要打败敌人，刻碑勒石，以记录这个伟大时代的功勋。他要高唱凯歌，浩浩荡荡地进入周天子的灵台：

扬麾氛雾静，纪石功名立。
荒裔一戎衣，灵台凯歌入。

数十年间，三首《饮马长城窟行》，记录了豪杰的起落、时局的变迁。

李世民要在武功上胜过杨广，我们信了。但要在文学上超越杨广，是否只是说说而已？作为一个在乱世中成长起来的马上皇子，他对文学真的会有很大兴趣吗？

李世民用实际行动证明了他的宣言。和宋金刚的这一仗，李世民大胜，把敌人打得仓皇逃窜。就在此战获胜之后不久，也就是公元621年，他就搞起了文学俱乐部，取名"文学馆"，搜罗当时一流文学高手，要掀起一场创作的高潮。

那么，谁来充当领军人物呢？李世民微笑了：就是孤王。

三

在一片热烈的掌声之中，"文学馆"热闹开张了。

十八位当代文坛高手被罗致入馆，团结在李世民周围，担任了他的导师。他们个个大名鼎鼎，乃是房玄龄、杜如晦、虞世南、许敬宗、褚亮、苏世长、陆德明、孔颖达、颜相时、李守素……一时间群贤毕至，要开创大场面。

李世民试了试话筒，而后发表了热情洋溢的开馆讲话：

"这个俱乐部，以前是杨广当主席。他是怎么管理的呢？一个字：杀。只要写诗比他好的，他就给杀掉。像薛道衡、王胄就都被这个变态杀掉了。这些情况虞世南虞老师你应该了解吧，当时你也在的嘛。

"现在杨广已经死了，孤王来做这个主席。孤王的作风和他是不一样的，一句话：海纳百川，唯才是举。请大家安心搞创作，都拿出好作品来，辉映我们大唐的盛世吧！"

"啪啪啪……"房玄龄、杜如晦们再次带头拍手，现场一派欢快的氛围。

声明一下，李世民以上讲话内容，只是我的揣测和杜撰。

有人说，他搞的这个"文学馆"，是挂羊头卖狗肉，主要不是搞文学的，而是搞政治的，是专门研究怎么搞掉太子李建成的。诚然有这种因素。

但我们可不要小看李世民在文学上的志向。读读他的诗——"移步出词林，停舆欣武宴"，他从来都是自诩要文武双全的。

眼看万事俱备，导师齐集，雄心勃勃的李世民要在诗坛大显身手了。他亲笔写下了自己的文艺创作总纲：

> 予追踪百王之末，驰心千载之下，慷慨怀古，想彼哲人。庶以尧舜之风，荡秦汉之弊；用咸英之曲，变烂漫之音……[2]

什么意思呢？简而言之就是：诗文不行已经很久了，靡靡之音已经受够了，现在该轮到朕出手了！

某种意义上说，这等于是重启了数十年前隋文帝的改革。

李世民还提出了他的文风改革总目标："去兹郑卫声，雅音方可悦。"[3]——我要告别那些浮艳的东西，让真正典雅庄严的文艺发扬光大。

文学馆——那个被认为"挂羊头卖狗肉"的文学机构，在李世民当上皇帝以后，不但没有被裁撤，反而扩充壮大了。即位之后，作为对文学馆的延续，李世民又立即开设了弘文馆，继续吸纳顶尖文士。

这些诗人是招来做摆设、唱赞歌的吗？不是。他们都要值班轮岗，以备皇帝召唤。李世民上班再忙，一旦有空，都要拉着他们讨论典籍，吟诗作赋，"日昃夜艾，未尝少息"。

巍峨的太极宫里，许多个夜晚，都留下了李世民在灯下写作、吟哦的身影。

李同学不但努力，而且谦虚。每写了新诗，他常常要拿给文学导师们看。这些导师并不好伺候，不少都是些自负的道德家，给鼻子上脸，动不动上纲上线地对李同学一通批评。但李世民一般都心平气和接受，抱着诗稿回去就改。

有一次，李世民写了一首宫体诗风格的作品，大概自我感觉不错，开心地拿给大臣虞世南看，让他唱和。

没想到虞世南抓住机会，板起脸，对李同学一顿教训：

"陛下写的诗嘛，倒是挺工整的。但俗话说：上有所好，下必甚焉。我怕陛下这种诗歌一旦流传出去，天下效仿，把风气都搞坏了。这首诗谁爱和谁和，反正老臣我是不和的。"

李世民讨了个没趣，忙给自己打圆场："老虞啊，你不要紧张，朕就是和你开个玩笑的。"

另一名大臣魏徵也一样。有一次，李世民在洛阳宫开派对，多喝了几杯，兴致高涨，作了一篇赋《尚书》的诗。

按理说，这首诗主题不错，只是有几句稍微流露出了一点善恶报应的佛家腔调，和儒家正统思想不很符合。魏徵就抓住机会，马上赋了一篇《西汉》来说教："皇上啊，你要像汉朝推崇儒家一样去作为，才能受到真正的尊敬啊！"

李世民同学又大度地表示："朕明白，你这是为我好。"

不但导师的意见他要听，就连前朝亡国之君杨广的诗，他都要学习。

在我们的印象里，李世民是大明君，杨广是大昏君。前者总是把后者当反面典型，做事几乎处处要和杨广相反。

杨广奢靡，李世民就节俭；杨广骄矜，李世民就纳谏；杨广残暴，李世民就"宽律令""囹圄常空"；杨广用人很猜忌，李世民就标榜自己用人不疑，还有意重用一些敌对阵营的人，包括他哥哥李建成的旧部，处处表现自己宽宏大量。

甚至在"玄武门事变"里，那些曾带兵帮着哥哥火并自己的人，李世民居然都能任用。比如将领薛万彻，玄武门事败后藏到深山里，李世民把他找出来，加以安抚，提拔他做右领军将军。这些做法，都几乎是杨广的反面。

然而，唯独在一件事上，李世民却是杨广的拥趸，那就是诗歌。

刚即位不久，他就在朝堂上大谈杨广的诗歌，还给了《隋炀帝集》四字评语：文辞奥博。他甚至还把杨广的诗谱成曲，请来乐官一起唱和。

一个新王朝的宫殿里，居然大唱着旧王朝末代皇帝的作品，也算是少见的一景。

李世民同学活了五十二岁，在位二十三年，除了做皇帝之外，一直是个勤勤恳恳的诗人。整个贞观朝的宫廷诗坛里就数他最高产，留下的诗歌有近百首，比全部"十八学士"现存的诗加起来还多。

朕，应该无愧于一代诗坛领袖了吧？

可是不少后人回答说：呸。

四

李世民大概怎么也不会想到，他会被后世骂得那么惨。

有人给了他的诗八个字的评价："远逊汉武，近输曹公。"[4]还有人把他的一些诗句挑出来批判，表示惨不忍睹："'圆花钉菊丛'，苍了个天，这么丑的字眼他是怎么写出来的啊！"[5]

还有更刻薄的，比如北宋有学者说："唐太宗这个人啊，功业是很卓著的，但是写的诗文太烂了，都是些靡靡之音，好像是妇人和小孩子闹着玩的东西,太配不上他的功业了。"最后此人给出定论:"李世民写的这些浮浪之文辞太糟蹋人了!"[6]

李世民要是听到了,估计要气得从昭陵跳起来。

他的诗真有这么不堪入耳吗?他到底是一代文坛领袖,还是"淫辞"的写作者?他引领诗坛、改革文风的志向实现了没有呢?在这里,我想讲一讲我自己的看法。

如果仔细看一下他留下来的近百首诗,会发现大概可以分成三类。其中第一类,我把它叫"雄主诗"。

李世民要写这类诗,不难理解。作为开国的皇子帝王,总是要说几句汉高祖"大风起兮云飞扬"之类的豪言壮语的。更何况,李世民半辈子南征北战,戎马倥偬,这些句子也不能说是装腔作势,大多还是有真情实感的。

比如《还陕述怀》,这首诗不长,我引在这儿给大家看一下:

> 慨然抚长剑,济世岂邀名。
> 星旂纷电举,日羽肃天行。
> 遍野屯万骑,临原驻五营。
> 登山麾武节,背水纵神兵。
> 在昔戎戈动,今来宇宙平。

这就是一首标准的雄主诗。虽然它木直呆板,缺了点灵气,一味发狠,但气势挺足,倒也有种一往无前的劲头。我认为这算是李世民同学的诗歌中相对稍好的一种。

当然,由于才能的局限和基本功的缺乏,李世民这类诗的构思、立意都不出众,甚至不如简文帝萧纲的纸上谈兵,比如:

> 贰师惜善马,楼兰贪汉财。
> 前年出右地,今岁讨轮台。
> 鱼云望旗聚,龙沙随阵开。
> 冰城朝浴铁,地道夜衔枚。
> 将军号令密,天子玺书催。
> 何时反旧里,遥见下机来。
>
> ——《从军行》

无论是构思、措辞,还是在意象的选择和编排、用典的娴熟与自然上,萧纲都胜过了李世民。真将军居然写不过伪将军。

除了这一类雄主诗之外,李世民的第二类诗,我把它叫作"萎靡诗",是描写宫廷里的风花雪月的。该同学后半生不打仗了,主要在宫里陪陪武媚娘、见见唐御弟什么的,他因此就写了不少讲宫里安逸生活的诗,占到了他集子的一半以上。他被后人嘲讽得最多的也是这一类诗。

试举一例。比如《采芙蓉》,是写小宫女的。大家也不用细读，感受一下就可以了：

> 结伴戏芳塘，携手上雕航。
> 船移分细浪，风散动浮香。
> 游莺无定曲，惊凫有乱行。
> 莲稀钏声断，水广棹歌长。

除了憨笨得让人哭笑不得的"结伴戏芳塘"之外，描写也算挺细致，但却是一堆陈言的拼凑，诸如什么"细浪""浮香""游莺""惊凫"之类，许多都是前人用滥了的，句式也缺少变化，没有什么诗味。

在写这一类诗的时候，李世民很像是一个缺乏天分的摄影爱好者，拿了一部高级相机去逛公园，兴奋地拍了一大堆花花草草，回家一看，却挑不出一张打动人的片子。类似杨广举手可得的"日落沧江静，云散远山空"这样的诗，李世民一联都作不出。

李世民的第三类诗，叫作"分裂诗"。

什么意思呢？就是李同学写这类诗的时候是分裂的，他既挡不住宫体诗的诱惑，本能地想写一些莺莺燕燕、秾丽纤巧的词句，但却又被儒家的道德规范束缚着，担心这不是"雅音"，不符合君王身份，于是往里面塞一些政治正确的表态性的口号，搞得整首诗很精神分裂。

举一首《咏风》为例。一开头是"萧条起关塞,摇飏下蓬瀛",挺有气势,如果只看这两句,你还以为会读到一首霸气的雄主诗呢。

可是前两句豪言掷过,后文不知怎么地就忽然萎了,急转直下,变成了标准宫廷诗的调调:

> 拂林花乱彩,响谷鸟分声。
> 披云罗影散,泛水织文生。

最后,李世民同学似乎担心路子不正,有偏离"雅音"轨道的嫌疑,于是结尾处重新拔高诗意,硬塞上一句雄主的口号:

> 劳歌大风曲,威加四海清。

整首诗都给人一种分裂的感觉。

又比如一首《春日登陕州城楼》,一开始都是照例堆砌美丽景致:

> 碧原开雾隰,绮岭峻霞城。
> 烟峰高下翠,日浪浅深明。
> 斑红妆蕊树,圆青压溜荆。

但当诗歌快要结束时，在完全没有铺垫的情况下，李世民同学又仿佛忽然从迷梦里睡醒了般，突兀地来了一个大转折，喊起了口号来：

巨川何以济，舟楫伫时英。

又是两句硬塞进去的帝王语言，表示自己是多么渴望海纳百川，五湖四海选人用人。

打个不恰当的比喻，就像是中学生作文，前面堆砌一些描写风景的成语，什么"今天风和日丽、万里无云，公园里繁花似锦"等等，最后看看要结尾了，突兀地来一句："啊！我要为了这一切奋斗终生。"

李世民的内心真的很纠结，也真是不自信。在诗才上，他似乎确实不如汉武帝，也不如杨广，更不要提曹操了。

可是，李同学真是一个"沉溺淫辞"的人吗？倒也不是。这样一个人怎么会"慨然抚长剑"呢？怎么会"志与秋霜洁"呢？

五

到此，我们已经专门花费了一篇讲唐太宗李世民，还有他领导的那个诗坛。

快到了要和李世民、魏徵、虞世南等人告别的时候了。平心而论，他们还是挺努力的。在贞观一朝，诗人很少，又不太给力，只能靠这些政治家偶尔的一点作品撑场面。

但即便这样，魏徵、虞世南们在很低的产量之中，也交出了一些好诗，即便放在整个唐代来比，也是有希望拿优秀诗歌奖的。比如虞世南的《蝉》，有些人评价不高，但我觉得可以进入唐代一流诗歌之列：

垂緌(ruí)饮清露，流响出疏桐。
居高声自远，非是藉秋风。

后两句"居高声自远，非是藉秋风"，不正像后来王之涣的"欲穷千里目，更上一层楼"吗？

魏徵也用诗歌倾诉过他的才华和抱负：

季布无二诺，侯嬴重一言。
人生感意气，功名谁复论。

——《述怀》

他的"人生感意气，功名谁复论"，不也就是杜甫的"由来意气合，直取性情真"吗？

李世民、魏徵、虞世南们的问题，都是看得见旧文学的毛病，却找不到新文学的出路。

数十年后，当陈子昂横空出世，彻底扫荡浮艳文风的时候，是从古代寻找到的力量源泉——建安风骨。

可是眼下的李世民同学却还找不到自己力量的源泉。他空有改革文风的抱负，却不知道到底什么样的诗歌才是真正第一流的。

他的确是注意了不要写淫诗的，哪怕描写宫女，风格也总体比较清丽，不像齐梁的帝王那么污，抓住"朱唇""舞腰"之类的身体部位猛写。

但他自己毕竟又被包围在一群陈隋遗老、宫廷文人之中，大家陈陈相因地写宫廷诗已经近百年了，你要李世民完全抛开这个传统，像后来的陈子昂一样去复古，他也做不到。

于是，他就在一味发狠的雄主诗和萎靡无聊的宫廷诗之间摇摆着，一会儿"慨然抚长剑""志与秋霜洁"，一会儿又"只待纤纤手，曲里作宵啼"，深一脚、浅一脚地走下去。

到了晚年，他的文学导师从虞世南变成了上官仪，后者是宫廷诗的大家。李世民把自己的诗都交给他改，大家又都沉迷在你侬我侬、花花草草中。

李世民去世的时候，是七世纪中期。当时的诗坛是什么情况呢？是宫廷诗依旧大行其道，"诗人承陈、隋风流，浮靡相矜"[7]，柔美而空洞的作品仍然充斥。他曾经豪迈的改革愿景，几乎一句都没有变成现实,"慷慨复古"的冲动似乎已被遗忘了。

最后,做一个简单的总结吧:

从隋文帝到唐太宗,两次以帝王主导、以高官为主力的文风改革都宣告失利。不管帝王怎么发诏书、设机构,甚至亲自撰写诗歌示范,可最终都偃旗息鼓。

唐朝建立了快四十年了,还没有任何迹象可以表明,一个伟大的诗的时代要到来。

然而,就像唐太宗的两句诗一样:"焰听风来动,花开不待春。"帝王将相们的努力失败了,但这一切却并没有结束,掀起诗歌大爆发的重任,悄悄落在了几个小人物的身上。

注释

〔1〕 《资治通鉴》卷一百八十八:"秦王世民引兵自龙门乘冰坚度河,屯柏壁,与宋金刚相持。"
〔2〕 李世民《帝京篇序》。《帝京篇》是李世民尝试写作的组诗,一共十首。诗的内容似乎承载不起序言中的宏伟文学愿景。
〔3〕 李世民《帝京篇》之四。
〔4〕 明王世贞在《艺苑卮言》里说:"唐文皇手定中原,笼盖一世,而诗语殊无丈夫气……可谓远逊汉武,近输曹公。"
〔5〕 清贺裳《载酒园诗话》:"'萤火不温风',真为宫体之靡。'圆花钉菊丛',何来此丑字!"作者能从太宗诗里选出这样一个丑怪的句子来,也算是够用心。
〔6〕 古人诗歌评论往往毒舌,不逊今人。《全唐文纪事》载北宋郑毅夫云:"唐太宗功业雄卓,然所为文章,纤靡浮丽,嫣然妇人小儿嘻笑之声,不与其功业称。甚矣,淫辞之溺人也。"
〔7〕 见《新唐书》列传第一百二十六,对唐朝初年的诗歌评价不高。

引爆！唐诗的寒武纪

王杨卢骆当时体，轻薄为文哂未休。

尔曹身与名俱灭，不废江河万古流。

——杜甫

一

在前文里，已经有几位诗人登场了。他们的身份职位如下：

杨广：皇帝

李世民：皇帝

魏徵：宰相

许敬宗：宰相

上官仪：宰相

虞世南：礼部尚书

……　……

他们不是皇帝王子，就是宰相大臣。他们的诗写得怎么样呢？当然也各有特色，但和过去的一百多年相比，没有大的突破。

直到公元650年前后，有一拨新的诗人陆续出现了。下面把他们的身份、职位也列一下，和前面一组诗人做个对比：

王勃：高级伴读书童

杨炯：文员、县令

卢照邻：调研员、小儿麻痹重症患者

骆宾王：反贼

这一对比，你大概会发现：这不是一个天上、一个地下吗？怎么后面这一帮诗人大部分层次这么低、混得这么惨？

是的，他们的仕途都不怎么成功，大多是些书童、文员之类的基层干部和群众，只有一个杨炯当了县令。和早先登场的魏徵、上官仪等宰相尚书之类的诗人相比，他们都是些小人物。

但在唐诗的历史里，他们一点也不"小"。事实上，正是这几个身份低微的人，组建了一个现象级的偶像组合，那就是大唐诗坛上的第一个男子天团——"初唐四杰"。

在生物学上，有这样一个进化事件，叫作"寒武纪大爆发"。在大约五亿多年前，有一个被称为"寒武纪"的地质历史时期，在短短的时间里，地球上突然爆炸般涌现出各种各样的生物，它们飞速地进化，让这个星球呈现出一片生机勃勃的景象。

唐诗的历史上也经历了这样一场"大爆发"。诗坛突然从沉闷、封闭变成开放、繁荣。它正是从这几个小人物开始的。

二

如果在公元七世纪的六十年代，问一个唐朝士人：如今谁的诗天下第一？

答案可能会是：上官仪。

上官仪是宰相，大诗人。他擅长的作品叫作"宫体诗"，顾名思义，题目大都是《记一次盛大的早朝》《记一次精美的宴会》《记一次愉快的出游》之类。这些诗精致典雅，江湖人称他是："玉阶良史笔，金马掞天才。"他的诗也被称为"上官体"。

能用自己的名字来命名一种诗体，这是一个很高的荣誉。隋唐以来，还从来没有哪个诗人有过属于自己的"体"，上官仪是第一个。

他一生精华的代表作，是一首《入朝洛堤步月》：

> 脉脉广川流，驱马历长洲。
> 鹊飞山月曙，蝉噪野风秋。

诗的题目"入朝洛堤步月"是什么意思呢？就是在凌晨上早朝之前，诗人骑着高头骏马，踏着月色，缓缓经过洛堤所看到的风景。这首诗写得大气雍容，写出了帝国宰相的超凡风仪。

宰相这首诗吟出来，旁边文武百官都拼命鼓掌："太赞了，大人的诗真了不得，音韵清亮，真是美啊！这样棒的诗，再配上您这么个人，简直是活神仙一样啊！"[1]

上官仪的诗，影响了诗坛很多年。但渐渐地，有一些人不服气了。

话说，公元669年，在京城一处私家花园里，有一个二十岁[2]的年轻人，正在读上官仪的诗。

花园很大，草木葱茏，树荫遍地。年轻人的相貌也挺清秀，眉目间还带着三分桀骜。他读了几首诗，脸上露出不以为然的表情，不停摇头唏嘘：

可惜啊，可惜！就凭上官老儿这几下子，居然也成了当年天下第一高手！

哼哼，只可惜我的叔祖父——"东皋剑客"王绩王无功先生故去太早。不然，以他那一套独步天下的"田园狂歌诗"，上官仪老儿未必是他的对手。

年轻人想及此处，双眉一轩，两眼中射出异样的神采，一声清啸冲破云天："有朝一日，我必定……"

话还没说完，只听急促的脚步声响，一个秘书带着几个警卫冲进来："王勃呢？王勃在哪里？叫他快滚出来！"

年轻人一愣："我在这里……"

秘书一把揪住他："你老实交代，昨天到底在网上发了什么鬼文章！"

"没……没发什么啊！"年轻人王勃搔着头，"哦对了，咱们王爷不是喜欢和隔壁的英王[3]斗鸡吗，我就帮王爷写了一篇《英王，小心你的鸡鸡》……"

秘书大怒："说的就是这个！这篇鬼东西，谁让你写的？这文章影响十分恶劣，造成了难以挽回的后果，杀了你都不算多！当年你一进王府，我就看出来你不靠谱了……"

警卫一掌把王勃推出大门。随即，"嘭"的一声，一床铺盖砸到他身上。

"拿上你的铺盖，走人！"

三

这个写文章闯了祸的年轻人，就是我们要介绍的男子天团的第一位成员——王勃。

王勃的人生起点，应该来说是不低的。他从小就才气过人，名声在外，十六岁时就被授了"朝散郎"[4]。这叫作文散官，并不负责什么实际事务，但品级不低，是从七品衔。

当同龄人还在翻墙逃课泡网吧的年纪，王勃就成了副调研员了。

接着,小王勃来到了他参与政治活动的第一站——沛王府,担任高级伴读书童。如果放到今天,他的经历足够攒出几套《哈佛男孩王子安》之类的畅销书。

王勃的老板沛王李贤大有来头。他是武则天的第二个儿子、太平公主的亲哥哥。这个人颇有见识和能力,后来一度还做了太子,几次监国,离当皇帝就差一步了。

少年王勃能够跟着他做事,应该说是很有前途的,一幅美好的人生画卷正在他面前展开。

但是王勃偏偏有一个毛病:不讲政治。

沛王有一项个人爱好——斗鸡,经常和弟兄诸王比赛。唐代的王公贵族常有这些斗鸡走狗的小爱好,本来也不足为奇。当时不要说皇子们了,许多外戚、豪门都不惜血本地买鸡、斗鸡。

十九岁的王勃跟着主子玩乐,一时手痒,便写了一篇文章发到网上,叫作《英王,小心你的鸡鸡》(《檄英王鸡文》)。这是一篇开玩笑的恶搞文,没有什么恶意,不外乎为了逗主子开心,顺便也炫耀才能而已。

不幸的是,据说有一个最不该看的人偏偏看到了这篇帖子,他就是当朝皇帝唐高宗李治。[5]

李治还生着病,心情本来就不好,听说这事后勃然大怒:这写的什么玩意?这个王勃怎么这么混蛋,敢挑拨我儿子们的关系?

你可能有些不理解:一篇少年人的恶搞戏谑文章,何至于惹皇帝发这么大的火？

因为在那个时代，皇子之间的竞争是高度敏感的政治话题。当年唐太宗就是杀了一个哥哥、一个弟弟后登上皇位的。唐高宗自己上台之前，也曾经和兄弟魏王李泰有过一番激烈斗争。这种事，是绝不能拿来公开调侃的。

何况王勃调侃的两个人——沛王和英王之间的关系尤其敏感。这两人之中，唐高宗喜欢沛王，而武则天却偏偏和沛王关系紧张。宫廷里一度有传言说，沛王不是武则天亲生的，是唐高宗和武则天姐姐的爱情结晶。你说这事儿敏感不敏感。

王勃对此不知道避讳，反而拿来开玩笑，帮一个皇子讨伐另一个皇子，自然犯了大忌。他文章里讲的那些话，在唐高宗看来尤其刺激，什么"两雄不堪并立，一啄何敢自妄""羽书捷至，惊闻鹅鸭之声；血战功成，快睹鹰鹞之逐"，这不是胡说八道吗？我大唐诸皇子之间，都是亲密友爱和睦融洽的，你怎么能写成这样子？

唐高宗批示："叫王勃这个家伙滚蛋！不许他带坏我儿子！"

就这样，少年王勃被迫从王府卷铺盖走人了。

可以想象，一个不到二十岁的年轻人，背着包袱，站在长安的大街旁，繁华的城市突然变得无比陌生，本来光明的前途瞬间幻影般破灭，他该有多么茫然。

难道就这么结束了吗？一个帖子，就让我施展才华的抱负、振兴家门的希望、出将入相的梦想，都统统结束了？

还有那个高宗皇帝，我曾经精心撰写了那么多大块文章来歌颂你、巴结你啊，我写了《乾元殿颂》《宸游东岳颂》《拜南郊颂》《九成宫颂》……都是满满的正能量啊，可就因为一篇斗鸡的帖子，就变成坏分子了？

也许，这是诗神的故意安排，要让王勃经历眼下的处境。他仿佛在告诉王勃：

少年，不要留恋这里，做一个宫廷笔杆子不是你的归宿。你还有更重要的使命。

四

几个月之后，在长安通往蜀地的褒斜道上，出现了王勃的身影。

已经无处可去的他开始了四处游历。翻越秦岭，穿过汉中，踏着崎岖的蜀道，他来到了一片新的土地——四川。

王勃为什么会想到入蜀，个人一直搞不明白具体原因。他既不是蜀人，在这里似乎也没有亲眷，父亲又不在此任职。唯一的可能，大概是四川有一帮可以接济他的朋友，再加上风景壮丽，让王勃打算"采江山之俊势，观天地之奇作"，于是背起行囊、迈开脚步就来了。

在当时,诗歌江湖的中心是京城,那里聚集着数量最多的诗人,每天产生着最多的作品。王勃这一去,等于是主动脱离主战场了。他要去寻找新的绿洲。

在蜀地,王勃走遍了梓州、剑州、益州、绵州。他看到了大自然的美景,所谓"江山俊势""宇宙绝观",也体会到了羁旅游子的心情。

他的气质慢慢变了。过去王府里高级伴读书童的洋洋自得、意气风发,现在已经渐渐磨平,他身上多了一丝幽忧孤愤、耿介不平之气。

王勃发现了一件事:过去大家在宫廷里所写的那一类诗,到了这里都显得平庸了,都不好使了。那些空洞的辞藻、无病呻吟的句子,根本无法表现自己眼前雄奇的山川,也无力抒发胸中的浩叹。

我要写一种新的诗,一种用心灵写出来的诗。

他开始直抒胸臆,感慨"悲凉千里道,凄断百年身";他还开始描写更广阔的社会现实:"塞外征夫犹未还,江南采莲今已暮。"这些都是在宫廷里写不出来的。

他得到了新生。如果王勃还留在王府和宫廷,继续当他的高级伴读书童,大概只能留下一堆《记一次盛大的早朝》《记一次隆重的宴会》《记一次愉快的出游》之类。他的成就不一定能超过上官仪,而唐诗中却将永远没有了"海内存知己,天涯若比邻""寂寂离亭掩，江山此夜寒"。

今天回头来看，王勃的入蜀，是唐诗江湖的一次非凡的开辟之旅。在初唐的诗坛上，有着特殊的在蜀地的"一入"和"一出"。所谓"一出"，是我们后来会讲到的陈子昂出蜀；而这"一入"，就是670年前后的王勃入蜀。

这一年的秋天，九月九日重阳节，王勃来到梓州的玄武山上旅游，想看看这一带的景色。在这里，他遇到了一个人。

此人比王勃年长，大约三十多岁年纪，[6]虽然不是高官，但谈吐不俗，能看出一股世家大族的风范，以及掩饰不住的才气。

他和王勃同游玄武山，一起写了许多诗。这个人就是初唐男子天团组合的第二位：卢照邻。

五

卢照邻的少年经历和王勃很像。如果放到今天，也是够出版几本《牛津男孩卢照邻》之类的畅销书的。

他也是出身望族——范阳卢氏；也是很早成名——才十几岁的时候，就被人比喻成是汉代的大才子司马相如；他也早早地遇到了自己的伯乐——王勃的老板是沛王李贤，卢照邻遇到的则是邓王李元裕。老板对他很赏识，两人很谈得来。

卢照邻跟着老板辗转了几个地方，最后在长安定居。他在王府里得到了一份工作,叫作"典签",大致相当于图书馆管理员。众所周知,图书馆管理员这个岗位深不可测,前程可大可小,做大了有无限可能。

可我们的卢照邻同学却偏偏做小了。他大概是所有做过图书馆管理员的中国文化名人里结局最不幸的一个。前文说了,王勃的毛病是不讲政治,而卢照邻的毛病是不识时务。

用他自己的话说就是:领导重视什么,他就偏偏不搞什么;等他开始搞了,领导已经不重视了。就好像领导喜欢民歌的时候,他偏要搞摇滚;领导喜欢爵士了,他偏去搞嘻哈;等领导决定不拘一格选秀了,他偏偏身体垮了,没有机会上舞台,只能和病魔做斗争了。

就像他后来总结的:"自以当高宗时尚吏,己独儒;武后尚法,己独黄老;后封嵩山,屡聘贤士,己已废。"

卢同学人生的第一阶段,是在长安快乐地做着诗人,"下笔则烟飞云动,落纸则鸾迴凤惊",顾盼自雄,谈笑风生。但好景不长,人生中的第一个沉重的打击来了,他在长安最大的支柱邓王去世了,卢照邻失去了照拂。

老板在的时候,一切都好说;可当赏识你的老板走了,生态环境就立刻恶劣起来。后世的李商隐等也都遇到这样的问题。卢照邻不好再待在王府了,通过一番运作,他在四川谋得了一个新岗位,便即背上书囊,向蜀地进发。

攀登着险峻的山道，卢照邻气喘吁吁。他发出了"蜀道难"的感慨："传语后来者，斯路诚独难！"比李白早了数十年。

他在四川做的官不大，是一个县尉，相当于正科级或副县级的办事官。就是这份工作，卢照邻也没干多久就秩满去职，改非退二线了。在这里，他的老脾气仍然不改，依旧傲骄不群。

他写了一首诗，说自己是：

一鸟自北燕，飞来向西蜀。
……………
不息恶木枝，不饮盗泉水。

也不知他是遇到什么不开心的事了，是否遭到了什么诋毁，会联想到"恶木"和"盗泉"。最后，他表示总有一天要实现人生理想的：

谁能借风便，一举凌苍苍。

这首骄傲的诗的题目很有趣，叫作《赠益府群官》。它很容易引起误会，让人联想到一句流行语：抱歉，我不是针对谁，我是说在座的各位，都是人渣。

在四川，似乎只有两个人给了他一点慰藉：

一个是一位姓郭的姑娘。我不知道他们有没有结婚，但想必感情不错，共度了一段快乐缠绵的时光。另一个就是王勃。

这两个当世才子很谈得来。他们之间实在是太互补了，一个善于写七言诗，一个善于写五言诗，一个辞藻华丽，一个典雅雄浑。四川大地上，从玄武山到成都曲水，到处都留下了他们的同游诗文。

这一年，忽然有一个好消息传来：朝廷要搞"选秀"了，让各地搜罗选拔有才能的人士，为朝廷效力。[7]

王勃和卢照邻对视了一眼，彼此都看出了对方眼中的期盼：以我俩的才能，一定有机会的。说不定仕途从此会有起色呢。

他们分别做准备去了。[8] 王勃回家去借钱，写了一篇有趣的文章，叫作《为人与蜀城父老书》，感谢大家资助他。卢照邻则去和姓郭的女朋友告别。

"不要忘了有我在这里等你。"郭姑娘看着他瘦削的身影，眼中满是不舍。卢照邻是怎么回答的呢？不知道。我猜想他大概点头答应了："等我搬到长安去，开着大奔来接你。"自古以来，男的哄姑娘都是这一套。

而此时此刻，在长安，有一个人正等着和他们相会，让初唐第一男子诗歌天团的力量更加壮大。这个人，就是"四杰"里的又一位成员：杨炯。

六

在唐诗的历史上，有一个人曾留下过一声著名的大吼："我想当连长！"

因为这一声大吼，此人跻身"四杰"，名垂史册。他就是杨炯。他的原话是这样的：

> 烽火照西京，心中自不平。
> 牙璋辞凤阙，铁骑绕龙城。
> 雪暗凋旗画，风多杂鼓声。
> 宁为百夫长，胜作一书生。

他想当百夫长，可不就是当连长吗。这一首诗，就是唐代五言律诗的杰作《从军行》。

可能你有些好奇：这个想当连长的杨同学，到底是唐朝哪一支部队的？羽林军？还是神策军？还是野战部队的？然而杨炯同学并不是当兵的，他的真正职务是个文员。

杨炯是个天才，这是一句多余的话，"四杰"里没有一个不是天才的。他十岁就被当成神童，待制弘文馆，等于是到高级藏书室兼教研室进修。

可是，"四杰"似乎注定了官运都不会太顺。杨炯这一进修就是整整十六年，人生的三分之一就此过去了。直到三十二岁那一年，他的仕途才渐有起色，被推荐为弘文馆学士、太子詹事司直。

这里闲叙一句，我曾看到有的专家说，这个"太子詹事司直"是总揽东宫事务的大官，很了不得，杨炯的权力大得很。其实这是个好心的误会。真正勉强能称得上"总揽东宫事务"的，是太子詹事，而非詹事司直。

为了搞清楚杨炯到底是多大的官，我们再详叙一下：在詹事府这个机构里，有詹事一名，是主要领导，正三品；少詹事一名，正四品上，也算是领导；还有丞二名，正六品上，算是中层；此外还有主簿一人，从七品上，以及太子司直二名，正七品上，最后这个才是杨炯担任的职务。

所以杨炯应该是正七品上，大致是个处长，具体职责有可能是负责纪检、监督一类的事务。三十岁出头的正处，升迁已不能说慢了，但权力很大是谈不上的，每天仍然不过埋首文牍、弄材料而已。

尽管杨同学一生与案牍为伍，却有着一颗不安分的心。读他的诗，你看不出他是一个资深文案狗，而会以为他是一个江湖侠客。比如这首《夜送赵纵》：

> 赵氏连城璧，由来天下传。
> 送君还旧府，明月满前川。

在一个夜晚，作者送别了一个叫赵纵的朋友。这首诗像流水一样干净、自然，不沾染半点绮丽，每一个字都浸润着月色的光辉。

不妨多聊几句这首诗。事实上，这是自从有唐诗以来，色彩最通透、明亮的诗篇之一。它用莹润的和氏璧开头，用光辉的明月结尾，可谓从光明始、从光明终，说是"夜送"，但诗人的心境却比最好的晴天还明朗。

你看王勃著名的那一首《送杜少府之任蜀州》，已经够豁达了，都还要说上一句"无为在歧路，儿女共沾巾"。杨炯这首诗里却根本不必说类似的话。所谓"明月满前川"，朋友的前程人生一片光明，哪里用得着哭湿手绢呢。

书归正传。671年，王勃、卢照邻来到长安参加铨选，和杨炯相会了。"初唐四杰"，这时已经集齐了三个。

有人说：杨炯看不起王勃，理由是他说过一句话，叫"耻居王后"。这大概也是个误会。杨炯这人有个特点：对于自己真看不上的人，哪怕是同事、同僚，也是不大给面子的。他曾经直接打脸自己鄙视的同僚，管人家叫"麒麟楦"，什么意思呢？就是徒有其表的草包、木头疙瘩。

但对于王勃、卢照邻，他特别推崇。他怎么评价王勃的呢？是"海内惊瞻"。他又怎么说卢照邻呢？是"人间才杰"。

三大才子聚首长安城，洵为盛事。按说这已经值得大书特书了，但历史注定要让671年的冬天显得更加不平凡——就在王勃、杨炯、卢照邻齐会的时候，在西域来京的古道上，漫漫风雪之中，有一位壮士，也向长安进发了。[9]

他比王勃等三人的年纪都要大，[10]脸上带着风霜之色，看得出来经历了劳苦的军旅生活，但却精神很好，盼顾生辉。

在马上，他长吟着诗句"风尘催白首，岁月损红颜""别后边庭树，相思几度攀"，充满豪迈之气。这条大汉，就是骆宾王，"初唐四杰"男子天团的最后一位。

在此，我不得不又重复一句："初唐四杰"都是天才。骆宾王据说在七岁的时候，就写出了唐诗之中流传最广的超级热门之作：

鹅鹅鹅，
曲项向天歌。
白毛浮绿水，
红掌拨清波。

后来杜甫据说也是七岁作诗，咏的是凤凰，但他的凤凰诗没有流传下来。骆宾王的《鹅》诗则流传千古。

这一年，王、杨、卢、骆在京师会齐。有一位武侠小说家叫温瑞安的，曾经写过"四大名捕会京师"。而唐诗的历史上，令人激动的"四杰会京师"的一幕出现了。有学者说,"初唐四杰"的名号,就是由这一次齐聚京师而来。

也不知道他们有没有一起组个局,短暂聚会,把酒言欢呢?如果有的话,那真是让人神往的场面。

接下来,我们回到主题:"四杰"都热情满满地来参加这一次朝廷的选秀,可结果怎么样呢?答案是:很悲催。

七

关于这一次选秀,流传着这样一个段子:

据说这一天,在选秀的后台,两位评委——大唐王朝组织部的两位副部长碰头了。两人拿着"四杰"的档案,商量了起来。

一位副部长提议说:"你看看这四个人——王勃、杨炯、卢照邻、骆宾王,最近在文坛可火得很啊,写东西相当不错,你觉得怎么样?有培养价值没有?"

另一位副部长听了,却只是淡淡一笑,是那种组织部门干部固有的矜持笑容:

"年轻干部,第一要看政治水平,第二要看意志品质,第三才看业务能力。这四个人,业务能力当然是不错的,但是这个……呵呵……"

"但是?但是什么?裴部长[11]你有话就说。"

裴部长叹了口气，给出了结论：

"我看王勃这四个人啊，做事浮躁浅露，[12]太爱出风头。除了其中那个杨什么来着……哦，杨炯，以后培养培养，说不定能当个县长。其余三个人，哼哼，我看多半不得好死啊。"

说完，他把"四杰"的档案随手放在一边：这次就先不考虑他们啦，以后再说吧。

于是"四杰"命运就这么注定了——落选。

这个段子流传很广，可真的是事实吗？这位裴部长对"四杰"的成见真的这么大吗？不一定。今天我们还能看到不少诗文，都表明这位裴部长和王勃、骆宾王等关系不坏，很愿意关照、提携他们。

广为流传的裴部长批评"四杰"的这一个段子，听起来很像是后人的附会。因为"四杰"命运多舛，人们就根据他们的遭际，事后诸葛亮地附会了这么一段故事出来。

那么，"四杰"为什么又这么难出头呢？大概是他们个性太突出，做事又乖张，"浮躁浅露"虽然未必，但恃才傲物多半是有的；"华而不实"虽然未必，但好出风头、遭人嫉妒大概也是有的。

在671年这一次短暂的相聚之后，"四杰"的人生命运开始呈现出一种雪崩般的倒栽葱式跌落。

王勃差点被杀了头。这个案子很有点离奇：据说他先私自藏匿了一个有罪的官奴，不久又后悔了，担心走漏风声，便把这个官奴杀了。很快事情败露，王勃获罪，还使他父亲也受到牵连而被降职。

卢照邻则残废了。他患了严重的"风疾"，后来不少诗人比如白居易晚年也得过这种病，只是程度较轻而已。我曾经一度以为"风疾"是中风，因为卢照邻的症状——不能行走，半边瘫痪，手足蜷曲，都像是中风的后遗症。但详细了解之后才知道，他的病更像是小儿麻痹症一类。这使他穷困潦倒，直到要向朋友乞讨买药。

杨炯看上去还算好，一直在官场中等待机会。但他也有自己的弱点。前文中说了，王勃的毛病是不讲政治，卢照邻的毛病是不合时宜，而杨炯的弱点，是成分不好。

他在詹事府当上了处长没两年，忽然接到一个晴天霹雳般的通知：

"杨炯！你弟弟牵扯到了一场叛逆活动，你已经是逆贼的家属了！"

当时，远在千里之外的扬州爆发了一场叛乱，杨炯的弟弟参与了。杨炯就此躺枪。他被清理出了詹事府，贬到四川，担任了一个梓州司法参军的职务。

杨炯是成分不好，那么骆宾王的毛病又是什么呢？更严重，是彻底反动——坑了杨炯的那一场扬州叛乱，就是骆宾王和人合伙干起来的。

骆宾王造反,直接原因不是很明确,但大致是对现实不满,"失官怨望"。他早年受了不少磨难,居无定所,仕途不太顺利。后来年纪渐长,到长安做了侍御史,却又因为写文章、提建议,触怒了当权者,被人诬陷,以贪赃的罪名关了号子。

放出来之后,骆老师变成了一个彻底的老愤青。在他看来,世道黑暗,报国无门,正满肚子怨气呢,恰好赶上扬州有一伙人反对武则天,领头人叫徐敬业,是唐朝开国功臣徐懋功的孙子。他向骆宾王发出了号召:来吧,老骆,我的创业团队需要你。

骆宾王就这么报名入股了。

众所周知,凡是起兵造反,都需要一篇响亮的檄文。大家的目光不约而同落在骆宾王的身上:咱们这个创业团队就数你最能写,你来吧。

骆宾王慷慨陈词:感谢大家把这么光荣的任务交给我。他毫不推辞,挥笔落纸,写了一篇檄文,叫作《讨武曌檄》。

文章写好后,大家一看,集体陷入了沉默之中。过了半晌,才有人抬起头来说:老骆,你这是要红啊。

话说,我国的造反史源远流长,檄文历史也就随之十分精彩,有所谓的"三大檄文"(没有根据,我给封的)。一篇是东汉末年陈琳写的《讨曹操檄》,一篇是隋朝末年讨伐隋炀帝的《为李密檄洛州文》,第三篇就是骆宾王同学的这篇《讨武曌檄》了。

这一篇檄文问世最晚，但要说音调的铿锵、气势的雄浑、用词的精妙，这篇是三文中的第一名。所以后来才有了那个传说：武则天拿着这篇檄文去找宰相，问他为什么遗漏了骆宾王这个人才。

选取一段，大家不妨朗诵一下，来体验下这磅礴的气势与飞扬的文采吧：

> 是用气愤风云，志安社稷。因天下之失望，顺宇内之推心，爰举义旗，以清妖孽。南连百越，北尽三河，铁骑成群，玉轴相接。海陵红粟，仓储之积靡穷；江浦黄旗，匡复之功何远？班声动而北风起，剑气冲而南斗平。喑呜则山岳崩颓，叱咤则风云变色。以此制敌，何敌不摧；以此图功，何功不克！

也是由于这篇檄文的水平实在太高，传播实在太猛，给人留下的印象太深刻，骆宾王居然一不小心成了扬州起义的标志性人物，甚至比造反的几个主谋还出名。

后来明朝大思想家王夫之说起这次起义，一开口就是"起兵讨武氏，所与共事者，骆宾王、杜求仁、魏思温……"你看，不自觉地就把骆宾王排在了第一。一个写檄文的公关，居然排在了造反团队的军师、大将前面。

可见写文案这种事情，差不多糊弄两句能交差就得了，不要写得太好，否则就像骆宾王那样，稀里糊涂把自己写成了反动派的标杆，那就划不来了。

最后，这场造反行动坚持了多久呢？只有两个月。很快地，反叛的军队被打败，骨干统统被杀，骆宾王从此失踪。

有人说他是被抓获处斩了，也有人说他隐姓埋名逃亡了。唐代有个小说家叫张鷟，和骆宾王是同时代的人，他说骆宾王兵败后投水死了。《资治通鉴》里也说叛军"余党赴水死"。这两个说法比较接近，骆宾王有可能是在乱军中落水而死。

"四杰"离世的方式，都很让人唏嘘。

王勃是溺水受惊而亡，骆宾王可能是落水而死。卢照邻则长期受到病痛折磨，干脆给自己挖好了墓室，每天僵卧其中，等候死神的召唤。最后因为死得太慢，他无法忍受了，便和家人做了最后的诀别，投向了滔滔的颍水。

也许，那一刻他脑海中还浮现了远在巴蜀的郭姑娘。对不起，我终于是辜负你了。

人们常常说"三贤同归一水"，指屈原、李白、杜甫的死都和水有关，一个怀沙投江、一个入水捉月、一个自沉而死。这个说法没什么凭据。但"初唐四杰"中的三位却很可能是真的"三贤同归一水"了。

八

回顾这"四杰"的一生,你会发现一个特点:

他们最渴望干的事、大声嚷嚷、主动折腾的事,都没有干成。而他们无意间随手干的事情,却干出了了不起的成就。

王勃经常标榜自己想干的事,是弘扬儒学、传播正能量。他时常谆谆告诫别人要文以载道,不能一味追求文艺辞藻之美。结果呢?自己反而搞文艺搞得最出色。

杨炯耻于做书生,想当连长,可一辈子也没机会去前线,反而因为做书生,在文坛留下了显赫声名。

骆宾王平时写作,特别爱作大文章,写长篇辞赋,堆砌繁多的典故,写诗时还喜爱用许多数字,被人调侃称为"算博士"。可他最为后人所传诵的,却是短篇的讨武则天的檄文。他最为人们所熟悉和喜爱的诗,也偏偏多是一些精悍的小诗。比如:

城上风威冷,江中水气寒。

戎衣何日定,歌舞入长安。

——《在军登城楼》

又如:

此地别燕丹，壮士发冲冠。

昔时人已没，今日水犹寒。

——《于易水送人》

最让我感动的，是卢照邻。

他的外号叫"幽忧子"，一辈子的标签，是"穷""苦"两个字。他晚年得病等死，过程之凄凉，后人简直都看不下去了。明代有一位学问家叫张燮的，就对卢照邻有过这样一段感慨，很典型，原文录在这里：

> 古今文士奇穷，未有如卢昇之之甚者。夫其仕宦不达，则亦已耳，沉疴永痼，无复聊赖，至自投鱼腹中，古来膏肓无此死法也。[13]

意思就是说：古往今来的穷苦文人那么多，可是苦到卢照邻这个份上的，真是从所未有。你说他做官不顺吧，那倒也罢了，可是后来病成那个样子，长年累月起不来床，面容毁了，身体残了，甚至投水自杀，葬身鱼腹，这也太惨了一点吧！

在病中，卢照邻曾经像写博客一般，对自己的症状做了很细致的描述。当我们翻开它时，总有不忍卒读之感：

骸骨半死，血气中绝，四支萎堕，五官欹缺。皮襞积而千皱，衣联褰而百结……神若存而若亡，心不生而不灭。[14]

形半生而半死，气一绝而一连。[15]

"余羸卧不起，行已十年，宛转匡床，婆娑小室。未攀偃蹇塞桂，一臂连蜷；不学邯郸步，两足匍匐；寸步千里，咫尺山河。"[16]由于两腿残疾，连移动很短的距离，都好像隔了百里千里那么难。

他平生写的大量文章，《悲穷通》《悲才难》《悲昔游》《悲今日》《悲人生》，都是一个"悲"字。后世以悲苦闻名的诗人不少，比如孟郊，也算是人生困厄了的，但他的困苦的程度和卢照邻一比，真是小巫见大巫了。

让人感到惊讶的是，这样一个极度悲苦、极度困厄的诗人，留给世人的最成功的作品，却是一部自有唐朝以来所出现的最华美、最丰赡、最冶艳的诗篇。那就是《长安古意》。

这首诗略长，但是为了让大家了解卢照邻，展现这一篇诗的宏伟冶艳，把它全文列在下面：

长安大道连狭斜，青牛白马七香车。
玉辇纵横过主第，金鞭络绎向侯家。

龙衔宝盖承朝日，凤吐流苏带晚霞。
百丈游丝争绕树，一群娇鸟共啼花。
啼花戏蝶千门侧，碧树银台万种色。
复道交窗作合欢，双阙连甍垂凤翼。
梁家画阁天中起，汉帝金茎云外直。
楼前相望不相知，陌上相逢讵相识。
借问吹箫向紫烟，曾经学舞度芳年。
得成比目何辞死，愿作鸳鸯不羡仙。
比目鸳鸯真可羡，双去双来君不见。
生憎帐额绣孤鸾，好取门帘帖双燕。
双燕双飞绕画梁，罗纬翠被郁金香。
片片行云著蝉鬓，纤纤初月上鸦黄。
鸦黄粉白车中出，含娇含态情非一。
妖童宝马铁连钱，娼妇盘龙金屈膝。
御史府中乌夜啼，廷尉门前雀欲栖。
隐隐朱城临玉道，遥遥翠幰没金堤。
挟弹飞鹰杜陵北，探丸借客渭桥西。
俱邀侠客芙蓉剑，共宿娼家桃李蹊。
娼家日暮紫罗裙，清歌一啭口氛氲。
北堂夜夜人如月，南陌朝朝骑似云。
南陌北堂连北里，五剧三条控三市。

弱柳青槐拂地垂，佳气红尘暗天起。

汉代金吾千骑来，翡翠屠苏鹦鹉杯。

罗襦宝带为君解，燕歌赵舞为君开。

别有豪华称将相，转日回天不相让。

意气由来排灌夫，专权判不容萧相。

专权意气本豪雄，青虬紫燕坐春风。

自言歌舞长千载，自谓骄奢凌五公。

节物风光不相待，桑田碧海须臾改。

昔时金阶白玉堂，即今惟见青松在。

寂寂寥寥扬子居，年年岁岁一床书。

独有南山桂花发，飞来飞去袭人裾。

好一个"得成比目何辞死，愿作鸳鸯不羡仙"，好一个"弱柳青槐拂地垂，佳气红尘暗天起"，真乃是李白所说的"阳春召我以烟景，大块假我以文章"！

这是一幅长安行乐图，也是一幅盛世来临前的破晓图。我经常很困惑，卢照邻这么潦倒、苦闷的一个人，怎么写出这样华美冶艳、烟视媚行的长安呢？怎么写出那些炫目的宝盖和流苏、游丝和娇鸟、妖童和娼妇、"日暮紫罗裙"和"侠客芙蓉剑"的呢？

有很多学者都评点过这首诗，说得最好的是闻一多。他说，这首诗是以市井的放纵改造宫廷的堕落，以大胆代替羞怯，以自由代替局缩。

看起来这么裘马轻狂的一首诗,但它铺展在我们面前时,一点也不轻浮,一点也不猥琐。

我觉得卢照邻大概是写这首诗太用力了,他把一生的绮丽风流都攒积起来,在这一首长诗里一把耗尽了。这一首魔鬼般的诗抽干了他的生命能量,所以后半生只剩下躯壳,成了一个活死人。

九

到了七世纪的最后几年,"四杰"里的卢、王、骆三位都相继去世,只剩下了杨炯健在。

似乎是上天有意把他留下来,作为一个总结者,在"四杰"团队退场前,做最后的历史发言。

杨炯深吸了一口气,站在了话筒面前。那一刻,历史在静静聆听,因为他所说出的每一个字,都将成为"四杰"文学地位的呈堂证供。

他终于开口了。这一篇重要的发言稿幸运地流传了下来,就叫作《王勃集序》。

他是一边流着热泪,"潸然擥(lǎn)涕",一边留下这篇讲演的。在王勃生前,他们也许是有较劲的,杨炯曾说自己"耻居王后",存心要比拼个高下。但在王勃身后,杨炯却用了最热情洋溢的字眼,来赞颂这个早逝的故人。

在文中，他对比了前后两个时代的文学：

前一个时代，他觉得是柔靡的、浮华的、空洞的——"龙朔初载，文场变体，争构纤微，竞为雕刻。糅之金玉龙凤，乱之朱紫青黄……骨气都尽，刚健不闻。"

后一个时代，是"四杰"崛起之后的时代，他认为是振奋的、开阔的、充满希望的——"长风一振，众萌自偃。遂使繁综浅术，无藩篱之固；粉绘小才，失金汤之险。积年绮碎，一朝清廓。"

他表扬的固然是王勃，但这一份功业，这一股"长风"，不也有他和卢、骆等同时代诗人的努力在内吗？

叶嘉莹曾说王勃等是"小诗人"。[17] 的确，在后来盛唐、中唐的那些巨擘之前，他们是显得有点单薄、消瘦。

但他们却是唐诗大爆发的开端。就像地球生命的进化史上，忽然之间，在寒武纪，你也说不清楚为什么，物种的数量就猛然爆炸性增加，一片生机蓬勃了。

在他们之前，诗是那么狭窄，那么局促。而在他们之后，诗变得越发阔大，越发深沉。在他们之前，是一群高级干部、宫廷贵族在写诗。在他们之后，是越来越多的底层官僚和文人，甚至是穷苦困厄之士在写诗。

在他们之前，没有人能看得出"唐诗"这个文学婴儿有什么特别的前途。但在他们之后，人们开始惊讶地发现，多么嘹亮的啼声啊，怕是有一些伟大的事情，将要在这个婴孩身上发生。

最后，让我们再看一眼王、杨、卢、骆这四个"小人物"的模样吧：

"衫襟缓带，拟贮鸣琴；衣袖阔裁，用安书卷。"——这是王勃。

"日下无双，风流第一……轻脱履于西阳……重横琴于南涧。"——这是杨炯。

"提琴一万里，负书三十年。晨攀偃蹇树，暮宿清泠泉。"——这是卢照邻。

"落魄无行，好与博徒游。""读书颇存涉猎，学剑不待穷工。"——这是骆宾王。

怀着一丝不舍，让我们向这四尊雕像挥手告别。在唐诗的路上，我们还会迎来更壮丽的风景。

注释

[1] 《大唐新语·文章篇》:"高宗承贞观之后,天下无事,上官仪独为宰相,尝凌晨入朝,循洛水堤步月徐辔,咏诗曰……音韵清响,群公望之,若神仙焉。"百官觉得他"若神仙",大概还不完全是因为诗,还因为他"独为宰相"的缘故。

[2] 按河北大学杨晓彩《王勃任职沛王府考论》:"王勃被高宗逐出沛王府,成为沛王与周王游戏争斗中的牺牲品。此事当发生在总章二年(669)五月。"王勃出生年本书从650年说,所以被逐出沛王府是十九、二十岁之间。

[3] 当时英王其实应该是周王。按照《旧唐书》,到了后来的仪凤二年(677)八月,才徙封周王为英王,名字也从李显改为李哲。在公元669年的时候王勃如果作文,不该是《檄英王鸡文》。可能是记录这一事件的史料出源有误。

[4] 小王勃做的究竟是个什么官?《隋书·百官志下》:"吏部又别置朝议、通议、朝请、朝散……等八郎……其品则正六品以下,从九品以上。"唐朝沿用了这一职官制度,《旧唐书·职官志一》:"朝议郎、承议郎,正六品;通议郎、通直郎,从六品;朝请郎、宣德郎,正七品;朝散郎、宣义郎,从七品……并为文散官。"

[5] 一说是高宗应该并未看到全文,只是王勃因受嫉而遭谗。骆祥发先生认为:"王勃为人,本来恃才傲物,少年得志,锋芒毕露,这难免招来妒忌者的'侧目'。于是以檄鸡文为口实,在高宗面前进谗。"

[6] 卢照邻生卒年不确,但比王勃大是肯定的。闻一多《唐诗杂论》:"卢、

骆一组，王、杨一组，前者比后者平均大了十岁的光景。"

〔7〕《全唐文》卷十三，咸亨二年（671）十月丙子诏曰："其四方士庶，及丘园栖隐，有能明习礼经，详究音律，于行无违，在艺可录者，并宜令州县搜扬博访，具以名闻。"有研究者认为，卢照邻参加的就是这一次铨选。

〔8〕王明好有《初唐四杰交游考论——以卢照邻为中心》，很有趣味。文中云："咸亨二年十月，朝廷又一次大规模拔人才……于是等王勃筹集到旅资之后，卢、王便一道离蜀返京，参加铨选。"

〔9〕《初唐四杰交游考论——以卢照邻为中心》："咸亨二年冬，骆宾王自西域归京。""四杰齐聚长安参选。"我真心希望它发生过，"四杰"齐聚京师，一件多么让人神往的事。

〔10〕骆宾王出生年份不确，早至619年、晚至638年等说法都有。但不管是哪一说，一般都认为他是"四杰"里最年长者。

〔11〕他叫作裴行俭，唐代名臣。《说唐》等小说中小将裴元庆的原型就是他的哥哥裴行俨。

〔12〕裴行俭批评"四杰"浮躁浅露故事，见《赠太尉裴公神道碑》《大唐新语》《旧唐书》等。是否真实发生过，历来说法不一。但读来像是后人根据"四杰"的人生命运附会出来的东西。

〔13〕明张燮《幽忧子集题词》，对卢照邻的遭遇极为感慨同情。

〔14〕卢照邻《悲穷通》。

〔15〕卢照邻《悲昔游》。

〔16〕卢照邻《释疾文序》。

〔17〕见《叶嘉莹说初盛唐诗》，其中称王勃等为小诗人，意即成就和才力不大。

站在曹植的肩膀上

城阙辅三秦，风烟望五津。
与君离别意，同是宦游人。
海内存知己，天涯若比邻。
无为在歧路，儿女共沾巾。

——王勃

不用多介绍，这一首诗，就是王勃著名的《送杜少府之任蜀州》。语文课本上一般都会学到这首诗，它是送别诗里的神品，是唐诗中的绝唱。

尤其是"海内存知己，天涯若比邻"，自从在青年王勃的笔下诞生后，就成了无数人在分别时刻或是思念朋友时的共同语言。这两句诗，深情，开阔，明亮，豪迈，它仿佛是一束阳光，一句心灵的密码，温暖了千千万万次国人的离别，鼓舞了凄凄惶惶中的无数人心，温柔了暮暮朝朝的无数岁月。

当亲爱之人远别之际，人们想起这一句诗，便往往会收起泪水，露出了微笑，心存着暖意，期待未来的相见。因为王勃告诉了我们，哪怕远隔天涯，只要彼此心照，对方也会像在身边一样。

不过，王勃这伟大的诗句，也是有一个源头与出处的。在他之前四百多年的三国曹魏时代，另一位天才曹植写下过这样两句诗：

> 丈夫志四海，万里犹比邻。

两相对比，不难发现，王勃的"海内存知己，天涯若比邻"与之非常相似，无论措辞还是立意都是非常接近的。那么问题来了：王勃这是剽窃了曹植吗？难道他是个抄袭狗？

本文便来说道说道这件事。

上述的曹植两句诗，出自一首长诗《赠白马王彪》的第六部分。这是一首很伤感的送别诗，其中第六部分的内容是这样的：

> 心悲动我神，弃置莫复陈。
> 丈夫志四海，万里犹比邻。
> 恩爱苟不亏，在远分日亲。
> 何必同衾帱，然后展殷勤。
> 忧思成疾疢，无乃儿女仁。

仓卒骨肉情，能不怀苦辛？

诗当然写得非常好。从题目可以看出，诗是写给"白马王彪"的。注意此处可不是指一个骑着白马、名叫王彪的人，而是指曹植的弟弟曹彪。他当时被封为"白马王"，故此叫"白马王彪"。

这首诗写于黄初四年，也就是公元223年，曹植当时被封为雍丘王。他的心情是很抑郁的，因为一直都受到哥哥曹丕的猜疑和防备。众所周知的"七步诗"的故事就反映出了兄弟俩关系之紧张。

那一年五月，曹植和两个兄弟白马王曹彪、任城王曹彰一起去洛阳朝拜皇帝，也就是兄长曹丕。兄弟几人心情复杂地上路了。到达洛阳后，曹彰就很突然地病故了，有传言说是被毒杀的，但消息并不确切。

三个兄弟出门，忽然就只剩下俩，曹植作为一个幸存者和旁观者，可想而知内心是多么压抑和惶惧。

等朝拜活动结束，曹植、曹彪返回封国。兄弟二人平时难得团聚，所以此次打算一路同行，说点贴心话之类。但当时中央政府对诸王的控制极为严苛，派有专门的"监国使者"，跟教导主任一样，一路上定要把兄弟俩隔开，吃住都不允许在一块儿，以防二人串通了搞阴谋。

在这种兄弟相忌、骨肉分离的痛苦下，曹植写下了《赠白马王彪》这首极沉痛的长诗。

在诗里,他努力地宽慰着兄弟:"丈夫志四海,万里犹比邻。"——离得远又如何?"恩爱苟不亏,在远分日亲。"——只要情分在,小别胜新婚,一天是兄弟,一辈子都是兄弟,没啥大不了的嘛!

话说得通透,可事实上呢?他连自己也宽慰不了,最后仍然痛陈:"仓卒骨肉情,能不怀苦辛?"一肚子的辛酸。

令曹植痛苦的不仅是兄弟分离,还有未来叵测的命运。白马王也好,雍丘王也罢,未来结局都是不可预料的,是好死还是赖活,全看皇帝大哥的心情。事实上,尽管后来诸王的处境一度有所好转,曹彪的命运却仍然以悲剧收场了,他最终因卷入一桩谋反案被魏明帝曹叡赐死。

以上这些就是《赠白马王彪》的创作背景了。从中我们能读出生于帝王之家的无奈和唏嘘。

说完了曹家的事,让我们暂停慨叹,回到本文的主角王勃——他的名句"海内存知己,天涯若比邻",和曹植的诗句到底是什么关系?真的是抄袭吗?

应该这样说,王勃几乎可以肯定是借鉴了曹植的,但却不是抄袭剽窃。在诗歌创作里,这种现象专门有一种说法,叫作"偷语"。

中唐诗人皎然有一部著作,叫作《诗式》,其中专门讲了三种

"偷"的方法，分别称为"偷语""偷意""偷势"。所谓"偷语"，就是把别人的诗句拿来化用到自己的作品里面。皎然说"偷语最为钝贼"，仿佛很不地道，但事实上这是诗歌创作上一种常见的手法，并非全都不地道。

之前曾讲过宋朝词人秦观的"斜阳外，寒鸦万点，流水绕孤村"，是"偷"自隋炀帝的"寒鸦飞数点，流水绕孤村"。类似的例子比比皆是。宋代词人晏几道的名句"落花人独立，微雨燕双飞"，是出自五代翁宏的《春残》诗："又是春残也，如何出翠帷？落花人独立，微雨燕双飞。"一个字都没改。

为什么这种"偷句"不属于剽窃，反而被说成是一种艺术手段呢？难道真是大诗人作案可以法外开恩吗？非也。我个人认为，是因为它符合两个条件：

一者，它不是以欺瞒读者、窃取别人之成果为目的。

王勃化用曹植的诗，秦观化用杨广的诗，难道是冀望亲朋好友乃至全天下的士人都没文化，统统没读过曹植、杨广的原句，好悄悄据为己有吗？明显不是的。

这些"偷"显然不是以欺瞒为目的，而是在天下皆知的情况下的一种光明正大的引用，或者说是一种致敬。白居易便经常被朋友元稹公然偷语，所以白居易戏称"每被老元偷格律"，就是一种光明正大的借用。

这和今天一些作者欺瞒编辑、欺瞒读者，据他人成果为己有的抄袭行径不一样，主观目的完全不同。

第二，它有艺术上的改造和升华，让原句焕发了新的光彩，别开生面。

对比曹植、王勃两个大才子的诗句，表面上措辞、意思一样，但气场和意境是不一样的。曹植诗句的整体调子是哀怨、伤感的，全诗在短暂的豁达之后，最终仍旧回到"仓卒骨肉情，能不怀苦辛"上去了，依然是永远看不到尽头的忧伤。而王勃的诗句则更为灿烂明亮，意兴昂扬。两代才子，同样送别，一个是目中有泪，一个是眼里有光，并不相同。

诚然，王勃是站在巨人曹植的肩膀上的。倘若没有"丈夫志四海"，便多半不会有"海内存知己"，这首诗的确应该写上：鸣谢曹植。但另一方面，王勃并不是简单地重复曹植，而是青出于蓝，以一己的才情把送别诗写出了一个新的高度。

这就涉及一个文学和艺术上的规律了：高峰，从来都不是凭空出现的。天才总是站在天才的肩上，巨人总是接过巨人的火炬。每一位貌似不世出的英才，其实都是能追溯源头的，都承接着前人，同时又启迪着后人，就好像曹植之于王勃。

我们还可以看到许多例子。屈原写出"惟天地之无穷兮，哀人生之长勤。往者余弗及兮，来者吾不闻"，启迪出了陈子昂的"前不见古人，后不见来者。念天地之悠悠，独怆然而涕下"。

李白写出"请君试问东流水，别意与之谁短长"，又启迪出了后世李煜的"问君能有几多愁，恰似一江春水向东流"。这些巨人都是站在巨人的肩上。

说到这里，再闲叙一个问题：

对比"丈夫志四海，万里犹比邻"和"海内存知己，天涯若比邻"这两组诗，有没有发现前者诵读起来有些拗口，不够畅快，而后者更为顺口好读，声调也更为铿锵悦耳？原因是什么呢？

这就关乎此前所讲的声律的秘密了。

"丈夫志四海，万里犹比邻"，其句式是"仄平仄仄仄，仄仄平仄平"，不是律句。非要严格说来，它其实还犯了声律上的忌讳，叫作"犯孤平"，所以你觉得读来拗口。

而王勃的"海内存知己，天涯若比邻"，它的句式是"仄仄平平仄，平平仄仄平"，是标准的律句，读来便觉朗朗上口，声韵铿锵，易于传诵。而事实上，这两句诗也就确实远比曹植的传播得更广，更为脍炙人口，妇孺皆知。

这并不是曹植的失误，也不代表他才华不如，只不过因为两人隔了四百多年而已。

这漫长的四百多年里，诗歌在前进，写诗的技巧在纯熟，人们对声律的了解在进步。

在曹植写诗的时代，诗人们基本没有声律的概念，只能全凭着感觉去写。而到了王勃落笔的初唐，沈约等早已经总结出了"四声八病"，诗人们已经开始系统地注意声律了，开窍了。这是曹植等上古大神所未能了解的。

常听见有人质疑：声律真有什么实际价值吗？不就是小部分专业人士用来装腔作势唬人的吗？在此也顺便借这个例子回答一下，它还真不是没用的东西。凡事务必要先了解了再下结论。

王勃英年早逝了，只活了二十七岁。在"初唐四杰"里，他的成就毋庸置疑是最高的。关于"四杰"的成就排名，有人说该是"王杨卢骆"，也有说该是"王骆卢杨"，但没有不把王勃排在第一的。假如只算二十七岁前的成就，他甚至还超过了李白、杜甫，毕竟后两人青少年时期的诗歌没有太多流传下来。

可惜王勃过早地离去了，在他的思想还远没有深刻、风格还远没有成熟的时候就撒手人寰了。如果再多给他三十年时间，让他在这秀丽人间多驰骋体味一番，对诗歌再体悟和锤炼一些年，他能达到什么成就？还能给出我们什么样的杰作？这已无法预测。或许是因为他太英秀、太杰出了，上苍无法容忍，便将他早早地召了回去。

就如同一百多年后的李贺一样。

有趣的王家人

一

说完了"四杰",让我们的节奏稍微放缓一点,来讲一个有意思的插曲。

我们来聊一聊唐初挺好玩也很重要的一家人——山西龙门的王家。唐诗的历史里,有必要说一说这一家人。

先来想象这样一幅画面:在隋末的乱世之中,隐藏着一个僻静美丽的地方,叫作白牛溪。每天清晨,在那清澈的水边,如茵的绿草地上,总有一位先生正襟危坐着,门人弟子围了好几圈,听他慢条斯理地讲述学问。

这一位严肃的先生,就是我们今天要聊的王家的族长,名字叫作王通。他大约比隋炀帝杨广小十五岁,比唐太宗李世民大十四岁,正好是他们中间的人物。

如此隆重地介绍他出场,你大概要以为,这位王通先生一定是一位大诗人了？错。王通先生如果听到这一称谓，一定会大怒的：你才是诗人，你全家都是诗人。

他不但不是诗人，反而特别嫌弃诗人，这个我们下文中会细聊。他的真实身份，是隋末的一位教育家、儒学家。他曾立志要续写儒家的六经——《诗》《书》《礼》《易》《乐》《春秋》，据说还曾经见过隋文帝，投过简历，没有受到重用，这才回家专心做起学问来。

也不知道是因为求职不顺，还是确实学问太高，王通和他的学生们都有一点狂人的味道。王通自号"王孔子"，徒弟们也分别取了些诳诞的外号，有的叫"子路"，有的叫"庄周"，个个都很牛。

此外，王通教授还有一个特点，那就是前面讲的，他特别不待见一种人：诗人。

据说有一年，有一位叫李百药的大诗人慕名而来，主动要了王通的账号，想找他聊天，谈论诗歌。[1]

李百药不是泛泛之辈，他不但会写诗，搞研究也颇有水平，是一位家学渊源的史学家，曾经参与编修过二十四史之一的《北齐书》。何况，他还长期在朝廷里做官，政治地位比王通高多了。

这样一位著名学者型官员主动搭讪、求聊天，王通多少要给点面子，敷衍一番吧。可王通的表现却让李百药惊呆了。

两人开聊了。李百药："王先生，您看看这首诗，我觉得真的有点意思。"

王通："呵呵。"

李百药:"王先生,您觉得现在的诗歌真的需要改革吗?"

王通:"嘿嘿。"

眼看这天都被王通给聊死了,李百药心有不甘,还想再聊五块钱的,却发现系统提示:信息发送失败,您聊天的对象已经把您拉黑!

李百药忍无可忍,拉住了一个朋友——"十八学士"之一的薛收来吐槽:

"你倒是给评评这个道理:我也算有点名气吧,身份也不算低吧,学术成就也不算小吧,好心找王通聊天,他居然是这个态度,他是看不起我还是怎么的?"

薛收只好劝他:"王夫子的脾气,你又不是不知道。在他看来,写诗作对、玩弄辞藻,是最上不得台面的事('营营驰骋乎末流'),他平常最讨厌这个,当然要不搭理你了!"

事实上,被王通教授鄙视的诗人还远不只是李百药。王通堪称是隋末唐初评诗第一毒舌,曾经抛出过一段惊人语录,把晋代以来百年间的大诗人、大文士损了一个遍:

"谢灵运?小人!他写东西太傲慢!沈约?小人!他写东西很浮夸!鲍照、江淹?'古之狷者'也,他们的文章'急以怨'。吴筠、孔珪?是'古之狂者',他们的文章'怪以怒'。谢庄、王融?是'古之纤人',他们的文太琐碎。徐陵、庾信?是'古之夸人',他们的文太怪诞。刘孝绰兄弟?是鄙人也,他们的文章太淫。湘东王萧绎兄弟？是贪人也，他们的文章太繁。谢朓？是浅人也，他的文章太肤浅。江总？是诡人也，他的文章太虚……"总而言之，他老人家一个都看不上眼。

你大概很难想象，在以诗歌著名的唐朝初年，一位大儒对待诗人竟会是这个态度。

二

这位王通教授如此毒舌，有人敢唱反调吗？有的。有趣的是，这人不是别人，正是他的弟弟。

下面我们有请王家的第二位人物——王绩出场。他号"东皋子"，和王通教授是亲兄弟，管王通叫三哥。

我常常觉得，王通给自己的定位，有点像是武侠小说里的中神通王重阳。他不但名字叫作"通"，自称"文中子"，最有名的著作叫作《中说》，而且他老人家总是一脸正气，以江湖正统、天下圣王自居，很有点中神通王重阳的意思。

而他的弟弟王绩则有点像东邪黄药师。这位老兄走的完全是和王通相反的路子，不但名号叫"东皋子"，而且还是一代狂士，放诞不羁，吃起酒来常常豪饮五斗，还写过《五斗先生传》《酒经》《酒谱》等作品。

后人评价他的诗："真率疏放，有旷怀高致，直追魏晋高风。"

这不就是一个活脱脱的黄药师吗?

做哥哥的王通这么讨厌诗人,可他没想到,亲弟弟王绩却偏偏哪壶不开提哪壶,成为了有唐以来的第一位名诗人。

今天,到书店随便找一本唐诗选,翻开第一页,很有可能就是王绩的《野望》。当今流行语把排第一的叫"沙发",《野望》堪称唐诗的"沙发之王"。这首诗是这样的:

> 东皋薄暮望,徙倚欲何依。
> 树树皆秋色,山山唯落晖。
> 牧人驱犊返,猎马带禽归。
> 相顾无相识,长歌怀采薇。

一首相当漂亮的诗。它写的是很普通的乡村傍晚景色——秋色浸染了层林,落日的柔光披覆着山尖。这一边,牧人驱赶着牛犊回来了。那一边,猎人们骑着马,带着山禽也回来了。

在八世纪任何一个中国北方的乡村,也许都有这样的景色,实在不能再平常了。但在王绩优秀的组织调度下,它比同时代绝大多数人写的那些宫廷诗都清新美丽。

再来看一首《秋夜喜遇王处士》:

> 北场芸藿罢,东皋刈黍归。

相逢秋月满,更值夜萤飞。

在一个秋天的晚上,诗人劳作一天回来,见到了朋友。皎洁的秋月下,他们散着步、聊着天,草丛里偶尔还有萤火虫飞来飞去,更添加了情趣。

它让人想起很多年后,另一位唐代诗人韦应物的一首诗:

怀君属秋夜,散步咏凉天。
山空松子落,幽人应未眠。

——《秋夜寄丘二十二员外》

都是在秋夜,都是在散步,两首诗的味道很像,只不过王绩是欢喜地遇到了朋友,而韦应物是单身一人而已。

前文中我们曾经讲过李世民,说他像一个缺乏天分的摄影师,拿着高级单反,在豪华花园里转,却就是拍不出美丽的画面来。而王绩呢?他买不起单反,也没有高级花园,但他是一个慧眼独具的画家,一个画夹,几支铅笔,随便找个地方支开了一画,就是一幅漂亮的风景。

你或许会说,从这几首诗看,王绩的风格很淡雅啊,很温和啊,为什么还说他很狂呢?

事实上,王绩写了不少狂诗,我们在后面的文章中会提到。

即便是他的代表作《野望》，貌似很清静、很柔和，也是暗含着孤标傲世之意的。

想象一下吧：夕阳之下，诗人放眼四望，身边的人要么是驱赶着牲口的牧人，要么是拎着山禽的猎人，诗人"相顾无相识"，慨叹没有一个是我的知音，没有一个我可以交流的人，这岂不正是一种孤傲和诳诞吗？

此前我们说了，作为王绩的大哥，王通教授对诗歌是很不待见的，他苦口婆心，惇惇告诫世人，要以文载道，要礼乐教化，传播儒家经典才是正道。至于写诗，吟风弄月之类，都是"末流"。

对于哥哥王通的这一套理论，做兄弟的王绩是什么态度呢？非常有趣。

他首先是高度肯定："我家那三哥啊，可不得了，学问是大大的，我是非常佩服的！他的著作我可是经常读呀！"

原话是："昔者，吾家三兄，命世特起，先宅一德，续明六经，吾尝好其遗文，以为匡扶之要略尽矣。"

然而他真的是很看好三哥的学问，要继承三哥的事业吗？才不是呢。下面他话锋一转：

"只不过呢，我哥那一套理论固然是好，但也得遇到合适的人，才能付诸实践嘛。我的情况你们大家都是了解的，一个在野的闲人，要说承继我哥的学问，实在不是那块料啊！"

接着，他开始大肆为自己开脱，歪理一套接一套：

"一个人如果不过江,要船做什么呢?如果不想上天,要翅膀做什么呢?以我现在这个情况,连周公、孔子等大圣人的学问都不学了,何况诸子百家啊。"

说了这么一大通,王绩同学对他老哥那一套东西的真正态度,就是八个字:不明觉厉,兴趣缺缺。虽然我深感震撼,但是我看不懂!

他到底想过什么样的生活呢?答案是:"屏居独处,则萧然自得……性又嗜酒……兀然同醉,悠然便归,都不知聚散之所由也。"简而言之就是作闲诗,喝大酒!

唐初这一对截然不同的兄弟俩,宛如一对活宝般的存在,互相唱反调。哥哥说"圣人在上者,未有若周公",弟弟却写诗说"礼乐囚姬旦,诗书缚孔丘";哥哥说"必也贯乎道""必也济乎义",弟弟却说"百年何足度,乘兴且长歌"。

我想不明白,一个老是板着脸、很难打交道的王通,怎么偏偏有一个这样放浪形骸的老弟?一个那么严肃的大儒,怎么弟弟偏是一个大狂士呢?一个那么讨厌诗人的人,怎么亲弟弟偏偏就是一个大诗人呢?

三

更妙的是,王通教授不但有个大诗人弟弟,还有一个更大的诗人孙子。

这位孙子就是王勃。一听名字你就恍然了，何止是大诗人，简直是初唐诗坛的旗帜，在"四杰"里坐了第一把交椅的。王通先生如果知道了孙子的职业选择，是会摇头苦笑呢，还是叹息痛恨，甚至要拼老命呢？

王勃对这个古板严肃的祖父是什么态度？答案是：相当分裂。

在对外的口径上，王勃是一副乖孩子口吻，口口声声要继承祖父的事业，以弘扬儒家思想为己任。

比如他给当时人事部门的领导写信，洋洋洒洒讲了自己的文学理想，很大一套冠冕堂皇的话，诸如："圣人以开物成务，君子以立言见志。遗雅背训，孟子不为；劝百讽一，扬雄所耻。苟非可以甄明大义，矫正末流，俗化资以兴衰，家国由其轻重，古人未尝留心也。"

什么意思？就是说写诗作文要注重教化，要文以载道，不能只追求文艺之美，而要传播正能量。这和他祖父的思想貌似是高度一致的。

王勃公开宣称自己的主要使命又是什么呢？听上去一派正气，乃是"激扬正道，大庇生人，黜非圣之书，除不稽之论"。总而言之，就是要扫除一切不符合儒家规范的论著和观点。在他看来，屈原、宋玉、枚乘、司马相如等都该批判，因为他们过于追求文学之美，引发了"淫风"，导致"斯文不振"，违背了儒家的文学正道。

王勃是口是心非吗？倒也真不是。在短暂的人生中，他确实曾花了很长一段时间来埋头整理祖父王通的著述，梳理儒家经典。他写了《续古尚书》，给祖父的《元经》《续诗》《续书》都作了传、写了序，还撰写了《周易发挥》《次论语》《唐家千岁历》等著作。

从这一点上看，王勃算得上是王通的好孙子，为乃祖著作的流传做了很大贡献。

可有趣的是，一到了写诗的时候，王勃就把爷爷的那一套抛之九霄云外，兴高采烈地"营营驰骋乎末流"了，仿佛是上课时满脸认真，可下课铃一响就第一个冲出教室的顽童。

他写"画栋朝飞南浦云，珠帘暮卷西山雨""鹰飞凋晚叶，蝉露泣秋枝"，是激扬了什么正道呢？他"徘徊莲浦夜相逢，吴姬越女何丰茸"，承载的又是什么正道呢？

翻开王勃现存的诗歌，完全看不出他投身儒家道德说教的真诚，反倒却证明了他追求文艺美的天赋。[2]他最能打动我们的，是他的文采和真性情。他比有唐以来任何一个前辈诗人都更能发现自然界萧疏辽阔的美——"乱烟笼碧砌""山山黄叶飞"，人人眼中有此景，却人人笔下无此诗。这些都和他自己标榜的"激扬正道"没有半点关系。

不但在诗中看不出"激扬正道",王勃的为人处事也看不出"激扬正道",反而给人的印象是轻狂率性,不讲政治,荒诞不经。

他和朋友一起聚会,写文章吹牛,说曹植、陆机这样的人可以车载斗量,前辈大才子谢灵运、潘岳来了也得"膝行肘步",就是说要两膝跪着、用手肘爬行。

他在沛王府做事的时候,给主子起哄,写斗鸡的檄文,惹出政治事件来。后来他又搞出了一个至今都让人看不懂的杀人案,据说先是藏匿了一个有罪的官奴,又担心事情败露而杀死了他,导致自己获罪。

王勃,是用一种阳奉阴违的方式造了他爷爷的反。

在理智上,他觉得爷爷那一套是对的,他也确实有弘扬爷爷思想的强烈使命感。但在天性上,他和爷爷那一套不合拍,而是爱文艺、爱搞事,离经叛道,乐此不疲。

这就是有趣的王家人。祖孙三个,华茂一时。然而三个人中,弟弟不待见兄长那一套,孙子也不待见爷爷那一套,可他们又分别在各自的时代、各自的领域里登上了高峰。

从这一家子的人生选择,我们能窥见唐初的气象:开放的选择,多样的可能,羊头各自挂,狗肉随便卖,这才有可能不经意间搅出一个文艺的大盛世来。

注释

〔1〕 李百药来访故事见王通《中说》。当然有可能是撰著的人为了抬高王通而编造的。
〔2〕 陈弱水先生《唐代文士与中国思想的转型》:"事实上,王勃自己的文章内容和风格也大多与文学功用主义渺不相涉。"

我家沧海白云边

我家沧海白云边,还将别业对林泉。

不用功名喧一世,直取烟霞送百年。

——王绩

上一文说到王绩,他着实是一个特有个性的诗人。

王绩,字无功,大概是出自庄子所说的:"至人无己,神人无功,圣人无名。"

这个潇洒的字,也奇妙地成为了他一生的写照。

他是一个极出名的隐士。《旧唐书》和《新唐书》都有《隐逸传》,开头第一人都是王绩,堪称唐朝隐者之首。

但他也并非自始至终都归隐不肯上班,也是出过仕、做过官的,只不过几次职业生涯都很短暂,来得飘忽,去得突然。

隋唐两届政府倘若有人力资源部,王绩便是头一个让人力部头疼之人。

早在隋炀帝大业年间，王绩便出仕过一阵子，但很快就不耐烦了，"出所受俸钱，积于县城门前"，相当于是把工资卡给挂在了城门口，"托以风疾，轻舟夜遁"，找了个生病的理由，晚上乘船跑路。

到了唐高祖武德年间，朝廷下诏选才，此公把过去隋朝的工作履历拿出来，前往应召，又谋到一个待诏门下省的差事。

他弟弟王静关心他，问他工作感觉如何。王绩扬言：别的无足可取，只有一项每天给三升酒的福利不错。

这话传到了上级耳中，上级半是爱才、半是凑趣，说三升哪够王绩喝的，特批每天给一斗。于是王绩便得了个外号叫"斗酒学士"。然而斗酒也未留住他，过不多时又称足疾而罢归。

贞观年间，王绩第三次出山，目标明确，非要到太常寺太乐署上班不可，因为太乐署有一个人叫焦革，很会酿酒，去了那里可以蹭酒喝。后来焦革去世，酒蹭不着了，王绩很快又离职而去，彻底归隐田园。

此公不但履历有趣，写诗亦有趣，之后我们还会介绍他的一些诗作。这里只单说一件有意思的事——写诗征婚。

征婚，一般被认为是近现代的事。八九十年代的报刊杂志上便常见征婚，称某男某女，体健貌端，欲觅何等样伴侣云云。却不想王绩这个隋唐时代的人也征过婚。

他写了一首诗叫《山中叙志》，意思是：我在山里说一说我的想法。什么想法呢？征婚。这首诗还有另一个版本，题目叫《未婚山中叙志》，意思就更明显了。

全诗是这样的：

> 物外知何事，山中无所有。
> 风鸣静夜琴，月照芳春酒。
> 直置百年内，谁论千载后。
> 张奉娉贤妻，老莱藉嘉偶。
> 孟光傥未嫁，梁鸿正须妇。

起句"物外知何事，山中无所有"，上来就讲我这个山里什么都没有。

真有趣，全不是常规的征婚套路。一般人征婚都得说自己什么都有，有房子、有户口、长得端正之类。王绩却上来便说自己什么都没有，没有百万年薪和长安户口，房子倒是有一套，位置却有点偏，在山里，交通不便，家里还没车。

说完了不好的方面，接下来要说自己好的方面了："风鸣静夜琴，月照芳春酒。"意思是我有琴，当风吹过的时候，琴会发出声音；我有酒，在月下斟来，芬芳诱人。王绩这是在自陈兴趣、爱好，虽然没有钱，也不做官，但是我有琴有酒，我文艺。这个王绩还挺潇洒，挺自信。

在诗里，男主人接着说，真诚地希望有人能和我一起生活，相伴百年："张奉娉贤妻，老莱藉嘉偶。孟光傥未嫁，梁鸿正须妇。"

这里涉及几个古人。张奉是东汉名士，娶了太傅袁隗的女儿，妻子在他的影响下生活俭朴，不事奢华，并偕同丈夫归隐，两人感情不错。老莱是春秋时的人，本要做官，被妻子劝阻后放弃了，夫妻俩躲在江南，家庭和睦，过着平静的生活。

梁鸿、孟光则是古代一对很出名的模范夫妻，梁鸿是丈夫，孟光是妻子。据说孟光貌陋，"肥丑而黑"，力气还大，能"举石臼"。梁鸿却极欣赏她。成婚后二人在山里隐居，耕田织布为生。成语"举案齐眉"就是自他俩这出来的。在当时人们的观念中，上述几个人物都是夫妻和睦、安贫乐道的正面典型。

王绩这诗，是把自己比喻成梁鸿，希望寻觅到孟光，意思是在说：我人生中的孟光，你在哪里呀？石臼已经给你准备好啦，你快来嫁了吧！

这一首诗，是唐诗里出现的保存到了今天的第一首征婚诗。王绩这个人可以说是非常有创意，也非常坦率。

那么他征婚成功了吗？应当是成功了。在他后来的诗歌里出现了一位妻子，二人组成了家庭。当然，这位"孟光"具体是谁，叫什么名字，相貌如何，我们都不知道，但能确定的是他们过得很幸福。

什么锅配什么盖，王绩娶到的这位妻子也很有个性，甚至很"野"。王绩在诗里把太太叫作"野妻""野妇"。为什么说她"野"呢？其中一点就是王太太也喜欢喝酒，喝嗨了也很疯，甚至会靠着酒坛子，晕晕乎乎，晃晃悠悠，所谓"野妻临瓮倚"，很可爱，和丈夫王绩很像。

哪怕很多年过去，都有了孩子了，两口子依然不少喝酒。王绩写诗说"老妻能劝酒，少子解弹琴"，就是说太太很会劝酒，孩子则喜欢弹琴。

不过，王绩这位太太除了很野之外，还有另外一面，就是很贤惠。光喝酒不勤勉那也不太好。据说王太太很会烹饪，朋友来了，她能做得一手好饭菜招待，而且还很勤劳，经常织布补贴家用。

王绩在一首诗《田家》中就写道："倚床看妇织"。所谓"妇织"就是妻子织布，王绩在旁边看得津津有味。一家人真是其乐融融。

说到这里你便会发现，王绩这人怎么总是把生活里一些琐碎小事诸如老婆孩子之类写到诗里去？

没错，这便是他的一大特点，就是把家庭生活入诗。王绩是唐朝第一个认真描写家庭婚姻生活的诗人。在他保留到今天的数十首诗里，写家庭婚姻生活的居然有多达十五首。

切莫小看了这一点，这在当时可是不容易的。那时候宫体诗流行，王公贵族们所写无非是宫廷中的花花草草、歌舞饮宴，王绩偏偏反其道而行之，你们珠帘玉簟，我就烟火人间，专写家里的生活，写太太做饭、织布、喝酒、带娃这些小事。婚姻家庭，在他的笔下非但一点不乏味，反而充满了意趣。

这对孩子们的作文也是一个启示：别人都写高大上、写假大空，你就写接地气，写实实在在的生活，只要写得真实有味，便是一种了不起。

王绩其实平时也很孤独。他隐居在山里，"相顾无相识"，四周没什么可以交心的朋友。他的两个好友，一个河南董恒，一个河东薛收，都是大忙人。薛收受到李世民器重，尤其忙碌。加上二人也都去世得早，不可能来山中多陪伴他。王绩的内心其实也很寂寞。

幸运的是，他还有"野妻"，也就是太太，作为身畔伴侣和知音。二人隐居在世外桃源中，喝酒、弹琴，开心地过了一辈子。我们应该为王绩高兴。

当初，他在辞去隋朝的扬州六合县丞一职归山的时候，曾写过一首诗《解六合丞还》：

我家沧海白云边，还将别业对林泉。
不用功名喧一世，直取烟霞送百年。
彭泽有田唯种黍，步兵从宦岂论钱？

但愿朝朝长得醉,何辞夜夜瓮间眠。

他把自己比作陶渊明、阮籍,陈述了自己人生的真正归宿,那就是沧海、白云、烟霞、美酒,其实此外还有一样——爱情。这些都是他生命的支柱。

大唐的诗酒风流,便是这个不靠谱的职场人晕乎乎地开启的。

宋家的长子

> 春分自淮北,寒食渡江南。
> 忽见浔阳水,疑是宋家潭。
>
> ——崔融

一

闲话完了有趣的王家人,让我们回到唐诗征途的正路上来,看看接下来会有哪些精彩的人物和故事登场。

公元 656 年,王勃出生六年后,在长安城一户官宦人家的住宅里,响起了一声清脆的儿啼。一位叫宋令文的骁卫军官迎来了自己的长子。

这里闲叙一笔,宋令文先生虽然是一名武官,却也有文才,是当时颇具影响力的一位社会名流,不久后便跨界做了东台详正学士。

看见"东台"这个名称,我们就知道,那代表着一个特殊的时代——武则天掌权的时代。

由于她特殊的审美趣味，朝廷里几套班子的名称统统被改了，变得文艺浪漫了许多。尚书省、中书省、门下省被分别改名为"中台""西台"和"东台"，侍中被改为"左相"，中书令改成"右相"，仆射被叫作"匡政"，左右丞被叫作"肃机"。

后来名闻遐迩的大诗人王维，就曾做过尚书右丞。如果他早生一点，活在高宗和武后时代，大概就不会被叫"王右丞"了，而应该被叫作"王肃机"。

而此刻，我们的宋令文正抱着他的长子，看着怀中那稚嫩通红的脸蛋，十分欣喜。

"等他长大了，我要把自己最拿手的本事教给他，让他有出息。"宋令文心想。

这个孩子，就是我们今天故事的主人公，唐诗历史上的一代宗匠——宋之问。

你可能会说：宋之问？这是谁啊，是个小人物吧，怎么从来都没听说过。实则他可不是小人物。列举他三点特别不凡的地方你就明白了：

第一是他的诗很好。譬如我们许多人都读过的一首《渡汉江》：

岭外音书断，经冬复历春。

近乡情更怯,不敢问来人。

这是描写游子返乡之情的。一句"近乡情更怯,不敢问来人",把那一份游子独有的牵肠挂肚、惴惴不安写得尤其动人。

直到今天还有学者说,公元八世纪的中国诗坛,是"沈宋的世纪",其中这个"宋"就是宋之问。他还有一个更尊贵的称号,叫作"律诗之祖"[1],我们后文会谈到。

其次,宋先生不但会写诗,据传说还擅长很多绝技,如举报、告密、宫斗之类,倘若去演宫廷剧一定所向披靡。

唐代的大诗人里有些是很不擅长宫斗的,比如李白,进宫没几天就被对手给斗趴下了,谣诼缠身,皇上对他各种嫌弃,最后干脆轰走了事。

但宋之问先生却堪称宫斗高手,百斗百胜,比李白不知道高到哪里去了。

第三,也是最厉害的一点:胆大包天,敢于追逐爱情,甚至敢泡最难泡的妞。

唐朝的风流诗人不少,白居易、元稹、杜牧、李商隐都很风流,而且还各有特长:元稹爱结交才女,杜牧爱逛青楼,李商隐则据说暗恋人家的丫头,据传连女道士也与之暧昧。但宋之问老师却与众不同。他的目标据说是整个唐朝最难得手的一位。

是谁?太平公主?玉真公主?都不是,比这还更难些,他的目标是——武则天。

你大概会以为他疯了:这个女人也能下手的?可是我们的宋之问先生据说当真勇敢地出手过。

我猜现在你对宋之问同学必定已充满好奇了。下面就让我们一起了解下他那不平凡的一生吧。

二

时光飞逝,在父亲的悉心呵护中,宋之问和他的两个弟弟都渐渐长大了。

某天,父亲把兄弟三人郑重叫到面前。他要完成自己当初的心愿:把最擅长的本事传给孩子。

"你们都长大了,该学点东西了。爹这一生最拿手的有三门本领:一是武功,二是书法,三是文学。你们一人选一样学吧!"[2]

孩子们纷纷做出了选择。老二宋之逊选了书法,后来成为一代草隶名家;老三宋之悌则选了武功,后来成了一名颇有战功的勇士。

最后,父亲把殷切的目光投向了老大宋之问。他虽然还没成年,但已出落得高大英俊,一表人才,口齿便给,像个明星。[3]

"你选什么呢,孩子?"

"我要学文学。"宋之问坚定地说。什么武功、书法,我都不感兴趣。我一定要学好文学,成为一名大诗人,书写我的壮丽人生。

定下目标后,宋之问刻苦学习,天天读书写诗,忙得连洗脸刷牙都顾不上。

父亲劝他:"孩子啊,刻苦学诗当然很好,但牙还是要刷的,不然早晚要吃大亏。"

宋之问却不以为然:"刷一个牙,至少要五分钟,多浪费时间啊。少刷牙怎么会吃亏呢!"说着,他又埋头到了书本之中。

渐渐地,小宋同学在各大报刊杂志上不断发表作品,开始有了一些名气,尤其是五言诗写得最得心应手。随着声誉渐起,小宋也很得意。

有一天,他忽然收到一首诗,是外甥刘希夷发来的。

"小舅,你看我这两句诗怎么样,能不能发表?"外甥兴冲冲地问。

宋之问点开一读,不禁吃了一惊。诗中有两句是"年年岁岁花相似,岁岁年年人不同",这太棒了,要是发表出去,定然流行啊!

宋之问不动声色:"外甥,这两句诗的水平我看也就一般般,就算发出去效果也不会太好。这样如何,这两句诗署我的名字,小舅帮你发怎样?"

刘希夷又不傻,很快反应了过来:"什么?你是要剽窃?我不干……"

宋之问怒了,敬酒不吃吃罚酒,我弄死你。

怎么弄死呢？话说《水浒传》里曾记载了一种害人的办法，叫作"土布袋"，把一个口袋装满土，压在人身上，一时三刻就死。

有记载说，宋之问就做了一个这样的土布袋，压在了刘希夷身上。可怜的外甥便这样死掉了。宋之问得到了外甥的这一句诗，发表之后，风行一时。

有不少学者考证说，这事不靠谱：首先，刘希夷到底是不是宋之问的外甥，就要打个大大的问号；其次，刘希夷的年纪也应比宋之问大，怎么会反被压死呢。

可这个段子也不是我编的，在唐朝就有人这么传。[4]其中有一个名头响亮的传播者，就是后来的大诗人刘禹锡。他曾经和友人聊天，讲到过宋之问压死亲外甥的事，说得唾沫横飞，被同事的孩子记了下来，写成了书，传到今天。

再说了，宋之问家不是武林世家吗，会武功的，或许真能压死刘希夷也说不定。

不管怎样，宋之问的人生第一场斗争大获全胜。

三

渐渐地，靠着帅气的长相和出众的才华，宋之问越来越红了。他考中了进士，后来又进入朝中做事，担任高级书童，代号九五二七。

办公室里,一个同事热情地迎上来和他握手:"你好,我是九五二八,我们以后就是同事啦!我叫杨炯!"[5]

这个同事的名字是否有点熟?没错,此人正是"初唐四杰"里的杨炯。想到这一幕,很难不令人感慨:唐朝诗坛是怎样地藏龙卧虎,在长安的一间小办公室里,居然便齐聚着两个大诗人。

你或许会有点担心:和腹黑的小宋做同事,杨炯到底安不安全?会不会也因为写出一句好诗来,比如"宁为百夫长,胜作一书生"之类,被宋之问眼红盯上,用布袋给压死?

放心,没有发生这种事。压死同事不是这么容易的。何况杨炯性格孤傲,在单位人缘不太好,仕途一直没有起色,对一心向上爬的宋之问基本构不成什么威胁。

后来宋之问不断蹿红,直至陪侍武后,风光无限,杨炯却一直在当文员,晚年做到的最大的官也就是个县令。小宋根本犯不着去撕杨炯。他们维持了终生的纯洁的友谊。

长话短说。凭借着优秀的表现,小宋在职场步步高升,最后担任了一个了不得的职位——武则天的高级伴读书童。他春风得意,夹着小笔记本,跟着老板到处视察。

高处的竞争是激烈的,一场大战也随之来临了。这次的对手很强大,叫作东方虬。

在武侠小说里,凡是复姓的往往都是高手,比如令狐、西门、慕容之类。尤其是姓东方的,更是高手中的高手。

东方虬当时的职位叫作"左史"。请注意,这个官并不大,不要误会成明教的"光明左使"那样是教主之下的二把手。当时的"左史"只是个在御前服务的笔杆子而已。

不过,这个岗位由于亲近主要领导,分量也不轻。何况东方虬的诗才很高,尚在刘希夷之上。比如一首《春雪》:

春雪满空来,触处似花开。
不知园里树,若个是真梅。

从这首诗,能看出东方同学举重若轻,功力深厚,堪称是小宋的劲敌。可我们的小宋毫不惧怕:尔要战,便来战!

战斗发生在洛阳。是日,武则天带队浩荡出游,眼看着一片山明水秀、柳绿花香,不禁心情大悦,命手下写诗助兴。

东方虬持笔应声而出,一挥而就,果然文采斐然。武则天很高兴,当场给他颁发最高奖:一件豪华时装。

东方虬得意洋洋,斜眼看着宋之问,意思很明显:我左青龙、右白虎,你一个小小书童,敢和我作对吗!

可他的新衣服还没穿暖,就听武则天大喊一声:"好!这一首更好!"

东方虬如遭雷轰。因为武则天手里拿的正是宋之问的卷子。

小宋这一次交上去的诗，名字叫作《龙门应制》，又名《记一次隆重的考察活动》。诗很长，这里就不全引了，它的大意是：

> 春雨初霁啊，花红柳绿，
> 领导出行啊，多么壮丽。
> 仙乐鸣响啊，千乘万骑。
> 这可不是来游山玩水啊，
> 而是来关心老百姓种地。

辞藻十分华丽，语句十分精致，政治完全正确，大大拔高了女皇出游的性质，武则天越看越高兴。她当场下令："来人呀，把东方虬的时装扒了，给我小宋穿上！"

这一事件便叫作"夺袍"。东方虬当时一定很悲愤。用文章来谄媚人，就是这么残酷的，它换不来真正的体面。

四

一战告捷之后，宋之问愈发巩固了在武则天身边的地位。他渐渐赢得了一个外号——诗家射雕手！

如果金庸那时候写《射雕英雄传》，主角应该是我们的宋老师。

这时，宋之问已制订了下一阶段的五年计划，他要继续向武则天进攻，乃至夺取女主的欢心。光靠给女主写诗已经不能满足他了，他还决心要给武则天当男朋友。

你可能觉得这有点荒唐，我也觉得有点荒唐。但这些事儿也不是我编的，确有前人这么记述。您就存疑往下看吧。

此时宋之问年纪已不算轻了，迈入了大叔的门槛，却仍是气质不凡，风度翩翩。对于取悦女主，他颇有自信。

他很快找到了机会。当时武则天身边有几个小男朋友，最有名的是一对兄弟俩，叫作张易之、张昌宗。不少读者应该看过老电视剧《大明宫词》，里面有一个善于吹箫的妖艳后生，就是张易之。

武则天常和兄弟俩一起鬼混，对外找借口说是让他们"编书"。其实在学问方面，他们是两个标准的低能儿，哪里会编什么书呢。

宋之问看准了机会，使劲巴结张家这两兄弟，鞍前马后地服侍。传说这两兄弟要解手，宋之问还亲自给他们端夜壶。[6]

事与愿违的是，不管宋之问怎么钻营，武则天对他的态度总是这样的：

小宋呀，你表现挺好。

小宋呀，你的诗写得真不错。

小宋呀，你是一个好人。

……　……

好人卡领了一大堆，可小宋就是爬不上女皇的龙榻。

宋之问忍无可忍，决定拼了。他铆足了劲，给武则天写了一篇大诗，叫《明河篇》。

后来很多人都说那是一封情书。里面还真有些暧昧的词句，比如："鸳鸯机上疏萤度，乌鹊桥边一雁飞。""明河可望不可亲，愿得乘槎一问津。"

"乘槎"就是乘木筏子。什么叫"明河可望不可亲，愿得乘槎一问津"？译出来就是：

"我这张旧船票，还能否登上你的客船？"

情书送上去，过了好久，小宋才终于侧面听到了武则天的回复。这是一句在中国诗歌史上被当作段子传了一千多年的回复：

"我不是不知道小宋有才华、有情调。可是……架不住他口臭啊。"

原话是："'吾非不知之问有才调，但以其有口过。'盖以之问患齿疾，口常臭故也。"[7]

古人没有记载小宋听到这句话后的表情，只写了四个字：终身惭愤。料想他大概是又愧又悔：爹啊，悔不该当初，看来你说对了，刷牙真的很重要。

五

这一次之后，小宋的仕途开始走下坡路了。神龙元年（705），他遭到当头一棒：宰相张柬之、崔玄暐等在洛阳发动兵变，诛杀了张易之、张昌宗，自己倚为靠山的武则天被迫退位。

天塌了。小宋的高级伴读书童做不成了，被贬到广东。那时候的广东不比现在，是改革开放的前沿阵地，当时那地方偏僻荒凉，又热又苦。宋之问度日如年，暗暗下了决心：我的人生还没有完！我还可以继续宫斗！

有一个流传很久的最让人目瞪口呆的说法，是这样的[8]：

宋之问悄悄潜回了洛阳，住在一个叫张仲之的朋友家，等待时机。很快，他的机会来了。

这天夜里，月黑风高，宋之问无意间听闻了一件惊天动地的机密：这位收留了自己的好朋友张仲之要和别人密谋政变，打算杀了当朝宰相武三思。

听说了朋友的壮举，宋之问感动得热泪盈眶。他意识到自己东山再起的机会来了，于是抹着泪水，毅然做出了决定：告密！

他连夜将一条紧急信息设法递送给了武三思：我的房东张仲之是个坏分子，他图谋不轨，请大人快来行动。[9]

结果可想而知，张仲之全家遭难，宋之问则举报有功，升官做了鸿胪主簿，等于是朝廷外事部、礼仪部的办公厅主任。在当时的文人圈里，大家一说起这件事，就会偷偷对着宋之问比中指，鄙视他的为人。

当然，尽管两《唐书》《资治通鉴》都记载这件事是宋之问所为，却仍然有不少疑点。比如作案时间不合。此外，从宋之问的诗作看，他返回洛阳是遇赦北归，确实没有所谓"逃归"的迹象。有观点认为举报事件的肇事者是宋之问的弟弟，而非之问。

真相已经难考，但不管如何，宋之问声名不好却大抵应是事实。

这一次的沉而复起，是小宋人生中的第二春，他十分珍惜。老板由武则天变成了唐中宗和韦皇后，他仍然努力地写作，要压过其他诗人，以得到新老板的赏识。

很快，他人生中最闪耀的一战出现了。

前文曾说过，当时诗坛的两大天王并称"沈宋"。其中"宋"就是宋之问，而"沈"则是另外一名大诗人沈佺期。两人经常跟着唐中宗游宴、唱和。

一山难容二虎。他们之间终于爆发了一场正面对决，那就是唐诗史上几大著名决战之一的"彩楼之战"。[10]

故事发生在正月的最后一天。这一天是古人所谓的"晦日"，今天我们不讲究过这个节了，但在当时，这一天是重要节日，按习俗要到水边搞点节庆活动，泛舟、喝酒、赛诗、祓禊之类。

中宗皇帝也不例外。这一天，他游览了长安郊区的昆明池，并在这里搞了一场隆重的赛诗大会。

现场修起了一座彩楼，作为赛诗的会场。诗人们纷纷提笔应战。担任评委的是大大有名的上官婉儿。

彩楼之上，上官婉儿随手评点，遭到淘汰的卷子被直接扔下来，一时间楼前如雪片纷纷。扔到最后，上官婉儿手上只剩下两个人的卷子，沈佺期的和宋之问的。

所有人的目光都集中在她的手上。只见她秀眉紧蹙，将两首诗比来比去，始终难以取舍。终于，她一扬素手，一张卷子悠悠飘下，大家抢过来一看，是沈佺期的。

这说明宋之问赢了。沈佺期不服："凭什么我不如那个口臭鬼！"

上官婉儿答："你俩的诗，难分高下。但是你的结尾比他的弱，劲力泄了，所以你输了。"

原来沈佺期的结尾是："微臣雕朽质，羞睹豫章材。"大意是：我这么没本事的人，能有幸看到朝中这么多能人，真是觉得很惭愧。这很谦虚，但也很泄气。

而宋之问的结尾呢？是气场完全不同的十个字："不愁明月尽，自有夜珠来。"

如此结尾，不但华美明亮、调子昂扬，还饱含正能量，体现了充分的自信："我不担心今晚的月亮会黯淡，因为一定会有明珠来照亮我大唐的夜空！"

沈佺期再不争了，胜负就此判定。

有人说，沈佺期这一仗输得可惜，他的诗比宋之问多写了一联，气脉到最后跟不上，这才泄了；还有的说，沈佺期擅长七言，却非要去和宋之问比五言。

不管怎样，宋之问又一次大获全胜。

六

那么，赢得了"彩楼之战"的小宋，从此青云直上了？

并没有，这一仗只是他的回光返照而已。他的每一场宫斗都赢了，但他却输在了大的战略上。

中宗皇帝不是一个靠得住的老板，权力渐渐落到韦皇后、太平公主等的手上了，而他又无力调和矛盾。随着宫中权斗愈发激烈，各路政治强人轮流坐庄，宋之问便在中间见风使舵。

通常认为，当年武则天在的时候，他便拼命巴结"二张"兄弟；"二张"垮台后，中宗倚重太平公主，他就巴结太平公主、上官婉儿；然则韦皇后、安乐公主势力不断坐大，他又转而去巴结安乐公主。这也导致了太平公主对他甚是不快。

景龙四年（710）六月，临淄王李隆基与太平公主联手发动"唐隆政变"，韦皇后一系被诛殆尽。小宋顿时又失了势，遭人嫌弃，被一路猛贬，先贬到越州，又改到豫州，最后改到桂州，唯恐把他踢得不够远。

他提心吊胆、失魂落魄地走着，不知道下一站是什么地方，会不会又忽然接到命令，被贬到更远处去。

凄凄惶惶地到了韶州，他拜谒了当世高僧、被称为"禅宗六祖"的慧能。[11]他写了一首长长的诗给慧能，匍匐在禅师的座前，恳请对方指点迷津，但似乎也没有得到什么收获。

此刻，绝境之中，已难见什么曙光了，高僧也帮不了他。过去的一切荣华都随风而去，剩下的只有荒凉的边地，和遥远的故乡。

宋之问似乎终于明白了点什么——我钻营了半生，端过马桶，写过谀辞，却只换来今天的下场，究竟是为了什么呢？

一路上，他写下了很多动情的诗句，和过去那些"锣鼓喧天、彩旗招展"的诗完全不一样的句子。这些人生中前后两次被贬谪时期的作品，是小宋一生中最好的诗：

度岭方辞国，停轺(yáo)一望家。
魂随南翥鸟，泪尽北枝花。
山雨初含霁，江云欲变霞。
但令归有日，不敢恨长沙。

这是他写的《度大庾岭》。这里的交通条件非常差，即便是几十年后，大诗人张九龄到大庾岭考察，发现仍然是"人苦峻极"，才着力整修道路。宋之问经过的时候，艰苦可想而知。

还有读来让人唏嘘不已的《渡汉江》：

岭外音书断，经冬复历春。

近乡情更怯，不敢问来人。

一个诗人，当他没有了资格粉饰太平，断绝了机会拍马跪舔，往往才能放眼苍凉世界，书写心灵之声。

可惜的是，宋之问的诗魂刚刚升华，肉体就必须毁灭了。新上台的李隆基已经没有耐心让这个旧人再活在世上，下令赐死。

我们并不知道宋之问到底是什么得罪了李隆基，让后者对他如此深恶痛绝，远远地贬逐了还不行，而非要致于死地不可。有时候，这种恩怨是永远无法放到台面上说的，只有当事人心里明白了。

宋之问走得很可怜。接到被赐死的命令后，他脑门冒汗，来回转圈，一拖再拖，先说要和家人交代后事，以延缓时间，等面对家人时又语无伦次，话也说不清楚。[12]其实这也是很可以理解的。

最后，在别人的呵斥下，他才稍微定了定神，洗了个澡，吃了点东西，结束了自己的一生。

回望小宋的一生，那些端尿壶、求做面首、弄死外甥的传闻，虽然在唐朝时就被人传得绘声绘色，其实不一定都是真的。有些可能是因为他名声不好，"天下丑其行"，被人存心编派的。倘若除开这些传闻,他也并没有什么过头的恶行。

但也应看见,和小宋同时代的沈佺期、杜审言等,身份履历相近,都是大诗人,也都因为谄媚"二张"被贬,却也都没被人抹黑到宋之问的地步。这也难免让人揣测,是否小宋确实有些事做得不甚体面,导致"人品卑下而恶归焉"。

曾经,当宋之问的好朋友杨炯去世的时候,小宋写过一篇祭文,至今都是名篇,开头是八个字:

自古皆死,不朽者文。

既然小宋早已明白这个道理,又何必做那么多徒劳无益的事呢。

最后,抄几句老歌词,送给做事有瑕疵但诗文仍然不朽的宋之问吧:

在人间已是癫,
何苦要上青天,
不如温柔同眠。

注释

〔1〕 有认为"律诗之祖"是沈佺期、宋之问两人的,也有将宋之问等同时期的几位诗人作为一个团体,称为"律诗之祖"。元方回《瀛奎律髓》:"子昂以《感遇》诗名世……与审言、之问、佺期皆唐律诗之祖。"

〔2〕《新唐书》列传第一百二十七:"之问父令文,富文辞,且工书,有力绝人,世称'三绝'……既之问以文章起,其弟之悌以跅勇闻,之逊精草隶,世谓皆得父一绝。"

〔3〕《新唐书》列传第一百二十七:"之问伟仪貌,雄于辩。"

〔4〕 唐刘肃《大唐新语》:"刘希夷……作一句云:'年年岁岁花相似,岁岁年年人不同。'……诗成未周,为奸所杀。或云宋之问害之。"后来唐韦绚《刘宾客嘉话录》:"刘希夷诗曰:'年年岁岁花相似,岁岁年年人不同。'其舅宋之问苦爱此两句,知其未示人,恳乞,许而不与。之问怒,以土袋压杀之。"《刘宾客嘉话录》记载了刘禹锡所述的一些故事轶闻,其中部分内容有史料价值。

〔5〕《新唐书》列传第一百二十七:"甫冠,武后召与杨炯分直习艺馆。"他们的关系还不错。

〔6〕《新唐书》列传第一百二十七:"张易之等烝昵宠甚,之问与阎朝隐、沈佺期、刘允济倾心媚附……至为易之奉溺器。"

〔7〕 见唐孟棨《本事诗·怨愤第四》。古汉语里"口过"未必就是指口臭。但是后文一句"常口臭",硬是要把宋之问的口臭坐实了。

〔8〕 新旧《唐书》都记载了下文告密之事。《旧唐书·文苑传》:"之问……未几,逃还,匿于洛阳人张仲之家。仲之与驸马都尉王同皎等谋杀武三

思，之问令兄子发其事以自赎。及同皎等获罪，起之问为鸿胪主簿，由是深为义士所讥。"《新唐书》列传第一百二十七："之问逃归洛阳，匿张仲之家。会武三思复用事，仲之与王同皎谋杀三思安王室，之问得其实，令兄子昙与冉祖雍上急变，因丐赎罪，由是擢鸿胪主簿，天下丑其行。"

〔9〕 这件事是宋之问最大的人生污点之一，因为他出卖了朋友。但研究者对这件事的真实性也有争议。陶敏、易淑琼《沈佺期宋之问集校注》认为告密者是宋之问的弟弟。杨墨秋《宋之问研究二题》则说，"两《唐书》本传、《资治通鉴》等史书所说的之问逃归，藏匿于驸马都尉王同皎或洛阳人张仲之家的记载是经不起推敲的"，认为时间不合。从宋之问回洛阳的诗看，也毫无逃回的迹象。

〔10〕 二人的"对决"是很频繁的，唐武平一《景龙文馆记》中，作者作为当事人，就记叙了多次两人一起参与游宴、唱和、赛诗之事。只是昆明池彩楼一事广为流传，所以这里重点说到。

〔11〕 此事究竟发生于宋之问哪一次被贬谪期间，略有不同说法。《沈佺期宋之问集校注》作景云二年，也就是公元711年。吴光兴《八世纪诗风》附录系年亦采用这一说法。本文也采用这一说法。

〔12〕 《新唐书》列传第一百二十七："赐死桂州。之问得诏震汗，东西步，不引决。祖雍请使者曰：'之问有妻子，幸听诀。'使者许之，而之问荒悸不能处家事。祖雍怒曰：'与公俱负国家当死，奈何迟回邪？'乃饮食洗沐就死。"读之让人不忍。

红颜与壮志，太息此流年

恍忽夜川里，蹉跎朝镜前。

红颜与壮志，太息此流年。

——沈佺期

一

唐诗的故事里，说了宋之问，就不能不说另一个诗人沈佺期。

在唐诗的璀璨星空上，"沈"和"宋"，这两个人是绑在一起的，就如同李和杜、王和孟、元和白、郊和岛等是绑在一起的一样。

金代的元好问在《论诗》中就说："沈宋横驰翰墨场。"在一代代唐诗迷的心目中，他俩都是难以拆分的文艺好搭档。

沈佺期有一首非常动人的七言律诗，叫《独不见》：

卢家少妇郁金堂，海燕双栖玳瑁梁。

九月寒砧催木叶，十年征戍忆辽阳。

白狼河北音书断，丹凤城南秋夜长。

谁谓含愁独不见，更教明月照流黄。

这是描写一名女子对远方的丈夫的思念的，写得缠绵悱恻，是唐朝出现的最早也是最好的七言律诗之一。

从中我们能看出沈佺期心思的细腻和非凡的才情。

然而，在我们讲述沈佺期的故事之前，各位不妨做一样事：先放点背景音乐，最好是比较悲惨凄凉的，二胡曲最佳，《二泉映月》《病中吟》等曲目都是不错的选择。

因为沈佺期的人生中是触过大霉头的，他曾被流放过。或云这有什么稀奇，之前许多诗人包括宋之问不也被流放过吗，何以独说沈佺期凄惨呢？答案是沈佺期被流得最远，并且远到了夸张的地步——越南。

他的流放地驩州，在今天的越南荣市一带，是越南中部的一个城市。所有唐朝诗人中几乎没有比他流得远的。

对比一下你便明白了。多年后韩愈被贬，呼天抢地，自称"夕贬潮州路八千"，可那亦不过是潮州，在今天的广东，路途也"不过"是八千，而沈佺期的被流之地驩州是在万里之外。

另一位诗人刘禹锡被贬播州，也是极远，甚至引起了朝野上上下下的广泛同情，觉得播州太过偏远穷恶，老刘太惨了。可那也不过是在贵州，没到越南去。

唐朝被贬逐的大诗人里，除了杜审言等寥寥几人外，还真是没有几个能和沈佺期比远的。就算同样流到越南的杜审言，路途亦要稍微近些。沈公完全可以像香港老电影里说的：谁敢比我惨啊！

二

沈佺期的早年经历，和宋之问几乎是重合的，基本可以简略带过，讲了宋的人生经历，就不大用讲沈的了。

他们是同一年出生，都是656年；又同在上元二年进士及第，也就是公元675年。两人还一同做了协律郎、考功员外郎，政治上齐头并进。更重要的是，他俩还不约而同加入了一个文人团体，或者说团伙，叫作"珠英学士"。

后来二人命运的沉浮荣辱，都和这所谓的"珠英学士"头衔有关。

这个团伙之由来，直接起因便是武则天掌权，宠溺"二张"。当时，武则天极其宠爱张易之、张昌宗兄弟二人，整日与之鬼混，时间久了，未免声名不佳。武则天也是要脸的，得考虑舆论影响，就给了张昌宗等一个可以堂皇地在禁中厮混的差使——编书，以稍事掩丑。[1]再加上武则天也确实需要编一些著作，好推行她的文化政策。而所编著的这部书便叫作《三教珠英》。

既然要编书，少不得就得网罗一批文人学士干活。当朝的一大批文化人像李峤、张说、宋之问、沈佺期等便都入了编撰《三教珠英》之列。这些人便统一被叫作"珠英学士"了。

假如事情仅此而已，这伙人也不过是一个临时编辑部，或者说工作团队。实事求是地讲，"珠英学士"们也是取得了一些学术成就的，做了一些有助于文化的工作。

然而由于当时的权斗局势，它无法避免地被人贴了标签，成了政治团体了。

彼时，朝中两股势力正斗得不可开交，不时爆发激烈的权争。其中一派是武则天宠幸的正当红的张昌宗、张易之等新贵，声势显赫，"贵震天下"，在权争中占着上风。另一派则是被排挤、冷落的李唐皇室及其亲信，由于武则天的打压，他们在权争中处于下风，臊眉耷眼，怨怅很深，时刻蓄谋着反击。多数"珠英学士"便不可避免地被认为是"二张"这一派的。

为了巴结"二张"，同时也是间接地巴结武则天，宋之问、沈佺期等着实没少下功夫。他们簇拥在"二张"周围，有没有端过尿盆固然不确定，但大力鼓吹、唱赞歌却是难免，或许也参与了一些"嘲诋公卿，淫蛊显行"的事。

"二张"得势的时候，跟班们当然风光无两。可惜好景不长，705 年"神龙政变"后，武则天退位，"珠英学士"们瞬间失了靠山，陷入"狗都嫌"的局面，遭到清算。

此时此刻，他们为"二张"兄弟唱的每一首赞歌，说过的每一句恭维，留下的每一张"合影"，都成了罪证。新掌权者表示，我一秒都不想再见到他们。

沈佺期被下到狱中，反复拷问，饱受刑讯折磨。他的家人也受到牵连，两个幼子、两个兄长、三个弟弟都被下狱。监狱的环境极度恶劣，虱虫肆虐，沈佺期三天吃不上一顿饭，两个月没有梳头，还得了一场疟疾，差点送了命。

拷问来拷问去，终于也没发现他有什么大的恶迹。于是，在一个含糊的"考功受赇"的罪名下，沈佺期被流放。

当时依附"二张"的"珠英学士"们如宋之问、沈佺期、杜审言、李峤等纷纷被逐，其中最惨的是沈佺期、杜审言二人，居然被流到万里之外的越南，真正是有多远滚多远的典型。

三

不过，也就是这次流放，让沈佺期表现出了倔强的性格和执拗的个性，用重庆话说就是"犟拐拐"。他很不同于宋之问和杜审言。

面对流放，宋之问是何态度呢？当然也有些牢骚，也不服气。比如说自己"自惟勖忠孝，斯罪懵所得"——对你们的定罪，我完全是懵的！你们就这样对待一个忠臣孝子吗？

但另外一方面，宋之问也明白要识时务，矮檐下得低头。他写诗向当局认怂，表示不敢抱怨："但令归有日，不敢恨长沙。"——只要能让我回来再做点工作，继续发光发热，一定感恩戴德，积极效命。

宋之问的这种态度，在谪臣中是比较常见的。可是沈佺期却很有趣，一直坚决鸣冤，死鸭子嘴硬，绝不认错，口口声声：我没错，我哪里错啦？批评一句顶一句。

他写诗说："我无毫发瑕，苦心怀冰雪。"自称没有毫发之瑕，一点毛病都没有。诗中还说："臣子竭忠孝，君亲惑谗欺。"说自己竭尽忠孝，十分完美，皇帝是被谗欺的，被小人欺骗了，误会了自己这个大忠臣。

他还写诗《被弹》，自称"无罪见呵叱""千谤无片实"，关于自己的千百次毁谤没有一点是真的，全世界都错怪了我！所以沈佺期真的是很有意思，堪称是当时嘴巴最硬的一位。

他就这样一路气恼着、怨艾着，只有在极度疲惫的时候，他才会暂时放下愤懑，体味一份寂寞和自怜。

离开长安，进入蜀境，夜宿在七盘岭上，月色让他无法入眠：

独游千里外，高卧七盘西。
晓月临窗近，天河入户低。
芳春平仲绿，清夜子规啼。

浮客空留听，褒城闻曙鸡。

——《夜宿七盘岭》

"褒城闻曙鸡"，褒城是他刚刚离开的地方，尚在关中，再向前走便真的是要远离亲近的地方，投身去不可知的未来了。所以褒城的鸡鸣尤其让他辗转反侧。

而当他再艰辛地跋涉一年，才到达贬谪地驩州的时候，终于眼泪抑制不住地流下来：

雨露何时及，京华若个边。
思君无限泪，堪作日南泉。

流泪，毕竟是无济于事的。接受生活的安排吧，来都来了，还能怎么样呢？沈佺期开始环顾这个陌生的地方，尝试着去接受异域的风景。

一方面，他仍然抱怨着"炎蒸连晓夕，瘴疠满冬秋"，为这里的极端气候而苦闷；但另一方面，他又努力去收拾心情，试图欣赏南国的美：

藤爱云间壁，花怜石下潭。
泉行幽供好，林挂浴衣堪。

沈佺期是有一双善于发现美的眼睛的。他看见藤萝爬上了石壁，一些鲜花点缀在潭边。泉水淙淙，可以濯足，可以沐浴，洒脱地把衣服挂在林间吧，就像后来李白说的那样，"脱巾挂石壁，露顶洒松风"，短暂的快意让他稍稍排遣了远流的痛苦，暂时忘却了洛阳。

四

意想不到的是，尽管嘴巴比宋之问倔上数倍，但相比于宋，沈佺期的结局却要幸运得多。

神龙二年（706），并不稳定的朝政又生变化，此前被流放的学士们得到了转机。

他们陆续得赦，沈佺期也在其中。他在越南实际上只待了一年多时间就得以北还。

沈佺期大喜过望，即刻动身，他写诗说自己恨不得踩着大叶子飞到洛阳去。

当初的倔强、不服一扫而空。他的诗《再入道场纪事应制》里，真是手舞足蹈。

为了表达自己受到的恩幸和荣宠，沈老师写诗都已经顾不上措辞雅驯了，直接露骨地陈说感激，跪谢再生之恩：

> 南方归去再生天，内殿今年异昔年。
> 见辟乾坤新定位，看题日月更高悬。
> 行随香辇登仙路，坐近炉烟讲法筵。
> 自喜恩深陪侍从，两朝长在圣人前。

大意就是我从南方捡回一条狗命，回来看到朝廷革故鼎新、蒸蒸日上，"见辟乾坤新定位，看题日月更高悬"，我更喜悦了。

这样的诗当然艺术水准上就比较糟糕。对比他之前在贬谪中写给同流越南的杜审言的作品，艺术上的差距有万里之遥：

> 天长地阔岭头分，去国离家见白云。
> 洛浦风光何所似，崇山瘴疠不堪闻。
> 南浮涨海人何处，北望衡阳雁几群。
> 两地江山万馀里，何时重谒圣明君。
>
> ——《遥同杜员外审言过岭》

然而沈佺期此时关心的已不是诗句了。当时的朝堂仍然不好混，新一轮的权争已拉开帷幕，韦后和武三思擅权，各种反对的力量也在伺机反扑，权力的绞肉机正在隆隆运转。

吃亏长记性。归来的这个沈佺期，和过去已然不一样。

也许是吸收了之前的教训，沈佺期小心翼翼，虽然应景话、场面话也没少说，也参加了数次文馆唱和，却并未再深度卷入到权争中去。

这些年头里，倘若他起了投机之心，去极力攀附了韦后或是太平公主，都会遭遇更坏的下场，然而他没有。加上自身似也没有大的污点，和同僚也无什么太深的私怨，便没遭到专门的报复和狙击。

此后八年，他平稳度过，升了中书舍人、太子少詹事，都是比较重要的职务，还先后经历了韦后、太平公主、唐玄宗李隆基的权力迭代，挺过了一轮轮的清算和杀伐，活到了开元年间去世。

这个结局，不禁让人回想起昆明池边，那一次"彩楼之战"。

那次，在上官婉儿的评判下，他的诗输给了宋之问。但最终，风光的冠军宋之问死了，风光无两的评委上官婉儿也死了，输家沈佺期却得到了一个好的结局。

再回味当初彩楼下两首诗的结尾，一个是放言"不愁明月尽，自有夜珠来"的昂扬的、高调的，另一个却是自称"微臣雕朽质，羞睹豫章材"的自抑的、卑微的。结果是姿态更低的那个人活到了最后。

据说被婉儿判负之时，沈佺期还有不服。

我倒觉得，以他已经柔软得多的身段，以他能写出这样低调、收敛的结尾的觉悟，未必会多么不服、多么争竞。

细品他这个诗的结尾，等于是旁人叫他"沈老"的时候，他连连摆手，不不不，我不是什么沈老，我就是老沈。我就是个"雕朽质"，请你们"豫章材"们去表演吧，我只要亚军。

注释

〔1〕《新唐书》列传第二十九:"后知丑声甚,思有以掩覆之,乃诏昌宗即禁中论著,引李峤、张说、宋之问、富嘉谟、徐彦伯等二十有六人撰《三教珠英》。加昌宗司仆卿、易之麟台监,权势震赫。"

唐诗中的叹息之墙

> 处处山川同瘴疠,自怜能得几人归?
>
> ——宋之问

神龙元年(705),深秋。

随着车声辚辚[1],一个疲倦的中年人带着他寒酸的行李,来到了僻处天南的端州驿站。他就是被流放的宋之问。

一个据说曾打算爬上女皇龙榻的御前红人,现在已落到这步田地了。

端州是交通要冲,前往岭南的旅人都要从这里经过,宋之问也不例外。

他二月从洛阳出发,先后经过了蕲州黄梅、洪州,经赣水南下,途经大庾岭,在岭的北驿留下诗篇,然后又经始兴,前后跋涉了数千里才到端州,此刻已是满脸疲倦,一身尘土,高大挺拔的身躯也有些佝偻。

驿站接受了宋之问的宿歇，当然，不是作为贵宾。[2]

旅人在驿站中所享受的待遇，是分层级的。有权势的人可以在驿站里需索无度，甚至搞破坏。比如一度号称"天下第一驿"的褒城驿，横恶之徒可以在屋子里放马养鹰，污染破坏。[3] 又如东平驿，唐朝笔记小说《酉阳杂俎》里便写了一个淄青的张评事，官不大，却仗着势力，带着几十个仆从投驿，能半夜把驿卒轰起来为自己做煎饼。

但这一切都和宋之问无关。贬官、流人投驿可没有这样的待遇，能宿歇便不错了。要热水？自己烧！

宋之问避着人，吃了点东西，稍微休整了一下，开始绕着墙寻觅起什么东西来。

他在找墙上的诗。

那面墙上有不少字迹，有诗有文，新的和旧的叠在一起，都是过往士人题写的。宋之问一首一首仔细地寻找着。

蓦地，他双眼一亮，盯住了墙壁一角。终于是看见了。

那里题着几首诗，墨色还比较新，是新写不久的。移近灯火，几首诗的作者赫然在目，是沈佺期、杜审言、阎朝隐、王无竞。

宋之问一声叹息：他们，果然都来过了。

这几位老兄，都是此次一同被贬逐的患难兄弟，沈佺期流驩州，杜审言流峰州，阎朝隐流崖州，王无竞流广州。几个人凄凄惶惶地南下，先后都经过了端州驿，于是便都先后走到了这堵墙边，题写下了诗句相和。宋之问最后到达。

这一堵距离长安千里之外的墙壁，也就成了这群失意之人倾吐心事的树洞了。

除了宋之问外，他们所写的这些诗，目前大多已经佚失了，只有疑似阎朝隐的还部分留存着：

> 岭南流水岭南流，岭北游人望岭头。
> 感念乡园不可□，肝腹一断一回愁。

宋之问默默念着这些伤感的诗句，眼眶不自禁地湿润了。回想当初，大家都曾显赫一时，在城里吃馆子都不要钱，哪想此刻一起流落天南，各自纷飞，连个破西瓜也吃不到，只能跑到这样一堵墙壁下写诗盖楼，能不痛心？

忧痛之中，宋之问找来了笔，要为这一次悲伤的诗会盖上最后一楼。

他一直是偏好写五言诗的，五言诗比较凝练、克制。但此时此刻，他的情绪太强烈了，潮水般的悲伤不可抑制地涌来，克制的、简练的五言诗已经不能容纳他的心情了，他落笔就是更放纵的七言：

> 逐臣北地承严谴，谓到南中每相见。

岂意南中歧路多，千山万水分乡县。

云摇雨散各翻飞，海阔天长音信稀。

处处山川同瘴疠，自怜能得几人归？

这首诗，便是《至端州驿见杜五审言沈三佺期阎五朝隐王二无竞题壁慨然成咏》。

诗意很好理解。"逐臣北地承严谴，谓到南中每相见。"——我们这一伙逐臣遭到了严厉的惩罚，被流放到南方了。本以为彼此可以经常相见，互相慰藉，起码路上能一起同行，抽烟吹牛解闷。

谁想到了南方，仍然是海阔天长。"岂意南中歧路多"，我们各自分飞，唯一的交集不过是一堵冰冷的墙壁。而在这一次擦身而过之后，"自怜能得几人归"，我们五人又有几个能活着回来？

在写这首诗的时候，宋之问已经根本不事雕琢，也不讲究含蓄和克制了，他只想哭泣、发泄、呐喊。其实这几个人之间未必有什么很深的友谊，过去甚至还要争宠，是相同的遭际让他们如今同病相怜，抱头痛哭。

这五人的命运，后来各不相同。

王无竞去广州后未能回来，被仇家谋害而死。沈佺期、杜审言、阎朝隐、宋之问四人则得以赦返。

沈、杜二人算是好的，赦返之后重新在京任职，后来病故。阎朝隐一度做了著作郎，后终于见弃，被贬通州别驾，应是相当抑郁的。宋之问后来又再被贬,终遭赐死。这便是题壁五人的最后结局。

唐诗里的著名驿站很多,马嵬驿、褒城驿、嘉陵驿、潼关驿、筹笔驿……每一处都走过一流的诗人,诞生过杰出的篇章,或恸哭六军,或抚今追昔,或潇洒行吟。

而端州驿却特别让人唏嘘。

那一次,因为独特的地理位置和机缘,它意外见证了宋之问等一群当世顶级诗人的悲欢。那一堵题壁之墙,也成为了唐诗中的"叹息之墙"。

今天,这面墙当然是没能留存下来,它早已经消失在了历史中。

人类的文学艺术史上,有不少的珍贵作品就是留在墙上的。比如达·芬奇的名画《最后的晚餐》,就是画在意大利米兰圣玛丽亚-德尔格拉齐修道院餐厅的一面墙上的。修道院经历了多次战争的破坏,还被轰炸过,这面墙却神奇地保存了下来。

古老的端州驿却没有这样好的命运,这面"叹息之墙"别说留到现在,它能否保留到唐末就是个问题,今天的我们已不可能复睹。

说完了端州驿的故事,在同情这些诗人的命运之余,也应该回答一个难以回避的问题了:

宋之问、沈佺期、杜审言等人到底有罪吗?所谓的"佞附二张"又是多大的罪呢?

这也是让他们本人都痛苦纠结不已的问题。在荒蛮的驩州,不服不忿的沈佺期就曾发出了一个尖刻之问:

古来尧禅舜,何必罪驩兜?

驩兜是传说中上古三苗部落的首领,后来被舜帝流放至崇山。沈佺期的意思是:你们都是大人物,我只是个小角色。尔等之间的权力游戏,何必罪及我这种小人物呢?

说我依附武氏、谄媚"二张",可他们是主子,是上级,我向他们尽忠输诚有什么错呢?"二张"的位子难道是自封的吗,当初还不是朝廷封的吗?他们加官晋爵的时候,你们多数人不也没意见吗?现在形势反转,"二张"垮台了,就来清算、侮辱我们这些文学侍从,给我们加上种种罪名,你们凭什么这样理直气壮呢?[4]

事实上,悲哀的岂止是文学侍从,在当时的权力运行逻辑下,何人不是"侍从"呢?"尧禅舜"永无休止,随之而来的迭代、清算便永无休止,封建时代中成王败寇、树倒猢狲散的故事总要被打扮成正义和非正义的模样,于是宋之问、沈佺期等便不可避免地被涂抹成了小丑。

当然了,制度的缺憾,也不能完全用来掩盖人性的良莠。即便是在投机者之中,也是有良莠智愚之分的。

当侍从们得势的时候，其中总会有一些飞扬跋扈的，用力过猛的，不顾底线的，捧高踩低的，从而给自己种下更大的隐患。

比如阎朝隐，这个在端州驿墙上也题了诗的人，数年前就干出过一桩大闹剧，不亚于传说中宋之问的端尿盆。

当时武则天龙体不豫，遂派阎朝隐去少室山祭祀祈福。结果老阎洗了个澡，在典礼上公然"伏身俎盘"，自己代替牲口当了祭品，让人抬着去祭祀，以示赤胆忠心，把这一百多斤奉献给武则天了。武则天听了大乐，嘉奖了老阎。此事轰动一时，还有人专门画了漫画《代牺图》。

类似这样的自选动作做得多了，固然是短时间地博取了红利，但另一方面却也就埋下了危险的种子。当主子一旦倾覆，他们得到的报复和清算便会加倍猛烈。阎朝隐就很难不"肝腹一断一回愁"了，当后来的胜利者翻看清算名单的时候，瞧到他的名字都难免精神一振："嘿，这不就是那个替牲口的吗？"

想不多抽他几下都忍不住。

注释

〔1〕 宋之问贬谪途中是有车或马的,不必全程步行。"停轺一望家"说明有车。"马上逢寒食"说明有马。
〔2〕 《唐律疏议》引《杂令》称:"私行人,职事五品以上,散官二品以上,爵国公以上,欲投驿止宿者,听之。边远及无村店之处,九品以上,勋官五品以上及爵,遇屯驿止宿,亦听,并不得辄受供给。"
〔3〕 唐孙樵《书褒城驿壁》:"且一岁宾至者不下数百辈,苟夕得其庇,饥得其饱,皆暮至朝去。……至如棹舟,则必折篙破船碎鹢而后止;渔钓,则必枯泉汩泥尽鱼而后止。至有饲马于轩,宿隼于堂,凡所以污败室庐,糜毁器用。官小者,其下虽气猛,可制;官大者,其下益暴横,难禁。"可见破坏之甚。
〔4〕 陈尚君《侍臣的悲哀——宋之问人生的几个关键点》陈述很直白:"如从宋之问的立场来说,谁做皇帝,我就跟着玩,既没有参与机密,更没有弄权害人,你皇帝不断换,干吗要我用生命来赔偿?"

杜甫的爷爷好狂

诗是吾家事。

——杜甫

在前文中,有一个名字经常被提及,和沈佺期、宋之问并列,他就是杜审言。之前说的件件事几乎都有他,阿附"二张"有他,编《三教珠英》有他,被流越南有他,端州驿题壁也有他,可见极其活跃。

这位一直陪跑、吃果子挨打都有他的杜公,切莫以为是龙套。这么说吧,假如我们穿越回唐代,询问杜甫:"古往今来哪一个诗人的作品最好?"

杜甫的回答不会是李白,也不会是屈原、宋玉,或是南朝的庾信、初唐的"四杰",而很有可能会是:"我爷爷!"

他的爷爷就是杜审言。

对这位亲祖父,杜甫引以为傲,屡屡提及。他对朋友说"吾祖诗冠古",称爷爷的诗冠绝古代;还自豪地对儿子说"诗是吾家事",这种底气的来源很大程度上也是杜审言。

杜甫是否偏心过誉呢?他爷爷真有这么大的成就,乃至于"冠古"吗?从某种意义上来说还真不是浮夸。

杜审言的年龄,略长于宋之问、沈佺期,登进士第也更早一些,无论官场还是文坛上都算是前辈。

此前我们介绍过当时诗坛上有"四杰",是一个超级组合。而杜审言则属于另一个组合,叫作"文章四友",他们便是李峤、苏味道、崔融、杜审言。

这两个男团,气质完全不一样。"四杰"的气质用现在流行用语来说就是"矮穷矬",矮矬倒不一定,但都有点穷,怀才不遇,漂流四方,像是一个流浪的演出团体或摇滚乐队,甚至还出了反贼家属、反贼本贼。[1]

相比之下,"文章四友"就是截然不同的另一副面貌了,他们的特点用流行语来说就是"高富帅",主要都在宫廷中活动,接近权力中心,多数还做了大官,李峤、苏味道两个甚至还当了宰相。

在任何文艺团体里,都会有一个骨干,就是最富才情也最有个性的那一个,一般来说命运也会相对比较坎坷。

在"文章四友"里,这个人就是杜审言。

在"四友"中,他的官当得最小。武则天最欣赏杜审言的时候,也不过短时间内任他为著作佐郎,应是从六品上,其余多数时间职位都在七品下。他也是遭际相对最坎坷的一个，曾经被流峰州，在今天越南境内，险些赶上难弟沈佺期了。

但在文学上，杜审言是成就最大的一个，以个性而论也是性格最鲜明的一个。他的主要特点就是一个字：狂。

此君经常自吹自擂，动辄称：我好牛，我真厉害，我简直太了不得了！

有一件事广为流传。苏味道在吏部担任负责人时，杜审言参试判状。苏味道是上级领导，又极有文名的，哪知杜审言出场后突然精神抖擞地放出一句话来："苏味道必死！"

旁人吓坏了，以为他要爆什么猛料，忙询问何故。杜审言得意洋洋地说："苏味道见到我写的判状水平这么高，肯定会羞愧而死的！"

杜审言还放过这样的狂言："吾文章当得屈、宋作衙官，吾笔当得王羲之北面。"衙官这里是指打下手，北面便是指臣服。他是自称文章厉害，屈原、宋玉都只能来给打下手；自己的书法无敌，王羲之都要下拜叫大哥。

一个人狂一阵子容易，难的是狂一辈子，杜审言就狂了一辈子。他临终去世时，朋友们去看望，都是一群诗人、名士，其中不乏宋之问这样的大家。杜审言睁着眼睛把每个人看了一遍，忽然说："承认吧，你们。"

朋友们问承认什么啊？杜审言说："吾在，久压公等……"意思是我太有才了,我的存在老是让你们出不了头。如今我快死了,你们终于可以出头了吧。估计在场的宋之问等也只好瞠目结舌,难以作答。

狂,却也有狂的理由。杜审言为人虽然矜诞[2],但在诗歌上却有卓绝造诣,成就远在齐名的苏味道、李峤、崔融之上。

比如这一首诗《和晋陵陆丞早春游望》[3]:

独有宦游人,偏惊物候新。
云霞出海曙,梅柳渡江春。
淑气催黄鸟,晴光转绿蘋。
忽闻歌古调,归思欲沾巾。

这是朋友写了诗后杜审言所作的和诗。

第一句"独有宦游人",貌似平平无奇,很多好诗的第一句都是平平无奇的。"宦游人"指离家做官的人,是整首诗的主语,也是体验的主体、观察的主体。

这个宦游之人感受到了什么呢?是"偏惊物候新"。这个人漂泊在外,对季节的更替,对景物的变化,对时光的流转,十分敏感。

第一句普通,到这一句立刻就不普通了,用了一个很妙的字:惊——惊奇,惊讶。

这时悬念已然产生：诗里的人他在惊什么呢？那便是"云霞出海曙，梅柳渡江春"。海上生出的云霞，伴随着晨光临照；遥望江的对岸，梅柳生机勃勃，蒙上了一层新绿，好像是春天泄漏过去了。

"梅柳渡江春"，梅和柳怎么会渡江呢？其实是春天已经渡过江了。这一笔可谓灵动至极，别人最多写出春光灿烂，杜审言却写出了春光乱窜。

"淑气催黄鸟，晴光转绿蘋"，春风和煦，催醒了飞鸟；阳光洒落，蘋叶转为翠绿。诗人在这一句已经悄悄引入了声音，仿佛朱自清《春》中说的，鸟鸣跟清风流水应和着。并且又引入了光影的转换，使蘋叶绿得发亮，整个水面都在阳光下明丽起来。

然后有人唱歌了，"忽闻歌古调"，歌声传入了主人公的耳轮与心间。又是一年春至，又是一年的独自漂泊，在异乡追逐功名，奔忙生计，什么时候是归期？于是主人公便抑制不住地"归思欲沾巾"，湿润了眼眶。

散文《春》有七百多字，而杜审言这首诗不过四十个字，但渲染春光绝不更弱，意蕴也绝不稍减。

杜审言这首诗，不光是在写景美丽，还有另一大贡献：它已经是相当成熟的五言律诗了。明代的胡应麟甚至认为这是初唐五言律诗第一。

这便是杜审言的另外一大功勋，他是律诗的奠定者和催熟者之一。杜甫称他"冠古",便包括了这一份开创之功。

杜审言、宋之问、沈佺期这几个人,为人或矜诞,或浮陋,生前身后都是受到了不少奚落和讥刺的。但在文艺上,他们共同完成了一项事业,就是完成了律诗的定型,也由此共同赢得了一个头衔——"律诗之祖"。

律诗,这一个中国古典诗歌的大宗派,从南朝沈约等完善声律时肇建,经过了一个半世纪的摸索,无数命世才杰为之努力,终于宣布创制完成。

等于是一个汽车工厂,一百多年前有人提出了基础的理念,画了图纸,但还并不会造车。偶尔有人叮叮当当地造了几台概念车,却也跑不快,抛锚断轴,总有故障。

直到了宋之问、沈佺期、杜审言这几个大匠人的手上,终于开始造出"律诗"的量产车了,一上市,就凭借着美观的外形、卓越的性能,征服了广大用户。

而又数十年后,大唐会诞生一个超级车间——杜甫,之前所有的这些概念车、量产车都会到他的手上完善,焕发更大的光彩,当然这是后话了。

话说,那一天,春风拂面,杜审言正在京城漫步,忽有所感,写下了一首诗,叫作《春日京中有怀》。

它生机勃勃,仿佛是一位目中充满了希冀的祖辈,对唐诗这个少年美好前景的赠言:

今年游寓独游秦,愁思看春不当春。
上林苑里花徒发,细柳营前叶漫新。
公子南桥应尽兴,将军西第几留宾。
寄语洛城风日道,明年春色倍还人。

注释

〔1〕 宋之问《祭杜学士审言文》:"王也才参卿于西陕,杨也终远宰于东吴,卢则哀其栖山而卧疾,骆则不能保族而全躯:由运然也,莫以福寿自卫;将神忌也,不得华实斯俱。""四杰"坎坷不遇当时已是公论。

〔2〕 杜审言矜诞,早有评语。《新唐书》列传第一百二十六:"其矜诞类此。"

〔3〕 一作韦应物诗。

我叫王梵志

世无百年人,强作千年调。
打铁作门限,鬼见拍手笑。

——王梵志

一

1900年6月,距今一百二十多年前,敦煌藏经石室打开。

就像藏有绝世武功秘笈的暗室被开启了一样,无数珍贵的文献重见天日,其中包括大量的唐代诗歌写本,经整理统计,有诗四千首以上。

这其中不乏鼎鼎大名的诗人的作品,包括刘希夷、陈子昂、孟浩然、王昌龄、李白、高适、常建、岑参、白居易,等等。有许多的发现都弥足珍贵,比如韦庄的长篇叙事诗《秦妇吟》,描写唐末黄巢起事时大乱局面的,这是亡佚了千年的名作,从宋代起就不可见了，直至在敦煌被发现，世人才目睹了这首诗的真容。

在这诸多如雷贯耳的大名之外，还另有一个唐朝诗人的名字，在其中显得非常特别。

他的作品不在《全唐诗》收录之列。清代编纂《全唐诗》时，搜罗了唐代四万八千多首作品，涉及二千二百多诗人，却也没算上他一个。尤其元、明、清三代，几乎完全把他遗忘了。[1]

然而他在敦煌却显得格外突出。藏经洞里足足有他的唐代诗歌抄本三十三种，涉及至少三百多首诗。

有如此大量的作品写本出现在遥远的敦煌，说明什么？大概只能说明这位非主流的诗人在唐时就有很大的影响力，他的作品已然走红、出圈，被人广泛传抄，从中原扩散向河西，来到敦煌，并且被人珍而重之地和诸多经卷、典籍一起，存放于藏经洞中。[2]

好比今天的电影界，有这么一位导演，走红毯没有他，领大奖没有他，和明星谈恋爱没有他，后来人编《世界著名导演名录》也不带他玩。然而他的作品却受到普罗大众的欢迎，窑洞里，土炕上，篝火旁，大家都围坐着看他的电影。

这位际遇独特的文艺家、不算诗人的诗人，有一个特别的名字，叫作王梵志。

而他的诗，则是不同于"四杰""沈宋"的另一大诗歌门派，这个门派历史悠久，一直到今天也很有生命力。倘若以偏概全不规范地称呼的话，不妨称它作：

打油诗。

二

在一些记载上，王梵志有着传奇的出生经历，比之哪吒也不遑多让。

他是被父亲从树上抱出来的。一部唐代的书《桂苑丛谈》称，他是卫州黎阳人，家里有一棵林檎树，不知何故忽然长了个大瘤子。三年后瘤子干瘪了，里面有个小孩，就是王梵志。

据说父亲收养他之后，到了七岁才能说话，一开口就很惊人，问："谁人育我，复何姓名？"父亲如实告诉了他，并且由于他"因林木而生"，所以名字里用了一个"梵"字。后来王梵志经常写诗，讽刺世道，也被说成是因为菩萨的示化。

这当然是传说而已。今天一般都认为王梵志是唐初河南一个底层的农民。他早年应该家境不错，否则也不可能受到教育，读书识字。但后来他应是长期从事农耕，还做过帮工，生活比较困苦，衣食都成了问题。

这种贫困、拮据，从他的不少诗里能看出来：

> 我昔未生时，冥冥无所知。
>
> 天公强生我，生我复何为？
>
> 无衣使我寒，无食使我饥。
>
> 还你天公我，还我未生时。
>
> ——《道情诗》

在诗里，他质问老天爷：当初我降生在这个世上，又不是自己要求的。你既然让我出生，怎么又使我这么困苦，没吃没穿，挨饿受冻？快别折腾我了，让我回到未生之前吧！

他应该也娶了妻，但似乎运气也不好，老婆好吃懒做，让"家中渐渐贫"：

> 家中渐渐贫，良由慵懒妇。
>
> 长头爱床坐，饱吃没娑肚。
>
> 频年勤生儿，不肯收家具。
>
> 饮酒五夫敌，不解缝衫裤。

这位太太是个"慵懒妇"，王梵志抱怨说她喜欢闲坐，不肯做事，然而"饮酒五夫敌"，非常能喝，让人忍俊不禁。

孩子似乎也不争气。从诗里看，他貌似有五个孩子，但也都不大孝顺，说孩子是"忤逆子"：

父母是冤家，生一忤逆子。
养大长成人，元来不得使。
身役不肯料，逃走离家里。
阿耶替役身，阿孃气病死。
腹中怀恶来，自生杀人子。

当然，这些诗里说的妻子和孩子，是他自己的吗？有多少是他本人的遭遇，又有多少是他旁观到的人生百态和艺术发挥？我们已很难区分了。但总之，王梵志品尝了不少底层的艰辛是确凿无疑。到晚年他已经十分潦倒，干脆皈依了佛教，去过化缘乞食的行脚生涯了。

作为一位民间诗人，王梵志所搞的创作，一大主题就是道德劝诫，所谓"教你做人"。

他宣扬戒赌戒色，兄弟之间要和睦，父母不要宠溺孩子，行事要讲长幼尊卑的礼仪，有钱要舍得花，等等。

比如劝人花钱，不要太吝啬："有钱但着用，莫作千年调。"说对人要知恩图报："得他一束绢，还他一束罗。"

他还常常喜欢阐述"看透了"的思想："有酒但当饮，立即相看老。匆匆信因缘，终归有一到。"

还有一些佛教中的因果轮回的思想："前果作因缘，今身都不记。今也受苦恼，未来当富贵。"

倘若都是这样的村俗说教，在文学上便实在没有什么高明之处。这样的劝诫顺口溜，今天许许多多的民间人士都作得出，我们也没必要在王勃与沈宋之后、陈子昂之前专门来介绍这位老先生的诗作了。

除了以上这些"教你做人"的诗之外，他实在是有一些别的过人之处。

三

王梵志之所以与众不同，一大原因就是他在"讲道理"、劝诫讽喻的时候，真的触及了社会现实。

对于怎么鉴赏诗歌，一些读者往往有种误解，以为"讲道理"是高明的。事实上所谓生死无常、安贫乐道之类的"大道理"并不高明，真正高明的是生活。

比如王梵志这一首《贫穷田舍汉》，大家不要觉得长，这首诗非常通俗易懂，不妨好好读一遍：

> 贫穷田舍汉，庵子极孤凄。
> 两穷前身种，今世作夫妻。
> 妇即客舂捣，夫即客扶犁。

黄昏到家里，无米复无柴。

男女空饿肚，犹似一食斋。

里正追庸调，村头共相催。

幞头巾子露，衫开肚皮开。

体上无裈袴，足下复无鞋。

丑妇来恶骂，啾唧搦头灰。

里正被脚蹴，村头被拳搓。

驱将见明府，打脊趁回来。

租调无处出，还须里正陪。

门前见债主，入户见贫妻。

舍漏儿啼哭，重重逢苦灾。

如此硬穷汉，村村一两枚。

这一首诗，简直活画出了初唐农村里一对困苦夫妻的生活，男女两人的性格、面貌，以及他们的贫困、窘迫，都跃然纸上。

这首诗里有一对主人公，男女两个，汉是"穷汉"，妇是"丑妇"，似乎脾气性格都很恶劣。

他们两个倒也并不是不肯劳动，还是很勤快的。"妇即客舂捣，夫即客扶犁"，一个舂米捣粮，一个扶犁耕田，然而忙碌下来的结果仍然是"无米复无柴"，窘迫到极处。

村里的里正、村头来追收庸调了，要催捐催租，交不出怎办？这对夫妇便摆出无赖姿势来，衣衫不整，肚皮敞开，要钱没有，要命一条。女主人还上来恶骂，乃至于双方厮打起来，里正、村头被脚踢、拳头打。

可是刁民又哪里硬得过官府？遂被拿了去，"打脊趁回来"，一身伤痛，回家见到"债主"堵门，又看到窘迫的妻子，孩子在漏雨的屋子里哭，这样的生活如何继续？

你看王梵志这诗笔写来，既是悲剧，又是闹剧。一对小民，被生活虐得体无完肤。他们因为困苦，所以暴躁；又因为暴躁，导致更加窘迫。所谓的大唐"盛世"快来了，然而王梵志告诉你，这些小民仍然很苦，没吃没喝；而且与此同时里正也很苦，基层工作也难做。成年人苦，孩子也苦，苦仍然是底层人逃不脱的宿命。

更厉害的是写到结尾处，王梵志诗笔一荡，"如此硬穷汉，村村一两枚"，就是说每个村都有这样的人物，都有这样的家庭，都在上演这样的故事。

这样的诗，完全就是好诗，是好的文艺。

看了"硬穷汉"的生活，再来对比一下，看王梵志描写的当时的富户：

富饶田舍儿，论情实好事。
广种如屯田，宅舍青烟起。
槽上饲肥马，仍更买奴婢。

> 牛羊共成群，满圈豢肥子。
> 窖内多埋谷，寻常愿米贵。
> 里正追役来，坐着南厅里。
> 广设好饮食，多酒劝且醉。
> 追车即与车，须马即与使。
> 须钱便与钱，和市亦不避。
> 索面驴驮送，续后更有雉。
> 官人应须物，当家皆具备。
> 县官与恩泽，曹司一家事。
> 纵有重差科，有钱不怕你。

在这首诗里，前半部分描写了"富饶田舍儿"的奢侈生活，家畜成群，更买奴婢，而且因为粮食囤积太多，希望米价贵。

后半部分则写官绅勾结的现状，上至县官，下至里正，无不被打点周至。"广设好饮食，多酒劝且醉"，好吃好喝招待不在话下，并且"追车即与车，须马即与使"，要什么有什么，甚至要面就用驴驮送，还送野味，要钱亦是不在话下。关系到了位，法定的责任也可以规避和不履行了，反正是"有钱不怕你"。

这和前诗的"男女空饿肚""舍漏儿啼哭""打脊趁回来"是多么鲜明的对比！

王梵志写诗不但有现实感，还有一股正义感，讽刺起当时的官吏和司法来也非常辛辣：

> 断榆翻作柳，判鬼却为人。
> 天子抱冤屈，他扬陌上尘。

官断一张嘴，能把榆树说成柳树，能够把鬼判成是人。

> 官喜律即喜，官嗔律即嗔。
> 总由官断法，何须法断人。

法律跟着长官的意志走，可以随便被扭曲，官喜律喜，官嗔律嗔，所以律令成为具文。

他讽刺世态人情，也极生动，比如形容一些妇人的势利眼：

> 吾富有钱时，妇儿看我好。
> 吾若脱衣裳，与吾叠袍襖。
> 吾出经求去，送吾即上道。
> 将钱入舍来，见吾满面笑。
> 绕吾白鸽旋，恰似鹦鹉鸟。

有钱的时候，妇人就来献殷勤。"绕吾白鸽旋，恰似鹦鹉鸟"，像鸟儿一样绕着自己打转,十分生动。相比之下,李白也有类似的抱怨之辞,说"会稽愚妇轻买臣",但措辞显然不如王梵志的更通俗,更能迎合民间口味。

四

再说幽默,王梵志之流行,还因为他有一种诙谐的气质。

在谈生死话题的时候,他的诗往往是阴森的、暗黑的,总喜欢谈索命人、桃木棒、牛头鬼、阴间冥界等,拿来唬人。但在暗黑之余,他又往往有一种幽默滑稽感:

纵使千乘君,终齐一个死。
纵令万品食,终同一种屎。

还有:

你道生时乐,吾道死时好。
死即长夜眠,生即缘长道。
生时愁衣食,死鬼无釜灶。
愿作掣拨鬼,入家偷吃饱。

人活着的时候还要愁穿衣吃饭,死了做鬼才爽,厨房都不用了,去人家家里偷吃一个饱。

在幽默感之外,王梵志还有一种混不吝的气质:

> 我家在河侧,结队守先阿。
> 院侧狐狸窟,门前乌鹊窠。
> 闻莺便下种,听雁即收禾。
> 闷遣奴吹笛,闲令婢唱歌。
> 男即教诵赋,女即学调梭。
> 寄语天公道,宁能奈我何?

这首诗固然把田园生活描写得很动人,"闻莺便下种,听雁即收禾",但在结尾又忽然开始混不吝:"寄语天公道,宁能奈我何?"——老天爷能把我怎么样呢?

作者那么喜欢说轮回报应,但一方面好像又并不敬天信命,经常问老天:"宁能奈我何?""谁能奈我何?"

王梵志还有一大特点,就是不但通达、通透,不但有一种看透了生死、爱憎、得失的态度,关键的是能用最巧妙的办法把它表达出来。

说几句"人生无常""安贫乐道"并不难,俗手也能做到。真正的能力,是用诗的方式把它高度地抽象,变成神奇的意象:

城外土馒头，馅草在城里。
一人吃一个，莫嫌没滋味。

世无百年人，强作千年调。
打铁作门限，鬼见拍手笑。

把坟丘比成"土馒头"，这是奇思异想的发明，后来宋朝的范成大说："纵有千年铁门槛，终须一个土馒头"，就是从王梵志这里化出来的。

"人难免生老病死"，这个道理人人能说。然而能因此造出"铁门限""土馒头"来，就是艺术。

在唐代，王梵志影响了许多诗人，不少"主流"大家都模仿过他。王维便模仿他的风格写过诗，还特意注云"梵志体"。著名的诗僧寒山、拾得，事实上也是受了王梵志的衣钵。甚至他的影响力还远渡重洋，到达日本。

宋代之后，王梵志本人渐渐被遗忘了，但他的影响力却一直坚韧地存在着。

今天翻开《红楼梦》，处处能见到王梵志的身影。小说中，贾府的家庙叫"铁槛寺"，旁边有一个发生了许多故事的尼姑庵，叫"馒头庵"，这归根结底都是从他诗中的"铁门限""土馒头"里化出来的。

还有《红楼梦》里跛足道人唱的那首著名的《好了歌》,也一听即是王梵志的传承:

> 世人都晓神仙好,惟有功名忘不了!
> 古今将相在何方?荒冢一堆草没了。
> 世人都晓神仙好,只有金银忘不了!
> 终朝只恨聚无多,及到多时眼闭了。
> 世人都晓神仙好,只有姣妻忘不了!
> 君生日日说恩情,君死又随人去了。
> 世人都晓神仙好,只有儿孙忘不了!
> 痴心父母古来多,孝顺儿孙谁见了?

后来,王梵志还被赋予了新的意义,成了文学革命的招牌之一。

胡适当年倡导白话文,想找些古人做白话诗的佐证,但不管碰瓷哪一位,刘邦也好,陶渊明也好,还是唐代的王绩也好,都略显勉强。直到发现王梵志,胡适欣喜不已,如获至宝,因为这才是真真正正的白话诗人。

在国人的精神世界里,"王梵志性格"也一直延续着,从来没有中断过,成了国人精神的一个侧面。我们永远需要这种看破、放下、无所谓、爱谁谁的精神做调剂。

今天人所流行的表示自嘲、自我调侃的生活姿态,所谓屌丝、躺平、凉凉、皮一下……事实上并不新鲜,无一不能在王梵志那里找得到源头。中国人的性格其实就是几位诗人的杂糅,有一点李白,有一点杜甫,有一点陶渊明,有一点王维;除此之外,还多多少少有一点王梵志。

王梵志生前,大概预料不到自己会那么红,当然也更料不到自己又一度被人淡忘了数百年,直到后来才重见天日。

当然了,即便泉下有知,他应该也不会计较的,这个人太懂得知足常乐了。就像他那首诗所写的一样:

他人骑大马,我独跨驴子。
回顾担柴汉,心下较些子。

注释

〔1〕 施蛰存《唐诗百话》:"《旧唐书·经籍志》和《新唐书·艺文志》都不收录王梵志的诗集。……《宋史·艺文志》有王梵志诗集一卷……以后,元、明、清三朝,没有人提起过王梵志。"

〔2〕 施蛰存《唐诗百话》:"在一个偏僻边远的敦煌石室中,就有许多王梵志诗写本,而且其中有小学生习字本,这就反映着王梵志诗在唐宋时代曾广泛流行过。"

称量天下才

纸上香多蠹不成,

昭容题处犹分明,

令人惆怅难为情。

——吕温

一

我们讲了许多的诗人,都是男性。接下来要登场的是一位女性,叫作上官婉儿。

之前沈佺期、宋之问、杜审言等都出场了,等于是初唐诗坛的优秀选手代表出场了。接下来,该轮到裁判组的代表了。

而且是一位能自己下场踢球的裁判。

要开启上官婉儿这个话题,且让我们从一个特定的时间——公元八世纪初说起。更具体一点地说,是公元700年到710年前后。

这个时代,大唐诗坛出现了一个状况,没有了领袖。

或许有人问,怎么会没有领袖呢?之前你不是讲过许多的大诗人吗?有"四杰",有"沈宋",还有所谓"苏李",即宰相诗人苏味道、李峤,这其中难道就没有堪为旗手、领袖的吗?

还真没有。不妨来数一数:

上一代的老天王上官仪,殒命于664年,早已成为过往。

新兴组合"沈宋",也就是宋之问、沈佺期,还包括杜审言等,专业水平倒是很高,然而在朝中的地位身份都比较低,还都遭过惨痛贬逐,用今天的流行话说就是"水逆",一个个要么气丧心沮,要么名声不佳,都不堪领袖大任。

高干组合"苏李",虽然也能写诗,但是也都阿附"二张",风评不好。苏味道也去世得比较早。

初唐"四杰",江湖地位虽然高,但社会身份比宋之问等只有更低,而且也都早逝了,没有一个活到八世纪的。

还有一个人物叫张说,是个文坛帅才、未来之星,但此时此刻还是中宗朝,张说的江湖地位和威信还不足够重。他来执掌文坛,主要是后来景云、开元年间的事。

也就是说,这一段时期,青黄不接,有才者无位,有位者无为,诗坛领袖出现空窗。

当年,太宗李世民曾经一手创立了文学俱乐部——弘文馆,打算弘扬文学,然而到了705年前后,俱乐部已然是渐渐寂寥。诗人们都死的死、流放的流放了,去广州的,奔越南的,谁还来写诗呢?中宗李显自己又不大会写!

就在这个历史时刻,有一个女子飘然站了出来,对中宗李显说:

"陛下,文学一道,不能荒废。

"伟大的时代,怎么能没有杰出的文艺?

"咱们的文学俱乐部,应该好好搞起来了!"

中宗看着面前这女子,忐忑地问:

"婕妤[1]啊,搞起来容易,但是朕不会写怎么办?"

对方说:

"我帮你写啊!"

"好!"中宗一拍大腿,那就搞起来。

这个向他建言的人,就是当时的宫中婕妤、国之文胆——上官婉儿。

当时这个文学俱乐部已经改名"修文馆"[2]。在婉儿的大力建议和倡导下,俱乐部又轰轰烈烈地搞起来了。中宗也很支持的,给编制、给待遇,为了提高修文馆的地位,中宗让宰相来兼修文馆的大学士,大大擢升了俱乐部的规格;又命令宋之问、沈佺期、杜审言、阎朝隐这些被流贬了的诗人:

都来吧,一个个都别臊眉耷眼的啦,都来做直学士,给朕写诗,发挥用武之地吧!

从此,中宗一朝,诗歌创作重新走向高潮。唐中宗效仿他爷爷唐太宗的做法，带着俱乐部成员们到处游玩、作诗，经常是他写第一句，让学士们联句，反正有上官婉儿给他捉刀，不怕这第一句憋不出。

大家的诗写出来之后，则交给上官婉儿评判，定其甲乙，连沈、宋这样的巨擘都要听她裁判。

这是繁荣文学的巨大贡献。在一个缺乏领袖的年代，上官婉儿成为了事实上的宰执，充当了诗坛火爆的推手。[3]

当时人就说婉儿的功劳是：

> 幽求英隽，郁兴辞藻……二十年间，野无遗逸，此其力也。

而她评判诗人的经历，也被当时人概括为了五个字：

称量天下才。

二

上官婉儿这位传奇女性，生于公元664年，也就是唐高宗麟德元年。著名的高僧玄奘大师便是这一年去世的。

"麟德"是刚改的年号，因为据说在河东绛州和长安大明宫含元殿出现了麒麟，这是祥瑞，所以改元。唐高宗是很喜欢改年号的，先后用了十四个年号，跟我们今天上网随手换签名一样任性。

顺便说一下，比唐高宗更喜欢改年号的是他的老婆武则天，用了十七个年号。

上官婉儿本来是含着金汤匙降生的。她的祖父上官仪是当朝的宰相，也是诗坛的领袖。婉儿本该有一个富足顺遂的人生。

她的出生也带着神话色彩。她的母亲郑氏怀孕时，据说曾经梦见一个巨人，授予其一柄大秤，说：你的孩子将会称量天下。[4]

母亲便以为自己多半会生个儿子，不然如何在那个时代"称量天下"呢？谁想孩子诞下，却是一个女婴。

于是"闻者嗤其无效"，大家都摇头说：看来梦这个东西，不准不准。

就在婉儿出生的那一年年底，惨变发生了。当时，武则天和唐高宗展开了权争，上官仪因为充当先锋，帮助高宗起草废后诏书，被武则天记恨，随即被诬谋反，下狱处死，株连亲族。婉儿的父亲上官庭芝等亲属也一起被杀害。

上官婉儿尚在襁褓之中，躲过了一死，和母亲郑氏一起被配入掖庭为奴，也就是在深宫之中做奴隶，从事体力劳动。

等待着婉儿的，本来注定是悲惨的命运。不妨对比一下武则天另一个生死仇敌萧淑妃后人的下场。萧淑妃死后，两个女儿义阳公主、宣城公主就被长年幽囚在掖庭，景况十分凄凉，一直到很大年龄还没出嫁，《新唐书》等甚至说两个姑娘四十岁还没嫁，这在当时是惊世骇俗的。[5]当时的太子李弘意外地发现了这事后，大为震惊，上书求恳，才使这两个姊妹得以出嫁，为此还惹得武则天不悦。

两位公主是金枝玉叶，皇帝的女儿，一旦结怨于武则天，尚且落得如此境遇，上官婉儿的命运可想而知。

然而，上官婉儿的母亲郑氏却实在是一位非凡的人。

在那种绝望的情况下，她仍然坚持让婉儿做一件事，那就是读书。并且她很有可能还悄悄对婉儿进行了一些政治能力上的培养和训练。婉儿也十分聪慧，勤奋好学，加之祖上的文学基因，她小小年纪就能写十分出色的文章。

不知怎么地，上官婉儿的才华逐渐被吹到了武则天的耳朵里。

公元677年，已经成为"天后"的武则天饶有兴致地召见了这位才十四岁的"罪臣后人"，当场出题考试，令其作文。上官婉儿文不加点，一挥而就。武则天阅后大悦，上官仪这老鬼，怎么生了这么伶俐一个孙女，小姑娘这么会写材料，别在掖庭洗衣服拖地了，到我身边来写材料吧。

于是婉儿被免去了奴婢的身份，调到武则天身边从事文书工作，并且还被封为才人。[6]

历史真是比戏剧还要戏剧。上官婉儿的人生就此又一大转折，居然到了灭族仇人武则天的身边来工作了。

渐渐地，武则天一步步走上权力的巅峰，直到登基为帝。上官婉儿也成为了武则天的重要秘书和助手,参与起草诏文、批阅奏章。百官的奏章许多都是婉儿参决的。这使得她成为了一个炙手可热的人物。

武则天退位后,中宗李显上台,仍然倚重上官婉儿,使她的地位更加显赫,不但继续掌管文翰,甚至"军国谋猷,杀生大柄,多其所决",也就是说许多国家大事都是她参谋决断的,实际上成为了"内宰相"。

这样一个特殊的角色,唐朝自从建立以来都还没有出现过。

此前,在宫中搞材料、搞文书的大笔杆子都是男子,也往往都是知名的大文士和诗人。

《旧唐书》里曾经开列了一个初唐时代的"搞材料天团"的名单:

> 武德、贞观时,有温大雅、魏徵、李百药、岑文本、许敬宗、褚遂良。
>
> 永徽后,有许敬宗、上官仪,皆召入禁中驱使。
>
> 乾封中,刘懿之刘祎之兄弟、周思茂、元万顷、范履冰,皆以文词召入待诏。
>
> 天后时,苏味道、韦承庆,皆待诏禁中。

这里面提到的魏徵、李百药、许敬宗、上官仪、苏味道等等,都是初唐时的重要诗人、文士。以他们的才学,被召进中央搞材料是顺理成章。

然而接下来,到了上官婉儿的时代,《旧唐书》却只留下一句话:

> 中宗时,上官昭容[7]独当书诏之任。

整整一个时代的书诏重任,此刻居然由这样一个女子一力独担。

"独当"二字,真是写尽了天姿,占尽了风流,也掩尽了有唐近百年来无数文词待诏、北门学士的光彩。从这字里行间,甚至都能读出《旧唐书》的编撰者此时对于上官昭容的钦佩和服膺。

事实上,婉儿这个"内宰相"的能力、才华,也得到了"真宰相"的尊重。

后来在睿宗、玄宗朝三次拜相的张说,就曾经用上官婉儿来对比历史上的传奇女子,说她是"两朝兼美,一日万机,顾问不遗,应接如响"。

上官婉儿曾写诗自谦,说自愧不如汉代的班婕妤、晋代的左棻这两大才女。[8]但张说却说,倘若拿班、左这两人对比,婉儿不但文学上不输给她们,在政治上的建树还要超过。

这是一位"真宰相"对一位"内宰相"的推崇。

三

然而，在那样一个时代和环境里，光有才干和词藻是远远不行的。很简单的例子，上官仪也有才干和词藻，却遭遇了灭族之祸。

凶险莫测的宫廷环境，以及惨痛的家族史，都让上官婉儿还养成了另一种超强的能力，概括起来就是四个字：

求生能力。

完全有理由相信，祖辈和父辈的血淋淋的教训，一直在警醒着她：

爷爷上官仪，那么大一个宰相，就是一力怂恿高宗废后，绝了自己的后路，以致灭族的。

绝不能把鸡蛋都装在一个篮子里，绝不能只押宝一方。不能再重复我祖上的悲剧，须得要左右逢源，始终给自己留后路。

上官婉儿的政治生涯，基本就是按照这条纲领来走的。

高处不胜寒。从高宗朝的仪凤年间，到睿宗朝的景云年间，三十多年中，对最高权力的角逐几乎白热化，残酷的宫廷角力、流血政变不断发生，各种明枪暗箭不计其数。但凡是厕身其中的玩家，就没有几个人能把这三十年打通关的。可上官婉儿却似乎每次都能改换门庭，始终在核心圈子里做玩家。

不妨来看一下她的生存能力。

公元705年"神龙政变"发生,武则天遭逼宫下台,"二张"被杀,中宗李显即位。按理说,上官婉儿作为武则天的贴身亲信,多半不会有好下场。

然而她却平稳过关,继续做"内宰相",不仅如此,政治地位反而进一步提升了。她先是从五品的才人被拜为正三品的婕妤,由之前名义上高宗的嫔妃变成了中宗的嫔妃;然后又被封为正二品的昭容。

"二张"死,婉儿存,还越活越好了,这不能不说是一种生存能力的体现。倘若要猜测的话,有可能是她已经提前布了局,先就已经暗中投靠、结好了李显。

上官婉儿还和当时的几大权力山头似乎都有联结,对他们都进行了下注。她先后和张昌宗、武三思、韦皇后、太平公主等都有勾连。甚至,连她的爱情也像是一种押注的方式。

武则天在位的时候,宠幸张昌宗。婉儿据说便与张昌宗有私。

儿时看电视剧《武则天》,特别记得这样一幕:婉儿和张昌宗眉来眼去,武则天勃然大怒,掷东西打伤了婉儿的脸。婉儿便把伤口文成了一朵梅花。事后武则天消了气,还抚摸着这朵梅花说:我忘了婉儿也是女人。

这段八卦剧情的创意来源,就是婉儿和张昌宗之间关系的传闻。

后来张昌宗在"神龙政变"中被杀,武三思崛起,一度权倾朝野,婉儿又和武三思交好,也有说法是两人私通。

当时政坛上还有两个女强人，便是大名鼎鼎的韦皇后和太平公主。这对姑嫂，一个是中宗的皇后，一个是中宗的妹妹，却成为死敌，各树朋党，相互潜毁。然而上官婉儿和双方都关系匪浅。

一方面，婉儿貌似和韦皇后搅和到了一起，一度成为了韦皇后的智囊、强援。在一些史料里，她甚至被描述得像是"韦后、武三思团伙"的干将。

可是另一方面，上官婉儿又和太平公主走得极近，还把情人崔湜推荐给了太平公主。不知道她是怎么做到这样左右逢源的。

如此在刀尖上跳舞，当然也免不了危险，但她似乎也够命硬，总能扛住。

景龙元年（707），太子李重俊不堪韦皇后的逼迫，发动兵变，先杀死了武三思，又入宫搜捕韦皇后、上官婉儿。那是上官婉儿自发迹以来所遇到的最大危机。

结果兵变失败了，李重俊被害身死。上官婉儿逃过了一劫。她的刀尖之舞，似乎又可以继续跳下去。

四

景龙三年（709），四十五岁的上官婉儿迎来了人生中最高光的时刻。

在前一年的十一月，她刚刚由婕妤升为昭容。这就是后世称她为"上官昭容"的由来。

次年正月的晦日,唐诗史上上演了著名的"彩楼之战",在昆明池畔,她高居彩楼,品评满朝才俊的诗作,最后判定宋之问第一。

当年母亲郑氏梦中的情景由此印证了——有朝一日,自己的女儿将手持神赐之秤,称量天下之才。

可惜,这也是她最后的光彩了。

景龙四年(710),"彩楼之战"后仅过了一年,中宗暴亡。残酷的权争又复开始。年轻的临淄王李隆基发动"唐隆政变",带兵入宫,杀韦皇后、安乐公主母女,然后士兵们冲向上官婉儿的居处。

上官婉儿表现得很镇定,她命令宫女大开门户,提灯出迎。

此前数十年,她靠着灵活的身段,在一次次动荡中化险为夷。这一次,她也同样早早地给自己预留了后路。

当李隆基的部属刘幽求带兵来到时,上官婉儿向他们出示了一份诏书,那是她给自己留命的关键倚仗。这份诏书,是她在中宗暴毙后和太平公主一起拟就的,其中有关键的一条:引相王李旦辅政。相王李旦就是李隆基的老爹。

她意欲借此表示自己和李隆基乃是一头。

刘幽求向李隆基陈说,有意饶过上官婉儿。然而李隆基不许。年轻的一辈虎狼成长起来了,誓要扫清一切障碍。上官婉儿于是被杀死,当时四十六岁。大唐的一颗明珠终于暗淡了。这最后一关，她没能闯过去。

婉儿死后，还有后话。

2013年，在"唐隆政变"发生一千三百年后，上官婉儿墓被抢救性发掘。

她的墓在咸阳市渭城区北杜镇邓村北，距离长安城的遗址大约二十五公里的地方。

现场发现了一些骨骼的碎片，一度被认为可能是上官婉儿的遗骨。

有参与发掘的学者发布了一些照片，并激动地写下了一句话：

> 站在墓穴里凝望上官婉儿的骨骼，浑身发抖，激动。想蹲下去抚摸一下，又作罢了。

这种悸动的感觉，正像后来她的粉丝、中唐诗人吕温所说的一样：

> 昭容题处犹分明，令人惆怅难为情。

然而经过鉴定，让人失望，那些零碎的骨骼不过是牛骨。并且她的墓疑似被人大规模地毁坏过，墓中没有发现棺椁，真正的上官婉儿已经寻觅无踪。

也许这个女子注定了要永远被传奇的光环笼罩，了无痕迹，不给后人再多凭依。

墓中发现的最有价值的文物，就是上官婉儿的墓志，其中有一段记载，耐人寻味：

> 太平公主哀伤，赙赠绢五百匹，遣使吊祭，词旨绸缪。

也就是说，在政治生涯的最后阶段，她真正的盟友原来是太平公主。

当婉儿在流血政变中殒命之后，太平公主表达了哀伤之情，还凭借自己的影响力，悖逆了李隆基一系的意愿，让上官婉儿仍然得以高规格入葬，在墓志中依然被尊为"上官昭容"。

然而短短三年后，李隆基又发动政变，杀死了太平公主，铲平了太平公主丈夫武攸暨的坟墓。上官婉儿再也无法受到庇护了，于是对她的评价又从"上官昭容"变成了"奸佞"，坟墓也应该是此时被毁坏，乃至棺椁无存。

我们今天去读关于上官婉儿的史料，会发现她总被划为韦皇后一党，称其混乱朝纲，并且还杂有大量似乎是刻意提及的关于她私生活放荡的记录，比如说她私通张昌宗、武三思，并且拥有外宅，情人众多，等等。

完全存在这样一种可能，这些记录里，掺杂进了大量李隆基及其派系的意志。历史总是由胜利者书写的。而上官婉儿既然死于其手,当然就必须是奸佞。把她和已经被铲除的韦皇后等捆绑起来,打包成一个"韦、武、上官团伙",是古代历史表达中一种并不鲜见的操作。

至于用私生活来诋毁女子,本来就是史书中的常事。只要不是最终的、完全的胜利者,没有哪一人可以逃过。武则天、韦皇后、上官婉儿等莫不如此。

一千多年后,随着时代的变迁,史书上那些真也好、假也罢的黑点其实不重要了。经常浮现在我心头的,倒是太平公主对上官婉儿的哀悼之词。那是一个传奇女性对同时代另一个传奇女性的怀念:

> 潇湘水断,宛委山倾。
> 珠沉圆折,玉碎连城。
> 甫瞻松槚(jiǎ),静听坟茔。
> 千年万岁,椒花颂声。

注释

〔1〕 此时上官婉儿为婕妤,后才为昭容。《资治通鉴》卷二百九:"(景龙二年十一月)以婕妤上官氏为昭容。"

〔2〕 修文馆的名字几经更改。《旧唐书·舆服志》:"武德初(618),置修文馆,后改为弘文馆。后避太子讳,改曰昭文馆。开元七年(719)复为弘文馆,隶门下省。"另,《唐六典》卷八:"武德初,置修文馆;武德末(626),改为弘文馆。神龙元年(705),避孝敬皇帝讳,改为昭文。神龙二年(706),又改为修文。"因为这里是神龙年间的事,所以称为修文馆。

〔3〕 王卢生注译有《大唐才女上官婉儿诗集》。他在文章《上官婉儿或曾为诗坛领袖》中引张说《唐昭容上官氏文集序》:"岂惟圣后之好文,亦云奥主之协赞者也。"这里的"奥主"指上官婉儿,上官婉儿很可能亦是诗坛领袖。

〔4〕 婉儿母亲做梦的内容,在记载中是逐步被人修改演进的。起初说法是"称量天下",似乎是操持权柄。但后来逐渐变为"称量天下才",仅仅是文学裁判了。

〔5〕 《新唐书》列传第六:"义阳、宣城二公主以母故幽掖廷,四十不嫁,弘闻眙恻,建请下降。"这里说两个公主到四十岁还没嫁,事实上应该是不可能的。因为当时她们的父亲高宗也才四十多岁。所以本文中只称很大年龄还没出嫁。

〔6〕 上官婉儿墓志:"年十三为才人。"按今天论虚岁是十四。

〔7〕 《景龙文馆记》:"十一月,以婕妤上官氏为昭容。"唐代后妃品级,皇后

之下通常有四夫人：贵妃、淑妃、德妃、贤妃；再下有九嫔：昭仪、昭容、昭媛、修仪、修容、修媛、充仪、充容、充媛。昭容为正二品。

〔8〕《十月诞辰内殿宴群臣效柏梁体联句》有上官婉儿句："远惭班左愧游陪。"

纸上香多蠹不成

一

开元初年（713），在婉儿逝世才三年后，据说李隆基忽然下了一道很特别的命令：

收集上官婉儿的诗文。

据记载，这些诗文共编了二十卷集子，可以想象内容十分丰富。

不但编集，根据一些史料的说法，李隆基还大度地提出，找一个能写的大笔杆子，给婉儿的集子作序。承担了这项任务的是当时的文豪张说。

这一件事，往往被后人当作美谈。世人纷纷说李隆基是"杀其人而怜其才"，好一个政治家，拎得清。

但仔细想来，这个说法其实很有点诡异。

李隆基和上官婉儿是政敌，当时才杀死婉儿还没多久。

而且在所谓给婉儿编集子的开元初年时，李隆基又刚刚发动了一场残酷的政变，杀了婉儿的盟友太平公主满门（仅一个儿子幸免）。不但如此，李隆基还毁了太平公主丈夫武攸暨的墓，连公主已经死了多年的前任丈夫薛绍都被挖出来鞭打。上官婉儿的墓也应是在这一次连带被毁。

宫廷斗争，你死我活，胜利者一定要丑化和污蔑失败者，绝不允许其有任何正名、翻身的机会，毁墓就是明证。那么为什么在这个节骨眼上还给敌人编集子？

在张说受命写的序言里，甚至还对上官婉儿大加褒奖。李隆基岂能容忍？

有人把这些都解释为李隆基爱才。这是一个很天真的说法。

事实上，我们只要真正用心读一读张说留下的序言《唐昭容上官氏文集序》，就不难发现真相。序言末尾写道：

> 镇国太平公主，道高帝妹，才重天人，昔尝共游东壁，同宴北渚，倏来忽往，物在人亡。……上闻天子，求椒掖之故事；有命史臣，叙兰台之新集。凡若干卷，列之如左。

这段话的意思用白话讲就是：太平公主，是上官婉儿的好闺蜜。她心疼婉儿之死，启奏天子睿宗，给婉儿编了文集。

白纸黑字，清清楚楚。真相就是那么简单，是太平公主打的报告，向自己的皇帝哥哥唐睿宗申请给婉儿编的文集。[1]哪有李隆基什么事？

二

搞清楚了婉儿的诗集到底是谁编的，接着来说一下这二十卷诗集。

这也是一个让人叹惋的故事。

上官婉儿不但能评判诗歌，自己也是极有诗才，否则也不可能当时号称"女中沈宋"。

然而她的二十卷诗集在宋代就已经失传。[2]今天我们只能读到她的三十二首遗诗，这不能不说是一件很可惜的事。

即便是这三十二首诗，还并不都是精品，绝大多数都是一些宫廷里的奉命应酬之作。

这种诗专门有个名字，叫作"应制诗"。大家留意这个名称，之后我们还会不时提到。它就是奉君王的要求所写的场面诗、工作诗。

每一个在宫廷供职的诗人，都少不得要写这种诗。这是基本功。之前讲的宋之问、沈佺期，后来会说到的李白、王维都免不了要交这种作业。

可想而知，既然是"作业"，就免不了套话连篇，甚至是陈词滥调。主题也一般就是涂脂抹粉、歌功颂德。

那么，在这些应制诗里，还能看出来上官婉儿的才情吗？答案是能。

我们来看一首《奉和圣制立春日侍宴内殿出翦彩花应制》。

题目比较长，似乎也很拗口，但读者不必退缩，我慢慢来讲。

景龙二年（708），立春那天，唐中宗在宫中举办迎春宴会，邀请文馆学士们参加。现场还有一种华丽的装饰品，叫作彩花树，应当是用手工剪的彩花装饰成的树。大家都以彩花作为题目，现场写诗交作业。

一场"彩花诗歌大赛"就此正式展开。参加的人员有上官婉儿、宋之问、沈佺期、李峤等等，可谓高手如云。

实际上这是一个宫廷保留节目，立春的时候往往都要办。我们看到至少景龙四年（710）立春也有彩花树，也举办了类似的"诗歌大赛"。

注意，彩花不好写，因为它是假花，人剪出来的，没有生命，没有芬芳。而作为应制诗，你不能说坏，只能说好，必须对它予以褒扬和赞颂，主题还必须吉祥喜庆，这属于是要"平地抠饼"，非常考验才思。

这一天，我觉得宋之问的诗当得第二名：

> 金阁妆新杏，琼筵弄绮梅。
> 人间都未识，天上忽先开。
> 蝶绕香丝住，蜂怜艳粉回。

> 今年春色早，应为剪刀催。
>
> ——《奉和立春日侍宴内出剪彩花应制》

这首诗立意颇为新奇，足可见宋之问作为平地抠饼专业户的功夫。"人间都未识，天上忽先开"，轻描淡写而出奇语，明着写彩花，实际上颂扬了宫廷，乃是天上的宫阙。那么中宗和韦皇后自然就是玉皇和王母了。

结尾"今年春色早，应为剪刀催"，紧紧扣住了剪彩花主题，寓意也很吉祥，给全诗带来了一种和煦吉庆之气，这剪刀裁出的彩花让春天都早来了，显得喜庆充盈。

应制诗写成这样，应该是很不容易了。如果不是下面上官婉儿的这一首，宋之问该当夺魁的。中宗皇帝很有可能会命令宋之问把彩花戴在头上，作为嘉奖。[3]

然而上官婉儿的作品，却还在这一首之上：

> 密叶因裁吐，新花逐翦舒。
> 攀条虽不谬，摘蕊讵知虚。
> 春至由来发，秋还未肯疏。
> 借问桃将李，相乱欲何如。
>
> ——《奉和圣制立春日侍宴内殿出翦彩花应制》

这些年里，宫廷赛诗，似乎还没有人击败过宋之问的。东方虬败了，沈佺期也败了。

然而这一次上官婉儿亲自下场，让宋之问吃到了人生仅有的几次败仗之一。婉儿的诗，从立意、构思、余味上，都要压过宋之问的诗一线。

这就涉及一个问题：如何欣赏一首应制诗？

三

一般来说，评判应制诗的优劣，有三个很简单的标准：

第一个标准最简单，措辞要清奇。换句话说，要有高级感。

应制诗是特别容易出陈词和俗套的，什么飞花碧树、丹桂飘香、金阁琼筵、圣藻圣寿、仙袂仙歌、春满长安、春满洛阳等等。

越是会写的，就越要避免陈词和俗套。

来看一个反面的案例。

《红楼梦》里，元春贵妃归省大观园，家里的姑娘们也得写诗交作业，便是作应制诗。贾宝玉的嫂子李纨不太会写诗，又不能不写，勉强拼凑了几句，就不太好。看她的句子：

秀水明山抱复回，风流文采胜蓬莱。

提笔就是"秀水明山""风流文采",都是俗套。"胜蓬莱"又是俗套,实在是比无可比,就只好"胜蓬莱"。用黛玉的一句话说,这样的诗要一千首也有。

回头看上官婉儿交的作业,措辞都十分新奇,句句都是说花,但绝无俗套,避开了一切此前所说的飞花碧树、金殿飘香、天上人间等字样。

第二个标准,是观察要细致。

不会写作文的人,首先必定有一个特点,就是不会观察。

同样举大观园里的糟糕的应制诗作为例子。比如探春的,也不好:

> 名园筑出势巍巍,奉命何惭学浅微。
> 精妙一时言不出,果然万物生光辉。

这就是没有观察,没有去仔细发现、体验大观园,所以写无可写,只好说"精妙一时言不出",不是言不出,实在是没什么可言的,最后用一句"果然万物生光辉"糊弄过去。

对比林黛玉的就不一样:

> 杏帘招客饮,在望有山庄。
> 菱荇鹅儿水,桑榆燕子梁。

一畦春韭绿，十里稻花香。

盛世无饥馁，何须耕织忙。

"菱荇鹅儿水，桑榆燕子梁"，景物就活泼细致，这就是观察的结果，而李纨、探春就没有看见这些。

愈是好的写作者，往往观察愈发细致，别人眼里的平凡之物，他却能看出不一样的景致来。比如李白：

人烟寒橘柚，秋色老梧桐。

这就是细致的观察。

温庭筠则是：

鸡声茅店月，人迹板桥霜。

茅店里的鸡鸣，还有木桥上行人的足迹，都是再常见不过的，谁没有看见听见过呢？然而大多数人却都不经意地忽略了。唯独温庭筠细致地观察到了，写成了动人的句子。

再说上官婉儿的诗。她吟咏的对象，是手剪的彩花，你看婉儿笔下的细致："新花逐翦舒"，在这里"翦"就是"剪"，她用一个"逐"字、一个"舒"字，使你看见的仿佛是一张活泼的动图，写出了花瓣惊喜诞生的过程。随着剪刀的寸寸前进,彩帛变成的花朵争先恐后地舒张开来,工匠的妙手生花,剪刀的无中生有,花瓣的争先绽放,都写得很传神,显得生机勃勃。

而相比之下,宋之问的诗虽然也好,但仍然缺乏对彩花的细致的观察和刻画,少了一点生动。

评判应制诗的最后一点,就是立意。

同样都是歌功颂德、涂脂抹粉,但高手下笔,立意总能更加新奇,与众不同。

婉儿赞颂彩花,极见巧思。她先抓了彩花的两个特点:一是逼真,二是不会凋谢。

先说彩花的逼真:

> 攀条虽不谬,摘蕊讵知虚。

"讵"是反问,是"哪里"的意思。诗句的意思是:不要怪人去攀折枝条,摘下花蕊,因为花太逼真了,他们又哪会知道这是假花呢?

这里用"讵",比用"怎"之类的字眼更雅致,就是我之前说的高级感。

然后又说彩花能够持久,不因四季更替而衰败:

春至由来发，秋还未肯疏。

应制诗里都要见吉语，就是吉祥话儿。这里便是吉语，说鲜花不疏不败，寓意着美好的时光永如今日，长久不败。

最后，则是一个无比巧妙的提问：

借问桃将李，相乱欲何如。

上官婉儿说：我想问一下桃花和李花，如今这彩花乱入了你们的队伍，它如此明媚鲜艳，而且永不衰败，请问你们桃李又待如何呢？

写彩花，而居然发问桃李，何等的巧思。这一问，显得骄傲又有趣，灵动又狡黠，撇开俗套何止千里之外。

而一个"乱"字，又不经意地让人想象彩花和桃李缤纷交错，争奇斗艳，更是巧妙。

最好的应制诗，有时候能写得超越了应制诗。

上官婉儿这首诗，读到后来，总觉得余味无穷，似乎她已经不是在交作业了，而是有所寄托。

彩花是说谁？桃李又是说谁？

这骄傲的、矜贵的、明艳持久的彩花，又是不是她的自况？她作为一介女子，打破常规，独掌文翰多年，和满朝的桃李斗艳，是不是也很像一枝彩花？

面对大唐满朝的公卿，诗人自己是不是也有底气问一声："借问桃将李，相乱欲何如。"

甚至，后人还对上官婉儿这首诗加了许多附会的东西。

有人就言之凿凿地说，这是婉儿十四岁巴结武则天的作品，说武则天带婉儿游园，婉儿看见园中真花，想象到了假花，写了这样一首诗。"借问桃将李，相乱欲何如。"是在给武则天造势，称武则天以女儿之身执掌天下，是以彩花而乱桃李，开自古未有的局面。

这种解读当然是错的，是后人不了解这首诗的创作过程，才产生了臆想和附会。实际上这首诗作于景龙二年（708），武则天已在三年前死去，早就是过去式了。

然而，这些附会的存在，恰恰说明这首诗写得好。正是因为它的巧妙、蕴藉、余味悠长，才给了人们无穷的想象和解读的空间。

倘若是"风流文采胜蓬莱"，那就没有什么人去附会了。

四

遗憾的是，在这些巧妙包装、精致加工的应制诗里，上官婉儿几乎总是要做一件事——把自己藏起来。

翻遍她留下来的三十二首诗，往往只能看见"岁岁年年常扈跸，长长久久乐升平"的堂皇面子话，我们几乎看不出上官婉儿在写诗那一刻的真正心情,她是愉快、欣悦,还是压抑、悲伤。

她不能在这些诗里表达自己的心事,就像宋之问、沈佺期们也不能在这些诗里表达心事一样。所谓"诗言志",但在这一类命题作品里,是没有"言志"的权限和空间的,哪怕是高居二品的昭容也不行,只能代君王来言志。

唯独有一次例外。

在某一个秋天的夜晚,在月华将要落下,而曙色又还没来临的时刻,她终于放下了掩饰,把自己的心情留在了一首诗里:

> 叶下洞庭初,思君万里馀。
> 露浓香被冷,月落锦屏虚。
> 欲奏江南曲,贪封蓟北书。
> 书中无别意,惟怅久离居。
>
> ——《彩书怨》

她在不可抑制地思念一个人。

"叶下洞庭初,思君万里馀",这是来自屈原说的,"袅袅兮秋风,洞庭波兮木叶下"。

体面、从容、笃定,已经成了上官婉儿写诗的习惯了。所以哪怕在思念最浓烈的时候,她的诗的笃定、从容仍然在,咫尺之间,都是从洞庭到蓟北的万里的辽阔。

她思念的那个人,也许是真实的,也许是她虚构的想象。但是那种深宫里的孤寂,我相信是真的。

她表达情绪的时候依然十分克制,没有半分类似"兰闺艳妾动春情"[4]这样的句子,只用"欲奏""贪封"来克制地透露心事而已,但是反而更让你觉得相思入骨,惊心动魄。

她还说到了一个细节,"露浓香被冷"——被子很冷。

在上官婉儿存世的诗里,这首诗是唯一一次打开心窗,让人窥见了心事。她说自己很冷。周围的一切事物再锦绣、富丽,哪怕是铺着香被,陈设着华丽的锦屏,也冲抵不了这种寒冷。

说到这首诗,不禁想起一件小事。有一次出差,乘车赶路,随手翻了当代女诗人余秀华的一本诗集,忽然读到这么一句:

天亮了,被子还是冷的。

脑海里瞬时就浮现出上官婉儿的"露浓香被冷"来。

她们都说到了一个细节,被子很冷。两位不同时代的女性诗人,一个在幽深的皇宫,一个在平凡的农村,她们的成长经历也截然不同,然而隔着一千三百多年的时间,两人都不约而同地感叹同一件事:被子很冷。

一千多年的光阴里,许多事物都变了,但是人心始终是不变的。

上官婉儿去世后,她的一些遗物,后来偶尔也有出现。

《唐诗纪事》里便记载了这么一件事:

唐德宗贞元十四年(798),在上官婉儿去世近九十年后,有一个叫崔仁亮的人在洛阳南市逛书肆,买到了一卷《研神记》旧书,发现书缝处居然有上官婉儿当年的题款。

书曾经被很好地香熏过,一直没有生虫,婉儿的笔迹仍然清晰可辨。

崔仁亮又惊又喜,连忙拿给朋友看。有一个朋友,就是后来的大臣、诗人吕温,当时还是个年轻小伙子,也是上官婉儿的粉丝。看到书上女神的字迹,他百感交集,惆怅不已,写下了一首长诗,是这样结尾的:

> 君不见洛阳南市卖书肆,
> 有人买得研神记。
> 纸上香多蠹不成,
> 昭容题处犹分明,
> 令人惆怅难为情。

吕温惆怅难为情,而今天的我们重读上官婉儿的诗文和故事,也觉得惆怅难为情。

注释

〔1〕 学者郑雅如《重探上官婉儿的死亡、平反与当代评价》是一篇很值得重视的文章。文中称:"宋人编纂之《新唐书》……未发觉玄宗下令编集说的错误。千百年来,玄宗坚持斩杀婉儿,却又编修婉儿文集,成为后世所认知的基本'史实'。"另,陈祖言先生编的《张说年谱》也将张说撰写婉儿文集序言的时间定为睿宗朝的景云二年(711),可见此事非是所谓李隆基授意。

〔2〕 郑雅如《重探上官婉儿的死亡、平反与当代评价》:"《宋史·艺文志》及宋代几本重要的目录书如《崇文总目》、《郡斋读书志》、《直斋书录解题》等皆未见《上官昭容集》,可能宋代便已亡佚。"

〔3〕 《景龙文馆记》载,景龙四年(710)又组织立春咏彩花树活动,武平一夺魁。中宗令赐武平一彩花一枝,所赐学士花并令戴在头上。平一得了两枝花,"左右交插",得意洋洋。旁边崔日用借着酒劲来抢,故意耍宝谑闹,博中宗一笑。

〔4〕 唐长孙皇后《春游曲》。因为诗句坦率露骨,和皇后的身份不合,陈尚君《唐女诗人甄辨》怀疑是伪作。

何如人间作让皇

宫门喋血千秋恨,何如人间作让皇。

——何亮基

一

看了前面的几章,我们大约都会产生一种共同的感受,和诗歌相比,宫廷斗争真的很残酷。

从神龙元年(705)到先天二年(713),不到十年之间,就连续发生了神龙之变、景龙之变、唐隆之变、先天之变,一位位皇帝、皇后、嫔妃、太子、公主、王爷、宰相排队送了人头。还有上官婉儿、宋之问等明明极有天赋的诗人,也都在权力场里埋葬了自己的生命和才华。

然而,在这个人人都极难逃避的残酷游戏里,也有这么一个特殊的幸运儿,就是本文的主人公。

他有过觊觎最高权力的机会，或者说是表面上的机会，然而他却公开表示：

我对权力没有兴趣，对当皇帝没有兴趣。如果可以的话，请让我做一个音乐家，以及一个文艺界的赞助人吧！

这个人就是唐玄宗李隆基的长兄——宁王李宪。

政治，太不好玩了。他反复重申，我宁愿和音乐家、诗人们混在一起。

李宪身边的亲人，多是一群政治动物，包括奶奶武则天、姑姑太平公主、伯母韦皇后、弟弟李隆基等，全是一伙嗜权力如命的政治家。可是李宪却把全部的身心都投入到了另一项事业里，那便是搞文艺。

在人类历史上，有一种王公贵族，他们因为沉湎艺术，往往去赞助诗人、艺术家，帮助他们搞艺术创作。这一类人被叫作"赞助人"。

最广为人知的比如意大利佛罗伦萨的美第奇家族。这一家族是文艺复兴的重要的推手，资助了大量的诗人、画家、雕塑家、建筑师。其中的洛伦佐·德·美第奇外号"华丽公爵"，此公就是一名著名的赞助人，曾经支持过米开朗基罗、波提切利、达·芬奇、拉斐尔等巨匠。

而在唐代，宁王李宪就有那么一点像"华丽公爵"，准确地说应该叫"华丽亲王"，李白、王维、李龟年等都是他的座上宾。

他的家族，也很有那么一点点"美第奇"的意思。

他有个弟弟，大名鼎鼎的岐王李范，也就是杜甫说"岐王宅里寻常见"的那位岐王，是当时京城诗人圈子里的头头，经常召集诗人们集会、搞创作。

李宪的长子也是一个有名的文艺王公——汝阳王李琎。此人和诗人们的关系也非常好，常聚在一起喝酒，与大诗人贺知章、李白、书法家张旭等共同名列"饮中八仙"。

李宪的第六子汉中王李瑀也是一个热爱文艺的，既懂音乐，又擅诗歌。李瑀在蜀地工作的时候，曾经搞起了一个大型文学沙龙，杜甫、高适等诗人都是常客。

上述这些王公，都是大大小小的"美第奇"家族成员，是诗歌在当时能够大热的推手之一。而他们的精神领袖、家族的"美第奇大公"，就是本文的主人公，宁王李宪。

二

李宪本来有个挺上进的名字，叫作李成器。

后来因为避唐玄宗生母昭成皇后的尊号，不能成器了，改名李宪。

他本来不应该去做什么"艺术赞助人"的。论身份，他是唐睿宗李旦的嫡长子，是李隆基的长兄。睿宗即位后，他本来就该做太子，准备接班的。

而事实上他也确实做过太子。

早在文明元年（684），李宪才五岁时，他的父亲李旦就曾短暂地当了一段时间的皇帝，五岁的李宪也就顺理成章地当了皇太子。

可惜彼时真正的掌权人是奶奶武则天。不久，武则天自己做了皇帝了，李旦从皇帝降格成了皇太子，而李宪则从皇太子变成了皇孙。

这一套让人目瞪口呆的操作，也不知各位看明白了没有。简单概括一下，就是原来爸爸是皇帝，自己是皇太子。忽然奶奶当皇帝了，爸爸只得降级成皇太子，自己则变成皇孙了。

也许就是因为这一奇特的经历，让李宪看透了权力游戏的荒诞，也看透了人生的虚无。

后来，唐朝又经历了几次流血政变。至710年，"唐隆政变"发生，父亲李旦在事先不知情的情况下，稀里糊涂地再次被拥立为帝。[1]

李宪也蒙了。他觉得有点乱，需要捋一捋。捋了半天，他反应过来：

我岂不是又要当皇太子了？

这一次，他坚决不来了，而是果断让位给势力更强的三弟李隆基。

据说让位的过程十分感人。李宪坚决表示，三弟功劳大、能力强，无论星座还是血型都更适合做储君。李隆基则反复推辞。最后定下来是老三李隆基做储君，同时也给老大李宪安排了工作，让他做雍州牧、扬州大都督、太子太师，另外再实封二千户，赐绸五千段、细马二十匹、奴婢十房、大房子一座、良田三十顷。

这等于是接受了李宪让出储君之位，并给予他崇高的政治待遇和丰厚的物质补偿。

李宪的这一让，可说避免了又一次的手足相残。当时的情形，其实和早先李世民发动"玄武门之变"前的形势非常像，嫡长子李建成是名义上的接班人，然而二弟李世民功劳大、势力强，做父亲的李渊又没有掌控能力。最后在玄武门，弟弟杀了哥哥，得了皇位。

李宪不想再重复玄武门的故事，他看透了，果断让位。

李隆基的反应十分热情，立刻回家做了一床大被子、一只大枕头，说我要和好哥哥一起睡觉。别笑，这是真事，《旧唐书》载："玄宗尝制一大被长枕，将与成器（李宪）等共申友悌之好……"

当爹的睿宗听了非常高兴，"知而大悦"，连连赏叹：希望你们可以这样睡一辈子。

三

没有了争权夺利的烦恼,李宪可以开心地去搞艺术了。

他很喜欢玩音乐,尤其爱吹笛子。后来诗人张祜就说:"梨花静院无人处,闲把宁王玉笛吹。"宁王就是李宪了。

对于哥哥去搞音乐,唐玄宗李隆基的态度是:玩,尽管玩,想怎么玩怎么玩。如果一个人觉得不好玩,朕和杨贵妃陪你玩。

宋代的小说《杨太真外传》甚至写了这样一个场面,李宪和李隆基、杨贵妃等人一起搞了支乐队,在清元殿演奏。李隆基是鼓手,击羯鼓;杨玉环是贝斯,奏琵琶;李宪吹笛子;还有李龟年、贺怀智、马仙期、张野狐几个音乐家演奏拍板、方响、筚篥、箜篌,七人乐队,好不热闹。

除了搞音乐之外,李宪还有一个爱好,就是召集诗人聚会。

李宪在结交外人方面是非常小心的,从来不去勾搭内臣大将,更不拉帮结派搞山头,而是常和一帮人畜无害的诗人混在一起,举行诗歌沙龙,喝酒、听曲、看美人。

后来李白曾经在宫里工作过一段时间,所谓"待诏翰林"。那段时间里,李白就常常上班摸鱼,跑到李宪家喝酒。

有一次,玄宗召李白写诗,没想到李白已经在李宪处喝得大醉,几乎站不起来了。玄宗只得命令两个内臣扶着李白,研好墨、濡好笔递给他:现在总能写一首了吧?

李白瞪眼：一首怎么行？喝了宁王的酒，我要来十首！于是便有了著名的组诗《宫中行乐词》十首。[2]

目前组诗仅余八首，其中有一首便是：

> 柳色黄金嫩，梨花白雪香。
> 玉楼巢翡翠，金殿锁鸳鸯。
> 选妓随雕辇，征歌出洞房。
> 宫中谁第一，飞燕在昭阳。

李宪不只和李白有交集，和另一位大诗人王维也很熟络。王维还写诗调侃和讽刺过他。

李宪平时的生活是很奢靡的，当然这也是因为李隆基有意的纵容。他有几十个美丽的宠妓，仍不知足，还要去占别人的妻子。他的府邸左边有一个卖饼的，妻子长得白净美丽，李宪就花重礼把这位女子给占了，宠幸非常。

过了一年，他也不知道怎么心血来潮，问那女子：你还想念饼哥吗？

这真是一个非常难回答的问题。答想念，没准就触怒了这位王爷；答不想念，又显得自己贪慕荣华而忘旧情。女子只好默然不答。李宪又把卖饼人唤来，让两口子当众相见。女子注视着丈夫，眼泪直流，显然旧情难断。

当时在场的有十多名诗人，见到此景都深感同情，其中就包括王维。他为此便专门写了一首诗，题为《息夫人》：

莫以今时宠，宁忘昔日恩。
看花满眼泪，不共楚王言。

诗中说的这位息夫人，乃是春秋时候的美女，嫁给了当时息国的国君。后来楚国灭了息国，抢走了息夫人，还故意侮辱性地派息国国君守城门。息夫人给楚王生了两个儿子，却始终不说一句话，以示抗拒，保留了一份残余的尊严。

王维说"看花满眼泪，不共楚王言"，就是用的息夫人不和楚王说话的典故，也是顺便讽刺了一把宁王李宪：瞧你这个"楚王"干的好事。

李宪大概也是读到了这首诗的。他让女子回家和饼师团聚了，表示不再拆散你们小两口。王维的诗，他也只置之一笑。从此事看来，李宪还是颇有容人之量。

"美第奇"不是一个人可以建成的。李宪这个"美第奇"也生出了小的"美第奇"，这其中就包括他的长子汝阳王李琎。

介绍一下唐朝的封爵制度。唐朝的宗室封王，通常来说一个字的是亲王，这是第一等的王，由皇兄弟、皇子担任，比如宁王、岐王、庆王等等；亲王的孩子倘若封王，则是次一等的嗣王、郡王，通常是两个字的，比如汝阳王、汉中王。李宪的长子李琎就是汝阳王。

李琎长得十分帅气，据说是"姿质明莹，肌发光细"，唐玄宗很喜欢这个侄儿，称他为"花奴"，还很爱听他击鼓。

杜甫后来赞美李琎的长相，曾回忆说：

> 汝阳让帝子，眉宇真天人。
> 虬须似太宗，色映塞外春。

就是说汝阳王李琎模样不但帅，而且还有一股非凡之气，胡子长得很像唐太宗。

这个比喻用我们今天人的眼光看是有点问题的。李琎的身份可以说很敏感，他是唐睿宗的嫡长孙。倘若不是叔叔李隆基上了位，他本来是有份做皇帝的。杜甫把这样一个宗室说成是"真天人"，更称其长得像唐太宗，按理说不是很稳妥。倘若放到明清，这句诗多半要出大问题。

从这里也能看出唐朝的风气比较宽容和开放，虽然宫廷倾轧绝不留情，但是对于诗歌文字之类则并不大深究，像太宗就像太宗好了，说后代像祖宗，不奇怪，不代表别有用心。

这位很像太宗的李琎也常和贺知章、李白等在一起喝酒作乐。杜甫写过一首诗，把他列为"饮中八仙"，称他是当代八大酒鬼之一：

汝阳三斗始朝天，
道逢麹(qū)车口流涎，
恨不移封向酒泉。

就是说这个汝阳王李琎要先喝三斗酒才朝见天子，路上碰见酒车都要流哈喇子。为了喝酒，此公只恨自己不能把封地移到酒泉去。

李琎之所以形成这样玩世不恭的风格，也是受了老子李宪的影响。他和老子的兴趣简直一脉相承。李宪爱玩音乐，喜欢吹玉笛，李琎也玩音乐，喜欢击羯鼓；李宪喜欢和诗人们一起聚会酣饮，李琎也是如此。

这是他们的爱好，也是他们存身避祸的方式，可以减少唐玄宗的猜忌。毕竟，一个和诗人、音乐人天天聚会，整日泡在酒缸里的宗室，能有多大的野心呢？

四

李宪的种种表现，赢得了弟弟李隆基的信任。李隆基对这位兄长可说一直不错。

为了表示兄弟情深，绝无猜疑，李隆基特意建了一座楼，题曰"花萼相辉",作为和李宪等兄弟们宴乐的场所。

"花萼相辉"的意思,取自《诗经·小雅》中的句子"常棣之华,鄂不铧铧。凡今之人,莫如兄弟",是专门讲兄弟之间的情谊的。诗里还有一句著名的话"兄弟阋于墙,外御其务",意思是说兄弟们虽然在家里吵架,但是仍然会一致对外。

李隆基标榜"花萼相辉",就是标榜要和李宪等兄弟们像"花"和"萼"一样互相厮守,不能分离。

他也处处表现对李宪的尊重。每逢李宪生日,李隆基一定亲自登门庆贺,平时动不动就让人给李宪送美酒美馔。四方的进献之物,只要李隆基尝了不错的,就让人送给李宪吃。

天宝元年(742),六十三岁的李宪病逝。闻讯后,李隆基"号叫失声,左右皆掩涕"。随即,李隆基下诏追谥李宪为"让皇帝",以帝王之礼安葬。

从这个"让皇帝"之封,也看得出李隆基性情的一面。

李宪的长子李琎赶紧上表推辞,表示不敢僭越,被驳回。册封的时候,内廷出了一副御衣,隆重致礼。李隆基特意手写一书,让右监门大将军高力士放在李宪的灵座前,手书里不自称帝号,而仅仅称"隆基白",以表示尊崇。

在这份手书中,李隆基对李宪的称呼十分简单,就是两个字:大哥。书中说"大哥孝友,近古莫俦",高度赞扬李宪的仁义友爱,其中还专门提到当年让位的事情,"大哥嫡长,合当储贰,以功见让，爱在薄躬"，所以册封为"让皇帝"，以表彰大哥的功勋和德行。

到了出殡那天，天降大雨，道路一片泥泞。李隆基特意派了自己的长子庆王李琮[3]在泥泞中步行了十多里送行。李宪的陵墓也是按照一个准帝王的规格修建的，被称为"惠陵"。

李宪顺遂的人生结局，让后人很是羡慕和赞赏，觉得他有智慧，能够审时度势，很懂得进退。《旧唐书》就说他是"亢龙有悔"，韬光养晦，为自己和子孙保住了一份富贵平安。

尤其形成鲜明对比的是，他的许多亲属都在权力斗争中惨遭横死。他的堂兄弟李重俊是发动政变失败被杀的。还有一个堂兄弟李重茂是废帝，年纪轻轻就稀里糊涂地死去。伯父李显疑似被毒死。伯母韦皇后和堂妹安乐公主被屠戮满门。姑姑太平公主也是一家被杀，七个子女被戮，只有唯一一个儿子幸存。

相比之下，李宪的这一份平安而又闲适的人生才更显得稀有。

后来，清朝有个叫何亮基的人，在去了李宪的惠陵游玩后，写了一首《游惠陵》，发出了这样的感叹：

丰山遥望柏苍苍，惠陵高冢辇路旁。
宫门喋血千秋恨，何如人间作让皇。

这首诗也成了后人们提到李宪时被引得最多的一句评价。

最后再说回唐诗。

我把宁王李宪和他的家族称为"美第奇",说他们是文化和音乐的"赞助人",这只是一个比方。

他们对唐诗的贡献,不能太过于夸大。他们没有专门去做什么系统的繁荣诗歌的工作,没有类似于萧统编《文选》那样的大功绩。

没有他们的酒和宴会,也许李白还是李白,王维还是王维。

然而,他们确实也对繁荣唐诗起了一定的作用。他们的存在,的确给了诗人们一个小小的温室、庇护所,给了他们更多的挥洒性情的空间。李白、张旭等人都是草根,他们的个性之所以能那么舒展、狂放,肯定和当时的环境有关系。而李宪、李璡等这些王公就是最重要的"环境"之一。

并且,在李宪等人的沙龙里,创作的风气确实比较宽松,才使得类似《息夫人》这样的"打脸诗"可以诞生。否则王维只能装哑巴了,哪里还管得了什么息夫人。

后人没有忘记他们对诗歌的"微小的"贡献。李宪、李璡等和诗人之间的有趣故事,一直都被传为美谈。

注释

〔1〕《旧唐书·玄宗上》："或曰：'先启大王。'上曰：'我拯社稷之危，赴君父之急，事成福归于宗社，不成身死于忠孝，安可先请，忧怖大王乎！若请而从，是王与危事；请而不从，则吾计失矣。'"

〔2〕《本事诗》："（玄宗）尝因宫人行乐……遂命召白。时宁王邀白饮酒，已醉；既至，拜舞颓然。上知其薄声律，谓非所长，命为《宫中行乐》五言律诗十首。白顿首曰：'宁王赐臣酒，今已醉。倘陛下赐臣无畏，始可尽臣薄技。'上曰：'可。'既遣二内臣掖扶之，命研墨濡笔以授之。"但组诗目前只存八首。

〔3〕本名叫李嗣直，开元十三年（725）封庆王，改名李潭。开元二十三年（735）又改名李琮。

春江潮水连海平

嗟其才秀人微,故取湮当代。

——钟嵘

一

在之前的篇目里,或许有读者注意到,一位重要的诗人贺知章已经出场了。本文我们就从贺知章说起。

这一天,位于长安的大唐诗歌俱乐部里,来了四个人。

他们不客气地坐下,要茶要点心,高声谈论起了诗歌来。四个人说的都是吴地口音,叽叽呱呱,别人都听不懂。

管理人员拿着登记簿,赔笑而来:"四位,俱乐部得做个登记。请问你们都是诗人吗,有什么代表作品?"

坐在上首的那位一声朗笑:"'二月春风似剪刀',在下贺知章。请问够资格来俱乐部吗?"

管理人员大惊：原来是贺秘监，您的《咏柳》人人传诵，谁不知闻？可以来可以来。

第二人也随即放下茶盏，笑道："在下吴人张旭，请问可以来喝得一杯茶吗？"

管理人员连声不迭："久仰久仰，张长史草书天下驰名，喝什么茶，快拿酒来！"

第三个人微微笑道："在下包融。我有一封介绍信。"一边递上信笺。

管理人员接信一看，署名龙飞凤舞，乃是"张九龄"[1]，不禁失色：原来是我们常务副主席的手书，失敬失敬，有张副主席的信，那还有什么好说的！

前三个人都是来历非凡，要么有名头，要么有关系。唯独第四个人还没作声。

"我叫作张若虚。"他说，"我和这三位是一个组合。"

张若虚？没有听过。

"不知道您的职务是？"

"兖州兵曹。"

管理人员又是一呆，不大啊。

"请问您得过什么重大奖项吗？或者有什么'诗歌百人计划'的类似头衔吗？"

"都没有。"

"那么……不知您有什么代表作品吗？"

张若虚爽朗一笑："只有一首，叫《春江花月夜》。"

登记完毕，退下来之后，管理人员小声问同事："听过张若虚的《春江花月夜》吗？"

众人都摇头，表示没听过。大家又翻书来查，还是没有。"估计是个混混！"工作人员们小声说。

没错，在唐代，这一首诗的名声不响。

当时人编的诗选里，极少有收录这一首诗歌的。张若虚此人甚至连诗集都没有，[2] 后来传下来的诗歌只有寥寥两首。

别说唐代人不大知道他的《春江花月夜》，后来从五代直至宋、元、明初的人假如被问到张若虚这首诗，恐怕也是懵然无知。

张若虚也没有传记留下。他的生平故事，只能到贺知章的传记末尾才能找到一点点。我们今天对他的年龄、详细履历一无所知，只知道他是扬州人，曾经做过兖州兵曹。此外，他还和贺知章、张旭、包融一起被称为"吴中四士"。

同在一个文艺组合里，贺知章大名鼎鼎，张若虚却默默无闻。

直到到了明代，近八百年后，他的《春江花月夜》才终于被发现。人们惊叹：怎么还有这样美的一首乐府诗没被发现？然后纷纷开始传唱。

人们给了这首诗一个赞誉：孤篇横绝。后人又把它演绎成一句话：孤篇压全唐。

二

就像张若虚是一个谜一般,《春江花月夜》的创作,也是一个谜。

某天的一个夜晚,皎月当空的时候,他所乘的小舟来到了浩荡的长江边。

具体地点是哪里,今天的人也无法确定,不同的地方各执一词。

有说是湖南浏阳的。因为诗里提及了一个地名叫"青枫浦"。有人说,今天湖南浏阳恰好有一个青枫浦,所以是浏阳。而且诗里还提及潇湘,更说明可能是湖南。

也有说是扬子津渡口的,认为唐代的时候那里的地理形状很贴合张若虚的诗。持这一说的学者认为,张若虚从没跑到湖南去过,诗里所谓的碣石、潇湘等地名,不过是指代扬州商人经商的地方。

此外还有说是镇江焦山、江都大桥、扬州曲江、浙江富春江的。

除了地点之外,我们也不清楚张若虚此行的目的,是探访友人,还是在差旅途中。

总之那一晚,在潮水声中,一轮明月涌出来了。

人间亮了。不只是一处春江亮了,而是从江面到海面,那千万里的广阔水域,那亿万个此起彼伏的春潮,以及从东边的碣石到南边的潇湘的漫漫长路上,都像是同时通了电一样,尽数明亮起来了。

就像德国诗人斯托姆的《月光》说的:

> 现在整个的世界,全埋在月光之中。笼罩世界的安宁,是多么幸福无穷。

月光洒落,如同天女剪碎了她巨幅的白裙,抛向人间。它像雪一样飞在空中,又像霜一样撒落在花林里。月光吞没了一切,吞没了同色系的,也吞没了对色系的,洲渚上的白沙也看不见了,连候鸟都找不到驻足的地方了,发出惆怅的长鸣。

这一刻,天地间唯余一片溶溶银色,只剩下那一轮孤月,还有一条扁舟上的张若虚。猛地,一种强烈的感觉捶击在他胸口。

孤独啊。

他发出了离奇的幻想:假如此时此刻把时光加速,月下这个小小的我会转眼间朽灭吧。

还有那许多和我一同望月的人,那高楼里的玉人,远行中的旅客,也会一秒朽灭吧?

而那一轮明月,那潮水,那江天,是不是亘古如此?

张若虚感到,人,真是双重地渺小,在天地之中是渺小的,在时光之中也是渺小的。所以人也是双重地孤独,在这天地之中是孤独的,而在这永恒的时光之流里,又是何等地孤独!

李白后来就说过这种孤独:

> 夫天地者,万物之逆旅也;光阴者,百代之过客也。而浮生若梦,为欢几何?

曹雪芹后来也说过这种孤独:

> 试想林黛玉的花颜月貌,将来亦到无可寻觅之时,宁不心碎肠断!既黛玉终归无可寻觅之时,推之于他人,如宝钗、香菱、袭人等,亦可到无可寻觅之时矣。宝钗等终归无可寻觅之时,则自己又安在哉?且自身尚不知何在何往,则斯处、斯园、斯花、斯柳,又不知当属谁姓矣!——因此一而二,二而三,反复推求了去,真不知此时此际欲为何等蠢物,杳无所知,逃大造,出尘网,始可解释这段悲伤。

张若虚已经不知道站了多久。

月轮渐渐地西沉了,落下去了,从鸿雁的翅膀边落下去了,从扁舟上游子的头顶落下去了,从离人的妆镜台上落下去了,从邻女的捣衣砧上落下去了,从千千万万个同时望月的人心头落下去了，终于落到海上迷蒙的雾霭中去了。

而在这一个不眠之夜后，张若虚的笔下诞生了这首诗：

> 春江潮水连海平，海上明月共潮生。
> 滟滟随波千万里，何处春江无月明。
> 江流宛转绕芳甸，月照花林皆似霰。
> 空里流霜不觉飞，汀上白沙看不见。
> 江天一色无纤尘，皎皎空中孤月轮。
> 江畔何人初见月，江月何年初照人？
> 人生代代无穷已，江月年年只相似。
> 不知江月待何人，但见长江送流水。
> 白云一片去悠悠，青枫浦上不胜愁。
> 谁家今夜扁舟子，何处相思明月楼。
> 可怜楼上月徘徊，应照离人妆镜台。
> 玉户帘中卷不去，捣衣砧上拂还来。
> 此时相望不相闻，愿逐月华流照君。
> 鸿雁长飞光不度，鱼龙潜跃水成文。
> 昨夜闲潭梦落花，可怜春半不还家。
> 江水流春去欲尽，江潭落月复西斜。
> 斜月沉沉藏海雾，碣石潇湘无限路。
> 不知乘月几人归，落月摇情满江树。

我们这本书中很少全文引用长诗,之前的卢照邻的《长安古意》是一例,而张若虚的这首《春江花月夜》是另一例。

《春江花月夜》本来是乐府的旧题,相传是一百年前由陈后主创制的。这个题目,陈后主写过,隋炀帝写过,温庭筠也写过。

但是自从张若虚的这一首诗被人们郑重发现后,大家就淡忘了隋炀帝、温庭筠的同题作了,仿佛亘古以来只有一首"春江潮水连海平",这个诗题的代言人只能是一个张若虚。

三

人们用了许多溢美之词形容它。明末清初的王夫之称它:"动古今人心脾,灵愚共感。"闻一多则称它:"是诗中的诗,顶峰上的顶峰。"

在我看来,它是初唐之前一切吟诵月亮的诗的总的收束。

它是"月出皎兮,佼人僚兮";是"月明星稀,乌鹊南飞";是"明月照高楼,流光正徘徊";是"清露坠素辉,明月一何朗";是"美人迈兮音尘绝,隔千里兮共明月";是"明月皎皎照我床,星汉西流夜未央"。

它也是初唐之后千千万万的月的总的序章。它是"沧海月明珠有泪";是"烟笼寒水月笼沙";是"同来望月人何处,风景依稀似去年";是"但愿人长久,千里共婵娟";是"雁字回时,月满西楼"。

也有一些评论家不喜欢这首诗,比如叶嘉莹老师就是。她认为这种诗比较容易写,因为春江、花、月、夜,都是诗意的字,七拼八凑就可以非常漂亮。凡是有一点才情,有一些诗歌修养的人,写出这样的作品并不是一件困难的事。[3]

事实上,我对《春江花月夜》的感觉也经历过一段很相似的过程。

少年的时候读到,感觉像拾到了珍宝,觉得美不胜收。后来渐渐地觉得它堆砌、空洞,似乎并没有什么特别高的造诣,也不是最好的文学。可是最近几年,又渐渐地觉出它的好来。

诚然,它会造成一种"人人都写得出来"的感觉,然而事实是,唐代擅长乐府和歌行的那么多,却并没有几个人写出来。温庭筠那么善于词藻,却也没有写出来,他的《春江花月夜》并不高明。唐代之后更是没有一个人写出来了。

它堆砌吗?注意,张若虚几乎没有用一个典故。温庭筠的同题诗用了无数典故,而张若虚所用的都是纯真美好的自然物事,充其量用了几个地名而已。

可能是因为诗里的字眼太美好了,我们就忘了张若虚的技巧了。

在这首诗里,月亮是有运动轨迹的,是一次完整的东升西落,从"明月共潮生",到"落月复西斜"。诗歌里所有的一切,包括如织锦穿梭的景物,包括对离人的共情,对时光流逝的感叹,全部在月亮的这一次东升西落里完成。

这首诗里,对情绪的拿捏是极有匠心的。月出的时候是一跃而出的,是奔涌式的,是果决的,"何处春江无月明",月轮起,天下白,辉耀万物。而月落的时候,则是余情袅袅的,是依依不舍的,"落月摇情满江树"。

主次的把握是极到位的。月亮是唯一的主角,而长江、花林、汀洲、白沙统统都是陪衬。似乎长江、花林、汀洲、白沙原本都是没有灵性的,是无情之物,然而月光一到,便瞬间温柔、有情了起来,月光是让万物生精灵的魔光。

这首诗,它明明是秾丽的,却又没有脂粉气,像清溪流泉一样明澈爽朗;它明明写了闺怨春愁,在闺房里、在妆镜前、在捣衣砧上徘徊不去,但是绝不局促、偏狭,反而是让你觉得格局宽大宏伟、辽阔无垠。

一方面,它像一个少年般青春懵懂,好像是刚刚长大的孩子,猛地第一次意识到物和我、永恒和短暂的关系,喃喃地对月亮发问:江月何年初照人?但是另一方面,它似乎又像一个哲人一样从容,叩问生命的奥秘。

对于那些"可怜相望不相闻"的世俗儿女,它一方面充满了共情,为他们泣诉,为他们祈祷,但另一方面,似乎又带着一点

"千里共婵娟"的通达。

它明明笼罩着一种庞大的孤独感，但是并不消沉，最多只是怅惘。对于生命的短促、时光的无情，它似乎也是充满了唏嘘的，然而却又绝不过分哀矜，对这造物的安排更是毫无敌意。它不像海子的诗那样，"月亮是惨笑的河流上的白猿"，而是对月亮充满了理解。

这以上的种种，就是我今天忽然又觉得它杰出、伟大的原因。

张若虚的这首诗在唐朝流传并不广，理论上应该很小众，但我总感觉，许多唐代诗人应当读过它。或许很钟爱乐府诗的李白就读过。

所以后来李白才会写出《把酒问月》：

> 青天有月来几时，我今停杯一问之。
> 人攀明月不可得，月行却与人相随。
> 皎如飞镜临丹阙，绿烟灭尽清辉发。
> 但见宵从海上来，宁知晓向云间没。
> 白兔捣药秋复春，嫦娥孤栖与谁邻。
> 今人不见古时月，今月曾经照古人。
> 古人今人若流水，共看明月皆如此。
> 唯愿当歌对酒时，月光长照金樽里。

李白的"今人不见古时月，今月曾经照古人""古人今人若流水，共看明月皆如此"和张若虚的"江畔何人初见月，江月何年初照人""人生代代无穷已，江月年年只相似"那么神似，难道只是偶合吗？真的没有一点启发和传承吗？

张若虚的去世，应该是在开元年间，不会晚于公元八世纪中叶。

到了清末，他的《春江花月夜》终于得到了最高的评价，就是学者王闿运赠予的那一句"孤篇横绝"。

而那已经是他辞世一千一百多年后的事了。

注释

〔1〕 张九龄是开元名相、诗坛领袖,所以当得起大唐诗歌俱乐部常务副主席。包融和他相善,九龄曾引其为怀州司马。

〔2〕 《旧唐书·经籍志》及《新唐书·艺文志》均未著录张集,亦未著录张氏其他著作。故程千帆先生《张若虚〈春江花月夜〉的被理解和被误解》称,张若虚的著作,似乎在唐代就不曾编集成书。

〔3〕 见《叶嘉莹说初盛唐诗》。

军曹的绝唱

> 公生扬马后,名与日月悬。
>
> ——杜甫

一

告别了张若虚的传奇人生,让我们振作一下精神,迎接下一个主角。他的名字叫作陈子昂。

这也是在"初唐"这座殿堂里,我们最后拜访的一位大神。

说到陈子昂,我们先绕远一点,从一个明朝人的故事讲起。

这个明朝人叫作杨慎,是一个大有来头的人。明朝有所谓的"三大才子",你一听这称号,大概会立刻本能地想到唐伯虎,但唐寅其实并不在其中。这三个才子,一个叫解缙,曾主编《永乐大典》;一个叫徐渭,是大名鼎鼎的诗文家和书画家,也即戏曲里常见到的徐文长。而被称为这三人之首的,就是杨慎。

只要说出他的一首词,你一定会有印象的:

滚滚长江东逝水,
浪花淘尽英雄。
是非成败转头空。
青山依旧在,
几度夕阳红。

白发渔樵江渚上,
惯看秋月春风。
一壶浊酒喜相逢。
古今多少事,
都付笑谈中。

是否想起来了。杨慎的这首《临江仙》,被后来的人拿来放在了《三国演义》的开头,和原著水乳交融,成为天作之合。

这一年,杨慎在官场遇挫,被流放到偏僻的云南。但他并不气馁,而是在云南认真读书,研究历代诗文,撰写著作以自遣。

此刻他正在读的,就是一本唐人的诗集。

一行行扫下去,都是他早已经烂熟的诗句:

王道已沦昧，战国竞贪兵。乐生何感激，仗义下齐城。
一闻田光义，匕首赠千金。其事虽不立，千载为伤心。
…… ……

忽然，当他随手翻到关于这位诗人的一篇小传时，年已五旬的杨慎眼睛一亮，手都轻轻颤动了：这里面居然还藏着一首诗？

八百多年过去了，它都静悄悄地躺在这一篇小传里，没有被人重视？

杨慎提起笔，珍重地将这几句诗圈了出来，并认真地写下了批注：

"这一篇诗文，简朴大气，真有直追汉魏的风骨，而我所看到的所有文章典籍却都没有记载它。"[1]

杨慎所发现的，究竟是一首什么诗呢？后人给它加了一个题目，叫作《登幽州台歌》：

前不见古人，
后不见来者。
念天地之悠悠，
独怆然而涕下。

和此前《春江花月夜》的故事非常像，那一首诗是偶然被宋代人收录在集中，被明代人发现的。而这一首诗也是被杨慎偶然发现的。

在杨慎的推荐下，人们纷纷转发这首诗，使它的知名度越来越高，最后变得妇孺皆知，传诵一时。自此，一篇在诗人的小传里藏身了八百年的诗章，才终于进入中国的诗歌史，射出炫目的光彩。

这首诗的作者，就是我们的主角陈子昂。[2]

这么了不起的一个诗人，他创作这首诗时的头衔是"军曹"，所以我们题目叫《军曹的绝唱》。这是个什么品级的官呢？最差的可能，是相当于一个我们很熟悉的称呼：弼马温。[3]

二

一般，当我们讲一个诗人的故事的时候，往往都要说他从小聪明好学，三岁识几百字，四岁会作诗，五岁拿作文大赛冠军之类。前面的"四杰"等人几乎都是这个套路。

然而陈子昂完全不是。相反，他小时候是一个不爱学习的问题少年。

当时的文坛，是一帮天才在统治，恨不得一个比一个读书早、出名早。骆宾王七岁写出《鹅》来；王勃六岁就能写文章，九岁就能写大卷大卷的专业论文，据说还指出过前人注《汉书》的错误；卢照邻自幼饱读诗书，十几岁就被朝廷里的高级干部说成是司马相如再世；杨炯十岁就被当成神童。

陈子昂却有着完全不一样的童年。当小王勃正在刻苦读书、写论文的时候，小陈子昂在干吗呢？击剑、行侠，活到十七八岁仍然"不知书"。

后来他打架斗殴闹出人命，这才幡然悔悟，弃武从文。他的经历和后世的诗人韦应物有点像，不是个天生的读书人。

这也是为什么陈子昂明明和王勃、宋之问等是一辈人，却总给我们时代更晚的感觉。说白了，不是年代晚，而是读书晚。

即使是后来，他长大了，会写诗了，也好像独立于当时文坛的圈子之外。[4]

那时的诗坛大致有两拨人。一拨是主流诗歌圈，能参加宫廷的文学活动的，比如宋之问、沈佺期、杜审言、李峤。他们在朝廷里面子熟、门路广，特别是和武则天的男朋友"二张"的关系很好，各种好事都容易有他们的份。

这个圈子里的人写诗也是一个味道，声律协调，工整精丽，各种弘扬唱颂。

另一拨是非主流诗歌圈，典型的就是"四杰"。这一伙人在文坛政坛上扑腾多年，大部分时间都沉沦下僚，蹭蹬失意。他们的诗歌也就风格比较多变。

陈子昂呢？哪一个圈都不是。他既不是主流圈的，也不是非主流圈的，他自成一体，一个人玩。

他和上述所有人都不太一样。当时在朝中做官的人，多多少少都要写几首宫廷咏物诗，陈子昂却几乎一首都没有。在宫体诗大行其道的时候，他似乎没有接受过一点这类诗的训练。

他是四川人，家乡在遂宁射洪县，那个地方至今还留着他的读书台。按道理说，当时的"四杰"都和四川有密切关系，要么长期在四川游历，要么在四川工作过。这片土地上几百年来都没有诞生过一流的文学，但到了初唐却一时间荟萃了众多的名士，成为诗歌改革的前沿。

可是作为四川人的陈子昂却好像和他们没有太多的交集。翻翻诗文，除了宋之问、王无竞等寥寥一两人外，我们几乎看不到陈子昂有什么和他们之间的互动。

在那个时代，他很孤独。唐代诗人们都喜欢齐名、并称，有沈则有宋，有李则有杜，有钱则有刘，有王则有孟，有元则有白，有郊则有岛，有皮则有陆。

陈子昂却没有。他这样大的名声、这样大的影响，但在他的时代里没有人和他齐名，没有人和他并称。他像是一个天外的来客。

此外，他也不像一个大诗人。

他的诗写得有些"不讲究"，比较粗直。比如到处都是重复的字眼，这是很犯忌讳的。[5] 他的代表作《感遇》组诗的开篇第一首，

"微月生西海""太极生天地",便憨态可掬地连用了两个"生"。又比如"化"字,学者鲍鹏山统计说,三十八首《感遇》诗里使用了十一次"化"字,外加十三次其他的指代词。

辞藻不丰富,是不少人读陈子昂的感觉。美国学者宇文所安读了陈子昂之后,狐疑地说,他写景状物的时候掌握的"词汇甚少"。比如,凡是要表现视觉上的延续感被打断的时候,陈子昂就不可避免地用"断"字——"野树苍烟断""野戍荒烟断";如果要表现视觉上的延续中断之后又重新开始,就往往用"分"字——"城分苍野外""烟沙分两岸";如果这种延续侥幸没有被打破,并扩展到了一定的距离,就难以避免地要用"入"字——"征路入云烟""道路入边城"。

乍一看去,我们的陈同学像是一个没有经过专业训练的自学成才的野路子诗人。

后人说他"章法杂糅,词烦义复",或者是"质木无文,声律未协",他大概也是要承认的。在语句的美丽上,两三个陈子昂加起来,也赶不上一个宋之问。

陈子昂自己好像也不在乎。他不很在意诗人的名分:"文章小能,何足观者?"

甚至他的外貌也不足以做一个偶像派诗人。《新唐书》说他"貌柔野,少威仪",和明星偶像一般的宋之问完全不能相比。

那么我们究竟是喜欢他的什么呢?

三

如果把他留给后世的一百多首诗仔细揣摩一下,你会发现,这些诗里面,有三个陈子昂。

第一个是喜欢老庄的陈子昂。

这个陈子昂是理智的、超然的,也是寡淡的、无趣的。在他的代表作三十八首《感遇》里,这样的诗占了相当数量。这一类诗不像是诗,倒像是陈子昂的哲学笔记:

"闲卧观物化,悠悠念无生""吾观昆仑化,日月沦洞冥""空色皆寂灭,缘业定何成""窅然遗天地,乘化入无穷""尚想广成子,遗迹白云隈"……我们读得很苦,但陈子昂却兴致盎然,他一定用了大把大把的时间钻研这些微妙又飘渺的东西。

如果你很喜欢老庄,那么你有可能会喜欢读到这样的诗,体味到一种粉丝间的共鸣。但是多数人喜欢的不是这一个陈子昂。如果他总写这一类诗,我们记不住他。

第二个陈子昂,是追慕鬼谷子的陈子昂。

鬼谷子是个传说里的古人,面貌比较复杂。此人似乎是一个跨界的专家,明明在道家做着真人,似乎一门心思修心养性,可偏偏又不知道出于什么目的,搞了一个纵横家培训中心,教出来的徒弟个个都是搅乱世界的枭雄。

陈子昂所爱的,到底是哪一个鬼谷子呢?他自己似乎给出过答案:"吾爱鬼谷子,青溪无垢氛。"——他说自己爱的是第一个鬼谷子,因为"无垢氛",飘然出世,不沾染滚滚红尘。

然而真的是这样吗?我们再往下读就明白了。

> 七雄方龙斗,天下久无君。
> 浮荣不足贵,遵养晦时文。
> 舒可弥宇宙,卷之不盈分。

陈子昂同学固然说喜爱鬼谷子的"无垢氛",但他津津乐道的仍然是"舒可弥宇宙,卷之不盈分"。他羡慕的毕竟还是人家能做大事,就像青梅煮酒的时候曹操所描述的那条龙:"能大能小,能升能隐;大则兴云吐雾,小则隐介藏形;升则飞腾于宇宙之间,隐则潜伏于波涛之内。"又好像今天的商战里,完成一笔数百亿的惊天收购,然后关掉手机去度假。

最后,陈子昂终于要吐露心事了:"岂徒山木寿,空与麋鹿群。"仿佛正焦躁地擂着胸口:为人一世,怎么能像山上的树木一样,徒有漫长的寿命,却只能和无所事事的麋鹿为伍呢!

纠结、骚动、进退维谷,这就是号称仰慕鬼谷子的陈子昂。似乎也不是最迷人的那一版本。

而除此之外,还有第三个陈子昂,是怀念燕昭王的陈子昂。

我们多数人最爱的是这一个陈子昂,一个孤独、悲怆、呼喊着的陈子昂。

燕昭王，是一位以礼贤下士而著名的古代君王。他所统治下的燕国，也是后代有志之士所共同幻想的理想之国——简历上午投进去，豪车下午就来接你。

人们用各种方式怀念着他。诸葛亮把自己比作他所发掘、礼遇的部下；鲍照用他的事迹来对照羞辱当世的权贵；李白哭天抢地呼喊他的名字；李贺说愿意为了这样的君王而战死；汤显祖在一千八百多年后仍然念叨他的事迹，对他无比怀念。

传说中，燕昭王为了招聘贤才，建造了一个著名的建筑——黄金台。

其实对于这个台子，我们连它到底多高、多阔、规制如何、上面摆设了何物都完全弄不清楚。历史上是不是真的有这么一个台？我们也不确定。

可一代又一代的士人都相信它的存在。尤其是当他们人生不顺遂、不得志的时候，就会更加思慕那方圣地，为古燕国再蒙上一层梦幻的光彩。

陈子昂就分外地怀念燕昭王。他仰天大吼："昭王安在哉！"

他的痛苦，和自己的经历有关。陈子昂的一生，曾在仕途上有过两次大的努力。

第一次是侍奉武则天。

作为大唐的臣子，当武则天明摆着要做皇帝，要改朝换代，陈子昂选择支持还是反对呢？是支持。他还紧跟形势，和很多识时务的同僚一样，给武则天上位造舆论，写《神凤颂》，写《上大周受命颂表》，热烈拥护武则天当皇帝。

可惜的是，他靠拥戴武则天获得了提拔，却又不肯尸位素餐，谏疏不断，"言多切直"。

别人不愿触及的敏感领域，他都要去批评，不论内政、外交、边防、刑狱、民生，各个方面他都要诤谏。

终于，他和武则天隔膜起来，被嫌弃、整肃，还坐了牢。我们不知道他被下狱的具体原因是什么，但归根到底是失去了武则天的好感和信任所致。

陈子昂落了个两面不讨好。他固然没有讨好到武氏，也没有讨好后世的批评家、道学家们。由于拥戴过武则天，陈子昂成了变节者、投机家，得到了滚滚骂名，年代越往后，就被骂得越厉害。

唐代的杜甫认为他"终古立忠义"，完全是正面高度评价，但到宋元之后，人们就说他道德败坏，拍马屁、没节操，"其聋謦欤"，甚至"立身一败，遗诟万年"。

骂得最厉害的，是清代的王士祯，说陈子昂是人渣败类，"不知世有节义廉耻事矣"，"真无忌惮之小人哉！"最后王士祯还不解气，来了一段恶毒诅咒："陈子昂这厮最终被一个县令害死了，我看不是县令害的，一定是唐高祖、唐太宗的灵魂附体，假手于县令,干掉了这个叛徒。"

这就过分了。

在陈子昂当时的环境下,劝进、拥武是例行公事。后人眼里的那些忠臣贤相,比如姚崇、宋璟、娄师德、狄仁杰,他们当时不也都拥戴武则天吗?我们为什么对一个诗人、低级官员的要求,比对那些大政治家、高级官员还严苛呢?

陈子昂对武氏的拥护,也不能说是见风使舵,多少是发自内心的。武则天把他从一个从九品的小科员拔擢到秘书省,做麟台正字,做右拾遗,虽然位阶仍然不很高,但接近了核心部门,有了建言献策、展示才华的机会,一个正常人怎么会不拥戴感激呢。

其实最没有资格批评陈子昂的,恰恰就是王士禛老兄自己。

他看不惯陈子昂作为唐臣,却去做武则天的官,觉得是人品不端。然而王士禛的祖宗世代都做明朝的官,他亲爷爷王象晋做到了明朝的布政使,省级干部。可王士禛本人却跑去做清朝的官,一路升迁,干到刑部尚书。

按照王士禛的标准,他自己比陈子昂更没节操得多了。陈子昂拥戴的武则天,毕竟是李唐家的媳妇、唐中宗的亲娘,后来也被李唐家所承认,入葬乾陵,被认定为"则天顺圣皇后",说到底是李唐一家子人。而王士禛服侍的清朝却是敌人,是灭了南明的仇家,他又该如何面对祖上呢?难道明太祖、明成祖之灵也应该附体杀了他?

对别人宽容，就是对自己宽容。王士祯大概不大明白这个道理。

前文说了，陈子昂仕途上的第一次努力是拥戴武则天，他的第二次努力，是从军边关。

他是一个有侠气的人，看看"剑"在他的诗歌里出现之频繁就知道了。唐代二千二百多[6]诗人，陈子昂是最有侠客风范的人之一，如果有导演拍武侠片，在诗人里选角，最有可能被选上的就是陈子昂。

他一生中得到了两次机会出征。提剑塞上，跃马边关，是多么符合他的心意啊！看看他的《感遇》诗就知道了：

> 本为贵公子，平生实爱才。
> 感时思报国，拔剑起蒿莱。
> 西驰丁零塞，北上单于台。
> 登山见千里，怀古心悠哉。
> 谁言未忘祸，磨灭成尘埃。

多么慷慨的诗句。李后主也说"金剑已沉埋，壮气蒿莱"，但和陈子昂相比，只是哀怨的亡国后之言。李白则说："与君各未遇，长策委蒿莱。宝刀隐玉匣，锈涩空莓苔。"可那不过是怀才不遇的牢骚而已，毕竟李白从没有当真在边塞冲杀过，一切都是想象，比不上陈子昂真正跃马塞外的豪雄。

大军之中，我们的小陈同学正在渴望带一彪人马，杀敌建功呢，忽然有一个人给他泼了一盆冷水：

"你一个书生，带个毛的兵啊！"

泼凉水的人，就是统兵的首领，武则天的侄子武攸宜。他是武家少有的几个能带兵的人。不幸的是，陈子昂和他没有能够很好地合作。

他们的部队到了渔阳，前锋出师不利，陈子昂几次提意见，想带兵出征寻找机会，都未获准许。武攸宜对他的嫌恶逐渐加深，最后把他的官职由管记（高级参谋）贬为军曹。

陈子昂一言不发，交上了自己的制服、肩章和领花[7]。从此，这个部队里最咋呼、最爱提意见的人，变得沉默了。

正是在这最苦闷的日子里，他随着部队，经过了古代燕国的旧都。

陈子昂孤身一人登上了高处。此时距离燕昭王的霸业已过去数百年，极目远眺，城池早已不在，四下只剩一片蒿草，传说中的黄金台也不知道藏埋在何方。畅想着当时豪杰云集的场面，再想想自己的处境，他忍不住感慨伤怀。

这个沉默了很久的小小的军曹，终于觉得有话要说了。

他拿起了笔，浸入墨中，深乌色的墨汁迅速沿着雪白的笔毫爬升。此时万籁俱寂，连在云中窥探的诗歌之神都屏住了呼吸，等待着那一刻的来临。

陈子昂笔尖飞动。他一连写了七首诗,热情歌咏了七个和幽燕有关的人物,分别是黄帝、燕昭王、乐毅、太子丹、田光、邹衍以及郭隗。

七首诗写毕,军曹兴犹未尽,泫然流涕,作起了歌来。

他一定料想不到,自己此刻所唱的内容竟然也会流传千古。后人给它取了个名字,叫作《登幽州台歌》:

前不见古人,
后不见来者。
念天地之悠悠,
独怆然而涕下。

这是他人生的低谷,却是他诗作的巅峰,也是有唐朝以来诗作的巅峰。哪怕埋没了那么多年,它也终于被明朝人发现,成为了名篇。

简单讲一下陈子昂的结局。在这之后不久,他就辞职回家了,本来打算用余生来著书。几年后,病中的他遇到一位贪婪的地方官,被下狱折磨致死。

也有学者说,他实际上是得罪了武家,他们授意地方官害死了他。

唐代那么多诗人里，没有几个曾被称为"文宗"的，王维是一个，陈子昂是一个；也没有几个人的作品曾被称为"泣鬼神"的，李白是一个，陈子昂是一个。

在他去世很多年之后，有一个粉丝跋山涉水，慕名来到了陈子昂的家乡。

这位粉丝是怀着崇敬之情来的。他爬上金华山，瞻仰陈子昂的读书堂遗址，亲手抚摸了石柱上的青苔。他又来到附近的东武山，走访了偶像的故居，凝视着陈旧的砖石、斑驳的墙壁，久久不愿离去。

这个粉丝叫作杜甫。

对于陈子昂来说，武则天是不是看重他，武攸宜是不是欣赏他，乃至后世的王士禛等人是不是理解他，现在已经变得一点都不重要了。因为杜甫崇敬他。在这番游览之后，杜甫为偶像写下了这样的诗句：

公生扬马后，名与日月悬。

注释

〔1〕 杨慎是《登幽州台歌》的发现者。其《丹铅摘录》："陈子昂《登幽州台歌》云：'前不见古人，后不见来者。念天地之悠悠，独怆然而涕下。'其辞简质，有汉魏之风，而文籍不载。"

〔2〕 不得不提一种很煞风景的可能，就是陈子昂在所谓"幽州台"上吟唱的这几句，未必是他的创作，而不过是当时一首流行歌曲，又或者是最早记录这段故事的卢藏用根据陈子昂的歌意浓缩撰写的。

〔3〕 "军曹"这个词，在日语里指中士，唐代显然不是。在新旧《唐书》里都没有"军曹"这个名目，但又说陈子昂"徙署军曹"。大概有两个可能，一是它笼统指部队系统，两宋文献里有几处"军曹"字样，常是代指部队的意思。另一种可能，它是个简称，唐代军队文职官里有仓曹参军事、兵曹参军事、骑曹参军事，都是正八品下低级官员，有时可兼任，"军曹"可能是这些职务的简称。如果陈子昂是骑曹参军事，那么就类似弼马温了。当然，弼马温"未入流"，骑曹参军事职级虽然低，毕竟是入了流的，陈子昂的境遇还是比孙猴子好。

〔4〕 宇文所安《初唐诗》："陈子昂的发展似乎相对地独立于同时代的文学界。"

〔5〕 用重复字眼，是写诗的忌讳之一。唐宣宗因为考生写诗用了重复字眼，就不录取，哪怕主考官说好话也没用。

〔6〕 前文提到康熙御制《全唐诗》称，"得诗四万八千九百馀首，凡二千二百馀人"。事实上今天人们了解掌握的唐代有名有姓的诗人已经超过了二千二百之数。

〔7〕 管记也是文职干部，未必有肩章、领花，可谁知道呢。

前不见古人

前文中讲了陈子昂的《登幽州台歌》,还有这首诗被发现的过程。

这首诗当然写得很好,很震撼人心,是公认的杰出作品。至今我都依稀记得少年时第一次读到它的震颤。初中时,我的历史老师喻老师还曾大字把它抄在黑板上,给我们朗诵。他只大字板书过两首诗,一首是曹操的"白骨露于野,千里无鸡鸣",另一首就是陈子昂的"念天地之悠悠,独怆然而涕下"。

然而,接下来请各位做好心理准备,拉好扶手,小心翻车,因为我们要讲另外一个或许让人出乎意料的内容:

这首诗,有可能不该算是陈子昂的诗作。[1]

有朋友可能惊呆了,开玩笑吧,《登幽州台歌》妇孺皆知,岂能不是陈子昂的作品?眼下去任何一个书店买上任何一个出版社的唐诗选,都会把这首诗列在陈子昂名下,白纸黑字,哪里会有错的?

然而事实却是，《登幽州台歌》这流传天下的四句、二十二个字，可能的确是出自陈子昂之口，但却未必能算是陈子昂的诗。

接下来便把这个问题讲清楚。

话说，陈子昂生前有一个好友，叫作卢藏用。这段《登幽州台歌》的公案便和卢藏用有关。

卢藏用本身也是一个诗人、书法家。一说到初唐姓卢的诗人，我们便会想到卢照邻。他二人的确有些关系，都是出身于范阳卢氏，属当时一流的高门望族。卢藏用的际遇比卢照邻要好，大致是因为顺利搭上了太平公主的关系，他在神龙到先天年间先后做过中书舍人、工部侍郎、尚书右丞等职，都是比较有分量的职务。直到太平公主倒台，他才被贬斥。

卢藏用和陈子昂的关系，用今天的话说是铁哥们。

陈子昂生前，两人就经常在一起诗歌唱和。陈子昂被害去世后，卢藏用还抚养了他的孩子。他俩的友谊完全可以和后世柳宗元和刘禹锡的关系相比。柳宗元死后，孩子便是由刘禹锡抚养成人，还中了进士。这都是很感人的故事。

除了帮助陈子昂抚养孩子，卢藏用还给陈子昂编了文集《陈伯玉文集》，又精心给朋友写了一篇两千多字的小传，叫《陈子昂别传》，相当于一篇记叙文《记我的好朋友陈子昂》。

在这篇传记里，他把陈子昂写得活灵活现。卢藏用说，陈子昂不但有才，而且为人十分侠义，"尤重交友之分，意气一合，虽白刃不可夺也",是个十足的热血性情中人。我们今天对陈子昂的很多了解都是从这篇传记上来的。可见有个好朋友多么重要。

对于陈子昂被迫害而死的详细过程,卢藏用也有介绍。他说,子昂回射洪老家后,盖了几十间茅屋定居,专心想写一部著作《后史记》。不料当地县令段简十分贪暴残忍,构陷陈子昂,几次施加迫害。陈子昂身体本来就羸弱多疾,终于是垮了,在四十二岁那年含恨死去。

说完了卢、陈二人的交往,再说《登幽州台歌》。

在陈子昂的诗集里,原本是没有这首诗的。卢藏用编的《陈伯玉文集》中也没有这首诗。那么它是怎么冒出来的呢?就是来自卢藏用写的那篇小作文《陈子昂别传》。

上面有这样一段话:

> 子昂体弱多疾,感激忠义,尝欲奋身以答国士。……因登蓟北楼,感昔乐生、燕昭之事,赋诗数首,乃泫然流涕而歌曰:"前不见古人,后不见来者,念天地之悠悠,独怆然而涕下。"时人莫之知也。

大意就是说,陈子昂一心报国,却总是难酬壮志,心中抑郁难平。有一天,他登上了蓟北楼,想起当年战国时燕昭王、乐毅君臣知遇的故事,感慨伤怀,写下了几首诗,也就是上文我们讲的《蓟丘览古赠卢居士藏用七首》。

完成之后,他热泪横流,作起了歌来,唱的是:"前不见古人,后不见来者,念天地之悠悠,独怆然而涕下。"

也就是说,陈子昂在蓟北楼这么一个地方先写了七首诗,然后又唱了一段,可能是唱的,也可能是大吼,反正嚷了几句。

这就留下了一个千古之问:陈子昂吼的这几句,算是他的诗吗?

卢藏用觉得是不算的。道理很简单,他自己给陈子昂编的文集,都没把这几句话当成诗给编进去。[2]

之前陈子昂曾"赋诗数首",那七首诗,卢藏用认真地一首首给编到集子里了,并无遗漏,唯独留下后面"唱"的几句不录。说明在卢藏用心里,那本来就不算是陈子昂的诗。

在很长一段时间里,后人也并不觉得那是陈子昂的诗。陈子昂去世后八百多年,从唐、宋一直到明代,许许多多人读过《陈子昂别传》,也并没人把这几句当成是陈子昂的诗。

甚至,这几句话到底是陈子昂所唱的精确的原文,还是卢藏用给简单概括的,我们都不确定。因为古代没有标点符号,自然也就没有引号,我们都不知道那是不是直接引语。

杭州师范大学的李最欣先生甚至提出一个惊人的说法,认为卢藏用原文的断句应该是:陈子昂登蓟北楼,"泫然流涕而歌曰:'前不见古人,后不见来者',念天地之悠悠,独怆然而涕下。时人莫之知也。"也就是说，陈子昂当时唱的，可能只是前两句！

还必须指出的是，"前不见古人，后不见来者"，这句话也并不是陈子昂原创的，早在唐代之前就有人说过。早在陈子昂之前三百年，南朝的宋武帝就曾说过这话：前不见古人，后不见来者。

所以，当时的实际情况不排除是这样的：

陈子昂登上蓟北楼，先作了几首诗，然后一时激动，又唱又喊地来了几句。

他并没把这几句当成是认真的创作，只是抒发感情而已，乱吼嘛，古人宋武帝的话自然是拿来便用。而作为好朋友，卢藏用也把这几句话记录了一下，却也完全未当成是诗，也未编进诗集中去。

假如你穿越回唐、宋，问当时人有没有听过陈子昂的《登幽州台歌》，对方多半会瞠目结舌，不知所以。因为确确实实没有这首诗。

到了八百年后的明代中期，才子杨慎读《陈子昂别传》，注意到了这几句话，很感兴趣，这才专门摘出来，当成了陈子昂的诗歌作品。杨慎影响力何等大，于是这首"新发现"的无题诗便传开了。

又过了一些年，杨慎的学生给这四句话加了一个题目，叫作《幽州台诗》。后来题目又渐渐演变成了《登幽州台歌》，成了我们如今所见的版本了。

诚然，这四句话的确苍凉、雄浑、动人心脾，有着穿越古今时光的视角，又有一种浓烈的悲剧情绪，所谓"胸中自有万古，眼底更无一人"。

在这样美的句子面前，人们已经不在乎它是不是陈子昂的百分百原创了，和宋武帝有没有版权纠纷也无所谓了，反正它已经被放到了陈子昂的名下。再说了，这几句歌的气质本来也就很陈子昂！

但有一些事，仍然是要说明的。清代学者黄周星称赞这首诗说："古今诗人多矣，从未有道及此者。"这便是不对的，绝不能说古人"从未有道及"。至少宋武帝明明就先吟出前一半了。而且屈原在他的《远游》中也早就吟出了一样意境的诗句：

> 惟天地之无穷兮，
> 哀人生之长勤。
> 往者余弗及兮，
> 来者吾不闻。

这和"前不见古人，后不见来者。念天地之悠悠，独怆然而涕下"岂非如出一辙？

本文中讲起这段公案，并不是要参与"翻案"。这也并不是我发现和提出的，而是陈尚君、李最欣等几位所发现、提出的。

之所以写在这里,一方面是作为参考,给大家多一个知识补充,另一方面也是希望传递一个观念:

在我们的认知中,有许多所谓的"确定的知识"。

"陈子昂写了一首《登幽州台歌》",这就是一个公众眼中的"确定的知识"。上一辈告诉我们,我们又依样葫芦地告诉孩子,我们往往不会留意这些"确定的知识"是怎么来的、是由谁确定的、是如何确定的。

事实上,任何知识的从无到有、从不确定到确定,都是一个新奇的,又带有很大偶然性的冒险的过程。

这中间,往往会有大胆的推测,有审慎的钻研,也会有想当然的臆断,还会有跟风、有争辩、有存疑、有质证,还有时代的误会、有历史的巧合。然后,经过了这无数道工序的杂糅,一个知识才会变成所谓"确定的知识",出现在我们的面前。

所以,有时候走到知识的背后去看看,也会别有收获。

接下来你还会了解到,许多一直以来我们都深信不疑的知识,其实也很可商榷。也许李白的"朝如青丝暮成雪"是误传了,也许杜牧的"清明时节雨纷纷"是个大乌龙。大家也不须惊讶。

这是知识的另一种魅力,也是唐诗的另一种魅力。

注释

〔1〕 2014年上海复旦大学陈尚君先生发文《〈登幽州台歌〉献疑》，2016年杭州师范大学李最欣先生发文《〈登幽州台歌〉非陈子昂诗考论》，均探讨过这个问题。本文是参考以上二位的文章。

〔2〕 陈尚君《〈登幽州台歌〉献疑》："明弘治四年（1491）杨澄刻本《陈伯玉文集》十卷中，并没有这首诗。陈集是其友人卢藏用所编，时间在陈子昂身后不久。1960年中华书局上海编辑所出版徐鹏校点本《陈子昂集》，认为杨澄刻本没有保存原书面貌，因此于原书次第有所改动。敦煌遗书S9432、5971、P3590存《故陈子昂遗集》残卷，与杨本次第相同，证明徐鹏判断未允。"

浪漫的初唐

暗尘随马去,明月逐人来。

——苏味道

一

讲完了军曹陈子昂的故事,我们可以面对一个词了:初唐。

如果我们今天去上大学、学唐诗,老师一般会习惯性地告诉你:唐诗的历史可以分成四段,叫作初唐、盛唐、中唐、晚唐。

这个分段的方法,并不一定就是最科学的。但因为它被用得最多,也最深入人心,我们这套书也按照这个方法来分。

"初唐"时代结束、"盛唐"时代开启的时间,一般认为是705年。

而恰恰就在这一年的元宵节,诞生了一首十分美丽的诗,叫作《正月十五夜》:

火树银花合，星桥铁锁开。

暗尘随马去，明月逐人来。

游伎皆秾李，行歌尽落梅。

金吾不禁夜，玉漏莫相催。

这首诗所写的，是东都洛阳的元宵之夜。[1]

唐朝的大都市生活其实没有你想象的浪漫丰富，平时是要宵禁的。黄昏之后，"闭门鼓"咚咚打过，城中的里坊关闭，大门落锁，人就不能上街了，否则被禁军抓到就打屁股。每年只有正月十四、十五、十六三天除外，不必宵禁，叫作"金吾不禁夜"。什么是金吾？就是打屁股的禁军。

一年只能嗨三晚，市民当然要抓紧机会狂欢了。于是乎到了晚上观灯之时，城里人山人海，一片银花火树。城河被映照得如同天上的星河，美丽的歌妓浓妆艳抹，踏着《梅花落》的歌声在人潮中穿行，处处流光溢彩，恍如天上人间。

然而有一次，我又无意翻到《正月十五夜》这首诗，忽然浮起一个念头——这首诗恰好诞生在初唐之末、盛唐之初的分水之年，岂不是很巧？

它所描写的固然是元宵美景，但如果我们用它来形容初唐的诗歌，不是也很恰当吗？

二

试想一下,如果我们站在公元705年的节点上,回头望去,看视有唐以来九十年的诗,看它从最初的萎靡,到此刻的气象万千、火树银花,难免产生"星桥铁锁开"的感慨。

按理说,这铁锁,似乎开得晚了一点,诗的勃兴应该早些到来的。它的准备工作其实早已经就绪了。

在唐朝建立大约四百年前,东汉末年的时候,五言诗就已经打磨成熟了。三国时代的人已经可以读到非常棒的五言诗。

而在大约两百年前,到了南朝刘宋的时候,七言诗也已经准备就绪。[2] 那个时代的大诗人鲍照已经可以熟练地用七言诗高呼:"君不见少壮从军去,白首流离不得还。故乡窅窅日夜隔,音尘断绝阻河关。"

这时,诗的繁荣还差一块拼板,叫作声律。前文中我们已经讲过,同样是一句话,同样的字数,为什么有的读起来就声韵铿锵、悦耳动听,有的读起来就十分拗口?人们慢慢意识到:这是声律在暗中起作用。

在唐朝诞生之前一个世纪,这最后一块拼板也终于被补全了——有一个叫沈约的聪明人,根据前人的研究成果,总结出了一套关于诗歌声韵的规律、诀窍和禁忌,发明了"四声八病"之说,让一种全新的诗——律诗的诞生成为了可能。

此外，唐代诗歌中最重要的几种题材：边塞诗、怀古诗、离别诗、留别诗、闺怨诗、咏物诗、山水田园诗、酒后撒疯说胡话诗……都已经齐备。每一种题材都已有杰出的前辈写过，留下了许多模子和范本。

关于诗的一切关键要素，到隋唐之前都已经完成，就好像柴薪已经堆满，空气已然炽热，就等待那最后的一丝火星了。可它却迟迟没有出现。

沉闷、燥热、无聊……人们熬过了唐朝最开始的数十年，情况仍然没有什么变化，火种依旧在深处封存着。

那些年里，撑持着诗坛台面的，是一帮宫廷里的老人。他们从旧时代走过来，身份高贵，谙熟经典，训练有素，出口成章，但却又是那么缺乏创造力。他们也不满意现状，想要改革，想要振奋，不愿再像前辈那么绮丽、琐碎和柔靡，但他们却又看不到前路，走不出过去的泥淖，只好狐疑地把宫体诗一首首作下去。

今天的许多唐诗选本，第一首都放王绩，那是没有办法，不是王绩同学非要抢沙发，而是他的"长歌怀采薇"，实在是那时为数不多的清新的句子。

难道就没有希望了吗？人们猛一回头，才发现亮光已经在不经意处出现了。一批小人物昂然举起了火炬。

跟着我们来！他们吼道。诗，打从一开始"三百篇"的时候起，就不只是宫廷里的玩物啊。谁说只有达官显贵才可以写呢？

我们小人物也可以写的！谁说只有吃饭喝酒、观花赏月才能入诗呢？我们还要写江山和塞漠。

人们观望着、犹豫着，但渐渐地，越来越多的人聚拢到了他们身后，那火把汇成一条长龙，大家呐喊着，向八世纪浩荡进发。

三

今天，许多学者都对唐诗的这一个时期很感兴趣，他们像做生物研究一样，取下这个时期的一些切片，放到显微镜下观察。

有一个日本学者叫作松原朗，专门研究了这个时期的一样东西，叫作"宴序"[3]。

所谓"宴序"，就是当时文人们搞派对时所作的风雅序言。它可不是今天宴会的菜单、礼单之类的俗物，而是很有信息量的，能反映出文人活动的情况，比如一次派对有多少人参加，会上大家写了多少诗，等等。

松原朗发现了一个有趣的现象：到了"初唐四杰"的时候，宴序的数量猛然增多了。也就是说，大家喝酒、作诗的活动开始频繁了。

"四杰"流传到今天的宴序，多达五十四篇。相比之下，之前吴、晋、宋、齐、梁、陈整个六朝几百年里，留下来的宴序总和也不过只有七篇。而在"四杰"之前的唐初五十年，则一篇宴序都没有。

他认为这侧面说明了一件事：越来越多的人开始写诗。

人们开始不仅仅在长安、在洛阳写诗，也在各个州府县城、馆驿茅屋、水畔林间写诗了。

他们之中，许多是中下层的官僚，甚至寒门士人。他们没有资格写宫体诗，于是更多地描绘各色江山风物、社会人生，更自由地抒写心情。

江湖翻腾起来，新的风格恣意生长，诗坛不再千人一面，而是像物种大爆发般，呈现出各种不同的风格。

面对深秋寥落的山景，那个叫王勃的山西诗人，用一种庄严典雅的风格，写出了帅得人眼晕的诗句：

> 长江悲已滞，万里念将归。
> 况属高风晚，山山黄叶飞。

他抛弃了那些陈腐的套路，没有写宫体诗中"哎呀我真不舍得离开"之类的矫情句子，而是选择了一帧胶片感十足的画面——"山山黄叶飞"，作为诗的结尾。

面对月色下浩荡奔流的春江，一个叫张若虚的扬州诗人也果断抛弃了靡艳的辞藻，拒绝去雕琢琐碎小景，而是四十五度角仰望夜空，用空净华美的语言，直接叩问生命和宇宙的奥秘：

江天一色无纤尘，皎皎空中孤月轮。
江畔何人初见月，江月何年初照人？
人生代代无穷已，江月年年只相似。
不知江月待何人，但见长江送流水。

他的这一篇作品，就是后来孤篇横绝的《春江花月夜》。

随着"星桥铁锁开"，诗歌的世界终于"暗尘随马去"了。这暗尘，是沉积板结了百年的尘土，隋文帝发文件扫除不清，李世民亲自带头写作也扫除不清的，眼下终于松动了、拂去了，直到从四川射洪冲出来陈子昂，给了这"暗尘"以最后的一次涤荡。

于是"明月逐人来"，夜空一片开阔。不断有天才满溢的玩家加入，"游伎皆秾李，行歌尽落梅"。他们竞芳斗艳、自在欢唱，完全不必担心它会太早结束，因为"金吾不禁夜"，这一场诗的盛世才刚开始呢！

四

然后下一步呢？暗尘去了，铁锁开了，之后何去何从？

在初唐诗人们的面前，依稀出现了两条道路：一条叫作"复古";一条叫作"创新"。

诗人们自动分成了两拨,开始争论起来。一拨人说:我们要创新,要向前看,要面向未来。我们要创造一种新的诗的体裁,它的声律必须更严格,它的对仗必须更精准,它的形式必须更工稳。相信我们吧,它一定会有远大的前途!

在这一拨人里汇聚了许多高手:沈佺期、宋之问、杜审言、苏味道……前三位我们已经介绍过了,乃是"律诗之祖"。在资历上他们也绝不可忽视,苏味道是后来"三苏"的祖宗,杜审言是老杜的爷爷,都是当世的泰斗。文章开头提到的那一首《正月十五夜》就是苏味道的名篇。

这些诗人商议完毕,手拉着手,逸兴遄飞,一路前行而去了。

另一拨诗人却立在了原地,没有跟随大部队前去。领头的就是陈子昂。夕阳把他的影子长长地投在地上,显得有些孤单。

"我们应该向后看,要回首过去。"他向为数不多的支持者大声说,"诗,在最近几百年里已经死掉了。我们要回头去寻找一个过去的美好时代,把它的遗产继承下来,让它在这个世界复兴。"

就像但丁、彼特拉克、达·芬奇寻找到古希腊一样,陈子昂也寻找到了一个他理想中的黄金时代:建安。

轰隆声中,他推开了那扇尘封已久的古老大门。在这座殿堂里,矗立着曹操、曹丕、曹植、孔融、陈琳、王粲等"三曹"和

"七子"的塑像，这里还飘扬过"对酒当歌，人生几何""亭亭山上松，瑟瑟谷中风"的壮声。只不过很久没人来了，这里似乎已被人遗忘，杂草侵蚀了台阶，墙垣上已经爬满藤萝。

陈子昂拂拭蛛网，打扫灰尘，重新点燃了殿中的巨烛。他坚信，诗歌一定要向过去那个时代学习，要苍凉古直、慷慨悲歌，才有出路。

这是一条寂寞的复古之路。在他的时代，一种全新的诗歌——律诗已经越来越流行了，他却偏偏选择了去写古诗，仿佛是一个挥舞着锈铁矛的执拗武士。

陈子昂，确实是曹操的后继。

他们写诗时的起兴手法都是一样的。曹操说："蒲生我池中，其叶何离离！"陈子昂则感叹："兰若生春夏，芊蔚何青青。"

陈子昂的边塞征战诗也极像曹操，和后世边塞诗人岑参等的明显不一样。后来岑参等人的诗，读来像是记者的战地报道，细节丰富，有很强的第二视角的感觉——"将军角弓不得控，都护铁衣冷难著。"陈子昂的读来则像是游侠的笔记：

> 苍苍丁零塞，今古缅荒途。
> 亭堠何摧兀(hòu)，暴骨无全躯。
> 黄沙幕南起，白日隐西隅。
> 汉甲三十万，曾以事匈奴。

但见沙场死,谁怜塞上孤。

——《感遇》之三

他的《感遇》系列第二十九首,则像是一个统帅的行军日志,完全是读曹操《蒿里行》《苦寒行》的感觉:

严冬阴风劲,穷岫泄云生。
昏曀(yì)无昼夜,羽檄复相惊。
拳跼竟万仞,崩危走九冥。
籍籍峰壑里,哀哀冰雪行。

还有他的《感遇》第三十四首,是一个侠客的小传:

朔风吹海树,萧条边已秋。
亭上谁家子,哀哀明月楼。
自言幽燕客,结发事远游。
赤丸杀公吏,白刃报私仇。
避仇至海上,被役此边州。
故乡三千里,辽水复悠悠。
每愤胡兵入,常为汉国羞。
何知七十战,白首未封侯。

陈子昂所写的这个边塞的武士，多么像曹操《却东西门行》里面的鸿雁啊。他感叹的"故乡三千里，辽水复悠悠""何知七十战，白首未封侯"，不就是曹操的"戎马不解鞍，铠甲不离傍""冉冉老将至，何时返故乡"吗？

此外，陈子昂还是李白的先声。

李白出生的时候，陈子昂刚好去世。前者简直是后者的转世灵童。

这两位牛人实在是太像了，不管是来历、风格，还是气质、三观。如果写下这么一段诗人的简介，你几乎分不清楚这到底是陈子昂还是李白：

他来自蜀地；自带侠气；富于浪漫情怀，梦想着建功立业，然后功成身退；最喜欢的古人是燕昭王、鲁仲连；崇尚复古，大爱建安文学；明明可以靠写五律吃饭，却更喜欢写奔放自由的古诗；创作了一部重量级的古体五言组诗，成为业界标杆……

陈子昂写了三十八首《感遇》，李白就写了五十九首《古风》。陈子昂大声疾呼"昭王安在哉"，李白就"呼天哭昭王"。他们的三观也一脉相承，陈子昂说"汉魏风骨，晋宋莫传"，李白就说"自从建安来，绮丽不足珍"。难怪林庚先生曾说，陈子昂是李太白活跃在纸上，在李白之前点燃了浪漫主义的火焰。

我想，上天大概是怕李白诞生得太突兀，冲击波太强，下界无法承受，所以先派遣下陈子昂来，让他冲杀一番，扫荡诗坛的最后一丝绮靡，迎接李白的到来。也正是为此，陈子昂写古诗的时候还有浓浓的曹操、刘桢的痕迹，等到李白提笔的时候，就渐渐没有了古人的束缚，而是在一片澄碧的江海上舞蹈了。

五

唐诗的寒武纪，终究要迈向中生代的。

回到我们之前所说的，初唐的两拨诗人，分别在"追寻旧世界"和"开拓新世界"的路上，各自筚路蓝缕，艰难行进着。

这两拨勇士，在各自的征途中都看到了美丽的风景，也都创造出了了不起的成就。

让人意想不到的是，在后来的某一个时刻，这两股看似方向迥异的潮流，会令人惊讶地重新汇合。

在"追寻旧世界"的这支队伍中，会涌现出李白。复古之路走到了他这里，就到了顶峰。古诗和乐府在他的手上发挥得淋漓尽致，到达了前人没有到过的境地。所谓"举手扪星辰"，他摸到了天。

而在"追寻新世界"的这支队伍中，会出现杜甫。

他是开启新时代的大师。新的世界里的诗，五言律诗、七言律诗、长篇排律，都在他的手上锤炼、定型、完善，诗的题材也最大限度地拓宽。

这有点像是中国书法的历史。苏轼曾写过一段关于书法的有趣论述，他觉得书法中有两个世界：一个是唐朝之前的旧世界，那是属于钟繇、王羲之的古代。那个世界是玲珑的、飘逸的，"萧散简远"，天真自然。

另一个是从唐代开始的新世界，是属于颜真卿、柳公权们的新时代，他们"集古今笔法而尽发之"，后世的人们纷纷学习他们，但与此同时，王羲之的旧世界也逐渐变得模糊、遥远，过去的那种飘逸再也难以寻访了。

苏轼的这一段评论，拿来说诗歌也是很有意思的。

李白就是旧世界的终点。所谓"太白诗犹有汉魏六朝遗意"，诗的旧世界到了他，便走向收束了。换句话说，你如果跑回到《诗经》的古代，转身向前望去，所能看到的最后一个人，就是李白。[4]

我读过一本小书，叫《既见君子——过去时代的诗与人》，其中有一段话："倘若一个读者是从《诗经》的源头顺流而下，那么他在遭遇李白时却注定会生出一种若有所失的感慨……因为这位读者知道，接下来他将飞流直下，从一个浑然一体、万物生光辉的古典世界，跃入四季无情的流转。"

而杜甫，则是新世界的开端。

莫砺锋教授说过这样一段话："如果把中国古典诗歌比作一条源远流长的大河的话，杜甫就像位于江河中游的巨大水闸，上游的所有涓滴都到那里汇合,而下游的所有波澜都从那里泻出。"

李白和杜甫会相遇,他们将背靠背站在一起,支撑起唐诗的下一个纪元。它有一个光辉的名字,叫作盛唐。

(后续见第二册《唐诗光明顶》)

注释

〔1〕 这首诗里写的，大概也只是洛阳城繁华的表象。实际上政局暗流涌动，大变就在肘腋之间。就在这首诗诞生的当月，"神龙政变"就发生了，武则天被逼下台。

〔2〕 一般认为曹丕的《燕歌行》或者张衡的《四愁诗》是最早、最成熟的七言诗。这里按照游国恩、萧涤非等主编的《中国文学史》第一册："七言诗……到了刘宋时代的鲍照，它才在艺术上趋于成熟。"

〔3〕 见松原朗《中国离别诗形成论考》。

〔4〕 清陈廷焯《白雨斋词话》："诗至杜陵而圣，亦诗至杜陵而变。顾其力量充满，意境沉郁。嗣后为诗者，举不能出其范围，而古调不复弹矣。故余谓自《风》《骚》以迄太白，诗之正也，诗之古也。杜陵而后，诗之变也。自有杜陵，后之学诗者，更不能求《风》《骚》之所在。"

图书在版编目（CIP）数据

唐诗寒武纪／王晓磊著．－－北京：北京十月文艺出版社，2022.9（2024.11重印）
 ISBN 978-7-5302-2250-8

Ⅰ．①唐⋯ Ⅱ．①王⋯ Ⅲ．①随笔－中国－当代 Ⅳ．①I267.1

中国版本图书馆CIP数据核字（2022）第134455号

唐诗寒武纪
TANGSHI HANWUJI
王晓磊 著

出　　版	北京出版集团
	北京十月文艺出版社
地　　址	北京北三环中路6号
邮　　编	100120
网　　址	www.bph.com.cn
发　　行	新经典发行有限公司
	电话 (010)68423599
经　　销	新华书店
印　　刷	山东韵杰文化科技有限公司
版　　次	2022年9月第1版
印　　次	2024年11月第3次印刷
开　　本	1092毫米×787毫米 1/32
印　　张	10.5
字　　数	190千字
书　　号	ISBN 978-7-5302-2250-8
定　　价	68.00元

质量监督电话 010-58572393
如有印装质量问题，由本社负责调换。

版权所有，未经书面许可，不得转载、复制、翻印，违者必究。